KB207236

루진

루진
Rudin

이반 세르게예비치 뚜르게녜프 장편소설
이항재 옮김

RUDIN
by IVAN SERGEEVICH TURGENEV (1856)

일러두기

러시아어의 로마자 표기와 우리말 표기는 〈열린책들〉에서 정한 표기안을 따르되,
관행적으로 굳어진 일부 용어만 예외로 하였습니다.

이 책은 실로 꿰매어 제본하는 정통적인 사철 방식으로 만들어졌습니다.
사철 방식으로 제본된 책은 오랫동안 보관해도 손상되지 않습니다.

루진

7

1

고요한 여름날 아침이었다. 태양은 이미 맑은 하늘에 꽤 높이 떠 있었지만, 들판은 아직도 이슬로 빛나고 있었다. 막 잠에서 깨어난 계곡에서 향긋하고 신선한 기운이 풍겨 났다. 아직 축축하고 조용한 숲 속에서 아침 일찍 일어난 작은 새들이 즐겁게 노래하고 있었다. 막 꽃 이삭이 나오기 시작한 호밀로 위에서 아래까지 뒤덮인 약간 비탈진 언덕 위에 작은 마을이 보였다. 하얀 모슬린 원피스에 둥근 밀짚모자를 쓴 젊은 여인이 한 손에 양산을 들고 좁은 시골길을 따라 그 작은 마을을 향해 걸어가고 있었다. 등에 주름이 잡히고 호크로 채운 헐렁한 윗도리를 걸친 어린 하인이 멀리서 그녀 뒤를 따라가고 있었다.

그녀는 산책을 즐기는 듯이 천천히 걸어가고 있었다. 사방에서 흔들거리는 키 큰 호밀 사이로 때론 은녹색 잔물결이, 때론 불그스레한 잔물결이 부드럽게 사각사각 소리를 내며 길게 넘실대고 있었다. 하늘 높은 곳에선 종달새들이 낭랑한 목소리로 지저귀고 있었다. 젊은 여인은 자기 소유의 마을에서 걸어 나와 채 1킬로미터도 떨어지지 않은 작은 마을로 걸어가고 있었다. 그녀의 이름은 알렉산드라 빠블로브나 리삐나였다. 과부인 그녀는 아이가 없고 꽤 부자였는데, 동생인 퇴역 이등 대위 세르게이 빠블리치 볼린쩨프와 함께 살고 있었다. 미혼인 그는 누나의 영지를 관리하고 있었다.

알렉산드라 빠블로브나는 작은 마을의 끝자락에 있는 아주 낡고 나지막한 농가 앞에서 걸음을 멈추었다. 그러고는 어린 하인에게 집 안으로 들어가 안주인의 건강 상태를 물어보라고 일렀다. 하인은 곧바로 하얀 턱수염을 기른 노쇠한 농군을 데리고 나왔다.

「그래, 어떤가?」 알렉산드라 빠블로브나가 물었다.

「아직 살아 있슈……」 노인이 말했다.

「들어가도 되나?」

「되구 말구유. 들어가시쥬.」

알렉산드라 빠블로브나는 농가로 들어갔다. 집 안은 연기가 자욱했고, 비좁고 답답했다…… 누군가 뻬치까[1] 위의 침상에서 꿈지럭거리며 신음하기 시작했다. 알렉산드라 빠블로브나는 주위를 둘러보았다. 어스름 속에서 체크무늬 수건으로 동여맨 노파의 노랗고 쪼글쪼글한 얼굴이 보였다. 무거운 농민용 외투를 가슴까지 덮은 노파는 여윈 손가락을 힘없이 펼치면서 간신히 숨을 쉬고 있었다.

---

1 러시아 특유의 벽난로. 뻬치까에서 음식을 만들고 빵을 굽고 물을 데우며, 그 주변에서 잠을 잔다. 뻬치까 위의 침상은 가장 좋은 잠자리로 보통 집 안의 연장자가 차지한다.

알렉산드라 빠블로브나는 노파에게 다가가서 이마를 짚어 보았다……. 이마는 몹시 뜨거웠다.

「기분이 어떤가, 마뜨료나?」 그녀는 침상 위로 몸을 굽히며 물었다.

「아, 아이구!」 노파는 알렉산드라 빠블로브나를 보고 신음했다. 「안 좋아유, 안 좋아, 마님! 죽을 때가 됐슈, 마님.」

「하느님은 자비로우셔, 마뜨료나. 아마 자넨 좋아질 거야. 내가 보낸 약은 먹었나?」

노파는 고통스럽게 신음을 하며 대답하지 않았다. 그녀의 질문을 알아듣지 못했던 것이다.

「먹었슈.」 문 옆에 서 있던 노인이 말했다.

알렉산드라 빠블로브나는 노인 쪽을 바라보았다.

「할아범 말고는 환자를 돌보는 사람이 아무도 없나요?」

「할멈의 손녀가 있는디, 늘 자리를 비우지유. 자리에 붙어 있질 않아유. 참 수런스러운 계집아이지유. 지 할미한테 물을 먹이는 것도 싫어하구유. 그리고 늙어 빠진 제가 뭘 하겠슈?」

「그녀를 우리 병원[2]으로 데려가는 건 어때요?」

「아뉴! 병원에 가야 뭐허유! 죽는 건 매한가진디. 살 만큼 살았슈. 아마, 하느님도 좋아할 거유. 침대에서도 내려오지 못하는데, 병원은 무슨! 침대에서 일으키면 곧 죽을 거여유.」

「아이구.」 노파가 신음했다. 「자비로우신 마님, 고아가 된 우리 손녀를 버리지 말아유. 우리 주인들은 멀리 있지만, 마

---

2 당시 러시아의 지주와 귀족들은 영지 안에 병원을 지어 운영하는 경우가 있었다.

님은…….」

노파는 말을 멈추었다. 노파에게는 말하는 것도 힘에 부쳤다.

「걱정 말게.」알렉산드라 빠블로브나가 말했다.「모든 게 잘될 거야. 자, 여기 차와 설탕을 좀 가져왔네. 마시고 싶으면 마셔……. 집에 사모바르[3]는 있겠죠?」그녀는 노인 쪽을 힐끗 쳐다보고 덧붙여 말했다.

「사모바르요? 우리 집엔 없지만 구할 순 있지유.」

「그럼, 구해 봐요. 아니면, 내가 우리 집에 있는 걸 보낼게요. 그리고 손녀에게 자리를 뜨지 말라고 일러두고, 그런 행동은 부끄러운 거라고 말해요.」

노인은 아무 대답도 안 했지만, 차와 설탕 꾸러미는 두 손으로 받았다.

「자, 그럼 잘 있어요, 마뜨료나!」알렉산드라 빠블로브나는 말했다.「다시 올 테니, 기운을 차려서 꼬박꼬박 약을 먹도록 하고…….」

노파는 약간 머리를 쳐들고 알렉산드라 빠블로브나를 향해 손을 뻗었다.

「마님, 손을 주세유.」노파가 웅얼거렸다.

알렉산드라 빠블로브나는 노파에게 손을 주는 대신 몸을 굽혀서 그녀의 이마에 입을 맞추었다.

「조심해요.」그녀는 농가를 떠나면서 노인에게 말했다.「처방대로 꼭 약을 주도록 해요…….」

3 배가 불룩하게 나온, 러시아 특유의 찻물을 끓이는 주전자이다.

이번에도 노인은 아무 대답도 하지 않고 그저 인사만 했다.

　알렉산드라 빠블로브나는 신선한 대기 속에서 〈휴우〉 하고 한숨을 내쉬셨다. 그녀가 양산을 펴 들고 집으로 가려는데, 갑자기 농가의 모퉁이에서 서른 살가량의 남자가 나지막한 경주용 마차를 타고 나타났다. 그는 낡은 잿빛 삼베 외투에 삼베로 만든 챙 모자를 쓰고 있었다. 알렉산드라 빠블로브나를 보자, 그는 즉시 말을 멈추고 그녀를 향해 얼굴을 돌렸다. 작고 연한 잿빛 눈에 희끗희끗한 콧수염 그리고 핏기 없는 커다란 얼굴이 그의 옷 색깔과 잘 어울렸다.

　「안녕하세요.」 그는 천천히 웃으면서 말했다. 「여기서 뭐하고 계십니까?」

　「아픈 여자를 위문했어요……. 그런데 어디서 오는 길이에요, 미하일로 미하일리치?」

　미하일로 미하일리치라고 불리는 이 남자는 그녀의 눈을 바라보고는 다시 쓴웃음을 지었다.

　「좋은 일을 하십니다.」 그는 말을 이었다. 「아픈 여자를 위문하시다니요. 그냥 병원에 데려가는 게 더 좋지 않을까요?」

　「너무 허약해서 움직일 수가 없거든요.」

　「댁의 병원을 폐쇄할 작정은 아니죠?」

　「폐쇄하다뇨? 왜죠?」

　「아니, 그저.」

　「정말 이상한 생각이네요! 왜 그런 생각을 하셨어요?」

　「그건 당신이 늘 라순스까야 부인과 어울리시니까, 그녀의 영향을 받은 건 아닌가 해서요. 그녀의 말에 따르면, 병원이나 학교 같은 건 모두 쓸데없는 것이고, 불필요한 고안물이죠. 자선은 개인적으로 해야만 하고, 교육도 역시 그래야만 한다, 이 모든 게 정신의 문제다……. 이런 식으로 말하는 것 같아요. 그녀가 누구의 생각을 읊조리고 다니는지 알고 싶군요.」

알렉산드라 빠블로브나는 웃기 시작했다.

「다리야 미하일로브나는 똑똑한 여자고, 전 그녀를 매우 사랑하고 존경해요. 그러나 그녀도 실수할 수 있기 때문에 그녀의 말들을 다 믿는 건 아니에요.」

「훌륭하십니다.」 미하일로 미하일리치가 여전히 마차에서 내리지 않고 대꾸했다. 「왜냐하면 그녀 스스로도 자기 말을 잘 믿지 않기 때문이죠. 그런데 어쨌거나 오늘은 당신을 만나서 매우 기쁘군요.」

「그건 무슨 말씀이죠?」

「좋은 질문입니다! 마치 당신을 만나는 것이 늘 즐겁지 않은 것처럼 되어 버렸군요! 오늘 당신은 이 아침처럼 싱그럽고 사랑스럽습니다.」

알렉산드라 빠블로브나는 다시 웃기 시작했다.

「왜 웃으시는 거죠?」

「왜 웃느냐고요? 당신이 얼마나 냉랭하고 시들한 표정으로 그런 인사말을 했는지, 당신의 표정을 보여 주고 싶네요. 마지막 말을 할 때 하품하지 않은 게 놀라울 따름이에요.」

「냉랭한 표정이라…… 당신은 늘 불을 원하는군요. 불은 아무 소용이 없어요. 확 타올라서 연기를 내다가 꺼져 버리지요.」

「그리고 따뜻하게도 해주죠.」 알렉산드라 빠블로브나가 말을 받았다.

「예……, 그리고 화상을 입히죠.」

「화상을 입히면 어때요! 그건 불행이 아니에요. 오히려 그게 더 나을 ─」

「당신이 진짜 화상을 입게 될 때도 그런 말씀을 하나 어디 두고 보죠.」 미하일로 미하일리치는 짜증을 내면서 그녀의 말을 가로막고는 고삐로 말을 후려갈겼다. 「안녕히 계세요!」

「미하일로 미하일리치, 잠깐만요!」 알렉산드라 빠블로브나가 소리쳤다. 「언제 우리 집에 올 거예요?」

「내일요. 동생에게 안부 전해 주세요.」

그리고 마차는 달리기 시작했다.

알렉산드라 빠블로브나는 미하일로 미하일리치의 뒷모습을 바라보았다.

〈정말 포대 자루 같은 모습이네!〉 하고 그녀는 생각했다. 구부정한 등에 먼지를 뒤집어쓰고 챙 모자를 쓴 그는 정말로 커다란 밀가루 포대와 비슷했다. 그가 쓴 모자 밑으로 헝클어진 노란 머리채가 삐져나와 있었다.

알렉산드라 빠블로브나는 눈을 내리뜨고 길을 따라 조용히 집으로 향했다. 가까운 곳에서 말발굽 소리가 들리자 그녀는 걸음을 멈추고 머리를 들었다……. 동생이 말을 타고 그녀를 향해 오고 있었다. 동생과 나란히 작은 키의 젊은이도 걸어오고 있었다. 젊은이는 단정한 프록코트의 단추를 풀어 젖힌 채, 산뜻한 넥타이에 말끔한 회색 모자를 쓰고 손에는 지팡이를 들고 있었다. 그는 이미 한참 전부터 알렉산드라 빠블로브나가 생각에 잠겨 아무것도 알아채지 못한 채 걸어오고 있는 것을 보면서 미소 짓고 있었다. 그리고 그녀가 걸음을 멈추자마자 가까이 다가가 명랑하고 상냥한 어조로 말했다.

「안녕하세요, 알렉산드라 빠블로브나! 반갑습니다.」

「아! 꼰스딴찐 지오미디치, 안녕하세요!」 그녀가 대답했다. 「다리야 미하일로브나에게서 오는 길인가요?」

「예, 예.」 젊은이가 얼굴 가득 웃음을 띠면서 말을 받았다. 「다리야 미하일로브나에게서 오는 길입니다. 그녀가 저를 당신에게 보냈습니다. 저는 걸어다니는 걸 좋아합니다. 아주 청명한 아침인 데다, 겨우 4킬로미터의 거리니까요. 하지만 댁에 가보니 집에 안 계시더군요. 동생분이 말하길, 세묘노프까에 가셨다고 하고, 마침 동생분도 막 밭으로 나가려던 참이라고 하셔서 이렇게 같이 당신을 마중 나온 겁니다. 예, 이렇게 되었지요. 정말로 반가워요!」

젊은이는 순수하고 정확한 러시아어로 말했지만 어딘지 외국어 발음이 배어 있었다. 그러나 딱히 어떤 외국어라고 꼬집어 말하기는 힘들었다. 그의 얼굴 모습에는 뭔가 아시아인다운 데가 있었다. 긴 매부리코, 정적인 퉁방울눈, 두툼한 붉은 입술, 푹 꺼진 이마, 칠흑처럼 까만 머리칼, 이 모든 것은 그가 동양인 혈통임을 말해 주고 있었다. 그러나 이 젊은이의 성은 빠달례프스끼였고, 인정 많고 부유한 미망인이 돈을 대어 주어 벨라루스 어딘가에서 교육을 받았지만 자기 고향은 오데사라고 했다. 또 다른 미망인은 그에게 직장을 알선해 주기도 했다. 대체로 중년 부인들은 자진해서 이 꼰스딴찐 지오미디치를 후원했다. 그는 후원자들을 찾아내고 그들의 집에 둥지를 트는 재주가 있었다. 그는 지금도 부유한 여지주인 다리야 라순스까야의 집에서 양자인지 식객인지로 살아가고 있었다. 그는 매우 상냥하고 친절하며 감수성이 예민하고 은근히 음탕했다. 또 목소리도 좋고 피아노도 제법 쳤으며, 누군가와 이야기할 때는 상대방을 뚫어질 듯이 쳐다보는 습관이 있었다. 그는 아주 말쑥하게 옷을 차려입으며 보관을 잘해 오랫동안 입고 다녔다. 또 자신의 넓은 턱을 정성껏 면도하고 머리칼도 한 올 한 올 빗질했다.

알렉산드라 빠블로브나는 그의 말을 끝까지 다 듣고서 동생 쪽으로 몸을 돌렸다.

「오늘은 계속 사람을 만나네. 방금 레쥐뇨프와 얘기를 나눴어.」

「아, 레쥐뇨프하고요! 어딘가로 가고 있었나요?」

「그래. 그런데 상상해 봐. 경주용 마차에 포대 자루 같은 삼베옷을 입고, 온통 먼지를 뒤집어쓰고……, 그는 정말 괴짜야!」

「예, 그럴지도 모르죠. 하지만 정말 좋은 사람입니다.」

「누가요? 레쥐뇨프 씨가요?」빤달레프스끼가 마치 놀란 듯한 어조로 물었다.

「예, 미하일로 미하일리치 레쥐뇨프 씨요.」볼린쩨프가 대꾸했다. 「누님, 먼저 실례할게요. 밭에 가볼 시간이라서. 밭에서 메밀 씨를 뿌리고 있어요. 빤달레프스끼 씨가 누님을 집으로 바래다줄 겁니다…….」

그러고는 볼린쩨프는 말을 빠르게 몰며 갔다.

「정말 영광입니다!」 꼰스딴찐 지오미디치는 이렇게 말하며 알렉산드라 빠블로브나에게 팔을 내밀었다.

그녀도 그에게 자기 팔을 내주었다. 두 사람은 길을 따라 그녀의 저택을 향해 걸어갔다.

. . . .

알렉산드라 빠블로브나의 팔을 끼고 가는 것이 꼰스딴찐 지오미디치에게 커다란 만족을 준 것 같았다. 그는 종종걸음으로 걸어가면서 미소를 띠었고, 그의 동양인다운 눈은 눈물로 촉촉해지기까지 했다. 그러나 이건 종종 있는 일이었다. 꼰스딴찐 지노미디치는 쉽게 감동하고 눈물을 흘리곤 했다. 젊고 늘씬하고 아름다운 여자의 팔을 끼고 걸으면 그 누군들 기쁘지 않겠는가? ○○○ 현의 모든 사람들이 알렉산드라 빠블로느나가 매혹적인 여자라고 이구동성으로 말했는데, 그건 틀린 말이 아니었다. 비로드 같은 갈색 눈, 금빛으로 반짝이는 아마 빛 머리칼, 동그란 볼의 보조개. 하지만 이러한 미모는 말할 것도 없이 살짝 위로 치켜진 오뚝한 코만으로도 뭇 남성들의 혼을 빼놓기에 충분했다. 그러나 그녀의 최고의 매력은 사랑스러운 얼굴 표정이었다. 남을 잘 믿어 줄 것 같은 선량하고 온순한 그 표정은 감동적이고 매혹적이었다. 알렉산드라 빠블로브나는 마치 아이처럼 사람을 바라보고 웃곤 했다. 주변의 부인들은 그녀를 순박하다고 생각했다…….

그러니 더 무엇을 바랄 수 있겠는가?

「다리야 미하일로브나가 당신을 내게 보냈다고 했죠?」 그녀가 빤달레프스끼에게 물었다.

「그렇습니다. 저를 보내셨습니다.」 그는 〈s〉 발음을 영어의 〈th〉로 발음하며 대답했다. 「그분들은 오늘 저녁 식사에 당신께서 참석하시길 바라시고, 부디 꼭 오시라고 부탁하셨습니다…… 그분들은(빤달레프스끼는 제삼자, 특히 귀부인에 대해 말할 때는 경의를 표하기 위해 반드시 복수형을 썼다) 어떤 손님을 기다리고 계시는데, 그 손님을 당신께 소개하고 싶어 하십니다.」

「그 손님이 누구죠?」

「무펠이라는 어떤 남작인데, 뻬쩨르부르그 출신의 시종보(侍從補)[4]입니다. 다리야 미하일로브나께서는 얼마 전 가린 공작 댁에서 그와 알게 되었는데, 친절하고 교양 있는 젊은이라고 대단히 칭찬하십니다. 그 남작도 문학에 관심이 있는데, 아니 정치·경제학이라고 하는 게 더 낫겠습니다 — 저기좀 보세요…… 아, 정말 아름다운 나비군요! — 그는 매우 흥미로운 문제에 대해 논문을 썼는데, 다리야 미하일로브나의 평가를 받고 싶어 합니다.」

「정치·경제학 논문을요?」

「언어의 관점에서 봐달라는 거죠, 알렉산드라 빠블로브나,

4 탁월한 업적을 이룬 사람에게 러시아 짜르가 수여하는 명예 직책으로 궁선에서 일하는 신하들 중 가장 낮은 관등이다. 1826년에 시종보의 수는 서른여섯 명으로 고정되었으나, 19세기 후반에는 그 수가 2백 명 이상으로 늘어났다.

언어의 관점에서요. 제 생각엔, 당신도 아시겠지만, 다리야 미하일로브나는 언어에 정통한 분입니다. 주꼬프스끼[5]도 그분께 조언을 구한 적이 있었어요. 제 은인으로 오데사에 살고 계신 로끄솔란 메지아로비치 끄산드리까라는 훌륭한 노인도…… 아마, 당신도 이분의 이름을 아시겠죠?」

「금시초문인데요.」

「들어 보지 못했다고요? 놀랍습니다! 로끄솔란 메지아로비치도 항상 다리야 미하일로브나의 러시아어 지식을 높이 평가했다는 걸 말하고 싶었어요.」

「그 남작은 학자 티를 내는 사람은 아닌가요?」 알렉산드라 빠블로브나가 물었다.

「결코 그렇지 않습니다. 다리야 미하일로브나의 말씀으로는, 그 반대로 그가 사교계 인물임을 금방 알아볼 수 있답니다. 그가 베토벤에 대해 얼마나 멋지게 말했던지 늙은 공작도 감격했답니다……. 사실, 저도 그의 얘기를 듣고 싶습니다. 베토벤은 제 전공 분야니까요. 이 아름다운 들꽃을 당신께 드리겠습니다.」

알렉산드라 빠블로브나는 꽃을 받아 들었지만, 몇 걸음을 떼더니 길 위에 꽃을 떨어뜨렸다……. 그녀의 집까지 채 2백 걸음도 남지 않았다. 오래된 피나무와 단풍나무의 짙은 녹음 사이로 그녀의 새로 지은 하얀 집의 넓고 밝은 창문이 드러나 있었다.

---

5 Vasily Andreevich Zhukovsky(1783~1852). 러시아 시의 〈황금시대〉를 대표하는 낭만주의 시인이자 번역가이다.

「그럼 다리야 미하일로브나께 뭐라고 전해 드릴까요?」 자기가 바친 꽃의 운명 때문에 은근히 모욕을 느낀 빤달레프스끼가 말문을 열었다. 「저녁 식사에 오시겠는지요? 당신의 동생도 초청하셨습니다.」

「예, 꼭 같이 가겠어요. 그런데 나따샤는 어떻게 지내죠?」

「덕분에 나딸리야 알렉세예브나도 건강하십니다……. 아! 이미 다리야 미하일로브나의 영지로 가는 갈림길을 지나쳤군요. 그럼, 이만 실례하겠습니다.」

알렉산드라 빠블로브나는 걸음을 멈추었다.

「정말로 우리 집에 안 들르시겠어요?」 그녀는 망설이는 목소리로 물었다.

「진심으로 그러고 싶지만, 늦을까 봐 걱정입니다. 다리야 미하일로브나가 탈베르크[6]의 새로운 소곡(小曲)을 듣고 싶어 하십니다. 그래서 준비하고 연습해야 합니다. 게다가 솔직히 말해, 저와 대화하시는 것이 즐거우신지도 잘 모르겠고요.」

「아, 아니에요……. 왜 그런 말씀을…….」

빤달레프스끼는 한숨을 짓고, 의미 있게 눈을 내리깔았다.

「안녕히 계세요. 알렉산드라 빠블로브나!」 그는 잠시 침묵했다가 이렇게 말하고, 허리 굽혀 인사한 뒤 한 걸음 뒤로 물러섰다.

알렉산드라 빠블로브나는 방향을 바꿔서 집으로 걸어갔다.

---

6 Sigismund Thalberg(1812~1871). 오스트리아의 작곡가이자 유명한 피아니스트로 1836년에 러시아에서 콘서트를 성공적으로 마친 후에 큰 인기를 얻었다.

꼰스딴찐 지오미디치도 자기 길로 향했다. 금새 그의 얼굴에 있던 달콤했던 기색이 사라지고 자신만만하고 거칠다 싶은 표정이 얼굴에 나타났다. 심지어 걸음걸이도 변했다. 이제 그는 더 큰 보폭으로 걸었고, 더 무겁게 발을 내디뎠다. 그는 무례하게 지팡이를 흔들며 2킬로미터쯤 걸어가다가 갑자기 이를 드러내며 히죽 웃었다. 귀리 밭에서 송아지를 내쫓고 있는 젊고 꽤 아름다운 농사꾼 처녀를 본 것이다. 꼰스딴찐 지오미디치는 고양이처럼 살금살금 처녀에게 다가가서 말을 걸기 시작했다. 그녀는 처음엔 아무 말도 하지 않고 얼굴을 붉히며 웃기만 하다가 마침내 옷소매로 입술을 가리고 외면을 하며 이렇게 말했다.

「저리 가세요, 나리, 정말로……」

꼰스딴찐 지오미디치는 손가락을 흔들며 수레국화를 가져오라고 지시했다.

「수레국화는 뭐하시게요? 화환이라도 엮으시려고요?」 처녀가 대꾸했다. 「자, 저리 가세요, 정말로……」

「이봐, 귀여운 아가씨.」 꼰스딴찐 지오미디치가 말문을 열었다…….

「자, 저리 가세요.」 처녀가 그의 말을 잘랐다. 「저기 도련님들이 와요.」

꼰스딴찐 지오미디치가 주위를 둘러보았다.

정말로 다리야 미하일로브나의 아들인 바냐와 뻬짜가 길을 따라 달려오고 있었고, 그 뒤로 아이들의 젊은 가정 교사인 바시스또프가 걸어오고 있었다. 그는 방금 대학 과정을 마친 스물두 살의 청년이었다. 바시스또프는 평범한 얼굴에 커다란 코, 두툼한 입술, 돼지 같은 눈을 한 키가 큰 젊은이로 못생기고 재치도 없지만, 상냥하고 정직하며 솔직했다.

그는 되는대로 옷을 입었고 머리도 깎지 않았다. 그것은 일부러 멋을 내는 게 아니라 그저 게으름 때문이었다. 그는 먹고 자는 것을 좋아했지만, 좋은 책과 격렬한 대화도 꽤 좋아했다. 그리고 진심으로 빤달레프스끼를 증오했다.

다리야 미하일로브나의 아이들은 바시스또프를 아주 좋아했고 조금도 무서워하지 않았다. 그는 집안의 다른 모든 사람들과도 아주 친하게 지냈다. 하지만 다리야 미하일로브나는 선입견이 없다고 말하면서도 그것이 전혀 마음에 들지 않았다.

「안녕하세요, 귀여운 도련님들!」 꼰스딴찐 지오미디치가 말문을 열었다. 「오늘은 정말로 일찍 산책을 나왔네요! 그리고 나도…….」 그는 바시스또프 쪽을 바라보며 덧붙여 말했다. 「이미 오래전에 나왔지요. 내가 가장 좋아하는 것은 자연을 즐기는 거니까요.」

「네, 자연을 즐기시는 걸 보았지요.」 바시스또프는 중얼거리며 말했다.

「당신은 유물론자요. 그러니 당신이 지금 무슨 생각을 하고 있는지는 아무도 모르지요. 그러나 난 당신 같은 부류의 사람들을 알아요.」

빤달레프스끼는 바시스또프나 그와 비슷한 사람들과 말할 때 쉽게 화를 냈고, 약간 휘파람 소리까지 내면서 〈s〉 발음을 분명하게 했다.

「아마, 저 처녀에게 길을 물어봤나 보죠?」 바시스또프는 눈알을 좌우로 굴리면서 말했다.

그는 빤달레프스끼가 자기 얼굴을 똑바로 쳐다보는 것을 느끼고 몹시 기분이 나빴다.

「다시 말하지만, 당신은 유물론자일 뿐 그 이상 아무것도 아니오. 당신은 언제나 모든 것에서 세속적인 면만을 보고 싶어 하지…….」

「얘들아!」 갑자기 바시스또프가 명령했다. 「저기 초원에 버드나무가 보이지. 누가 더 빨리 저기까지 달려가나 보자. 하나! 둘! 셋!」

아이들은 있는 힘을 다해 버드나무를 향해 달리기 시작했다. 바시스또프도 그 뒤를 따라 달려갔다.

〈농사꾼 같으니!〉 빤달레프스끼는 생각했다. 〈저자가 아이들을 망쳐 놓는군……. 완전히 농사꾼이야!〉

빤달레프스끼는 스스로에게 만족을 느끼며 말쑥하고 우아한 자기 모습을 내려다보고는, 손가락을 펼쳐 두어 번 프록코트의 소매를 두드리고 옷깃을 털고 나서 다시 가던 길을 갔다. 자기 방으로 돌아가자마자, 그는 낡은 실내복을 입고 근심 어린 표정으로 피아노 앞에 앉았다.

2

다리야 미하일로브나 라순스까야의 집은 ○○○ 현 전체에서 거의 가장 좋은 집으로 인정되었다. 라스트렐리[7]의 설계에 따라 18세기 취향으로 지어진 이 거대한 석조 건물은 언덕 위에 웅장하게 우뚝 솟아 있었고, 그 언덕 밑으로 중부 러시아의 주요한 강들 중 하나가 흐르고 있었다. 다리야 미하일로브나는 명문가의 부유한 귀부인으로 3등 문관의 미망인이었다. 빤달레프스끼는 그녀가 전 유럽을 알고, 전 유럽이 그녀를 알고 있다고 말했지만, 유럽은 그녀를 거의 알지 못했고 뻬쩨르부르그에서조차도 그녀는 중요한 역할을 하지 못했다. 그 대신 모스끄바에서는 모두가 그녀를 알았고, 그녀의 집에 드나들었다. 그녀는 상류 사회에 속해 있었고, 아주 똑똑했지만 그다지 친절하지는 않으며 조금 이상한 여자로 알려져 있었다. 젊었을 때 그녀는 빼어난 미인이었다. 시인들은 그녀에게 시를 지어 바쳤고, 젊은이들은 그녀에게 반

---

7 Francesco Bartolomeo Rastrelli(1700~1771). 러시아에서 활약한 이탈리아의 바로크, 로코코 건축가이다.

했으며, 고관들은 그녀의 뒤를 따라다니기도 했다. 그러나 25년이나 30년이 지난 지금, 이전의 미모는 남아 있지 않다. 그녀를 처음 본 사람은 누구나 저도 모르게 이렇게 자문하곤 했다. 〈아직 노인도 아닌데, 비쩍 마르고 노리끼리하고 코가 뾰족한 이 여자가 왕년에 미인이었단 말인가? 정말로 이 여자가 많은 시인들이 시를 지어 바쳤던 바로 그 여자란 말인가?……〉 그리고 누구나 마음속으로 세속적인 모든 것의 무상함에 놀라곤 했다. 그러나 빤달레프스끼는 다리야 미하일로브나의 아름다운 눈이 놀랄 만큼 고이 유지되었다고 말했다. 그러나 전 유럽이 그녀를 알고 있다고 단언한 사람도 바로 그 빤달레프스끼가 아니던가.

다리야 미하일로브나는 여름마다 애들 ── 그녀에겐 애들이 셋 있었다. 열일곱 먹은 딸 나딸리야와 열 살과 아홉 살 먹은 아들 둘이 있었다 ── 을 데리고 시골 영지로 와서 개방적인 생활을 했다. 다시 말해 그녀는 남자들, 특히 독신 남자들을 손님으로 맞아들였다. 그녀는 시골 귀부인들을 견딜 수 없이 싫어했다. 그만큼 시골 귀부인들로부터 많은 비난을 받기도 했다! 그들의 말에 따르면, 다리야 미하일로브나는 거만하고 비도덕적이며 무시무시한 폭군이요, 무엇보다도 대화 중에 아주 불쾌한 말을 제 맘대로 지껄이는 사람이었다. 정말로 다리야 미하일로브나는 시골에서까지 자신을 구속하는 것을 좋아하지 않았다. 그녀가 사람들을 자유롭고 평범하게 대하는 태도에는 자기를 둘러싼 무지하고 보잘것없는 존재들에 대한, 도시에서 온 암사자가 가질 법한 가벼운 멸시의 빛이 엿보였다……. 그녀는 도시의 알음알이들에게도 매우 스스럼없이, 심지어 시큰둥하게 대했었지만, 멸시의 빛은 없었다.

말이 났으니 말이지, 독자여, 당신은 아랫사람들 사이에서는 매우 무분별한 사람이 윗사람들 앞에서는 전혀 그렇지 않다는 것을 알고 있는가? 왜 그럴까? 그러나 이런 질문들은 아무 소용이 없다.

꼰스딴찐 지오미디치가 마침내 탈베르크의 소곡을 다 암기하고 나서 깨끗하고 안락한 자기 방에서 나와 객실로 내려갔을 때는 집안식구들이 벌써 다 모여 있었다. 모임이 이미 시작된 것이다. 여주인은 넓은 소파 위에 다리를 오그리고 앉아서 새로운 프랑스 소책자를 손으로 돌돌 말고 있었다. 창가의 자수틀 앞에는 두 사람이 앉아 있었는데, 한쪽에는 다리야 미하일로브나의 딸이, 다른 한쪽에는 까만 부분 가발 위에 알록달록한 부인용 실내 모자를 쓰고 양쪽 귀를 솜으로 틀어막은 예순 살 가량의 늙고 여윈 노처녀 가정 교사인 봉쿠르 양이 앉아 있었다. 구석의 문가에는 바시스또프가 자리를 잡고 앉아서 신문을 읽고 있었고, 그 옆에서 뻬짜와 바냐가 체커를 하고 있었다. 그리고 자그마한 키에 머리칼이 희끗희끗하고 낯빛이 거무스름한 사람이 까만 눈을 대굴대굴 굴리며 뒷짐을 진 채 뻬치까에 기대고 서 있었다. 그는 아프리깐 세묘니치 뻬가소프라는 사람이다.

이 뻬가소프 씨는 이상한 사람이었다. 그는 세상의 모든 것과 모든 사람, 특히 여자들에 대해 원한을 품고 있었는데,

아침부터 저녁까지 때론 아주 적절하게 때론 아주 맹목적으로, 그리고 항상 즐거움을 느끼며 욕설을 해댔다. 그의 신경질은 유치하기까지 했다. 그의 웃음과 음성 그리고 그의 몸 전체에 짜증이 배어 있는 것 같았다. 하지만 다리야 미하일로브나는 기꺼이 삐가소프를 초대했다. 그의 기발한 언행이 그녀를 즐겁게 했던 것이다. 정말로 그의 이상한 언행은 꽤 재미있었다. 그는 모든 것을 과장하기를 아주 좋아했다. 예컨대, 그가 있는 자리에서 무슨 불행한 사건에 대한 얘기가 나와도 — 벼락이 떨어져 마을이 불타 버렸다는 얘기, 홍수로 물방앗간이 잠겼다는 얘기, 농부가 도끼로 자기 손을 찍었다는 얘기 등등 — 그는 언제나 정색하고 화를 내며 〈그 여자 이름이 뭐요?〉 하고 묻곤 했다. 즉, 그런 불상사를 낳은 여자의 이름을 묻는 것이다. 그는 어떤 일이든 잘만 조사하면 모든 불행의 밑바닥에는 여자가 있다고 확신하기 때문이다. 언젠가 그는 잘 모르는 귀부인이 자기에게 자꾸 먹을 것을 권하자 그녀 앞에 무릎을 꿇고 얼굴에는 분노의 빛을 띤 채, 자기는 아무 잘못도 없고 앞으로는 결코 그녀의 집에 나타나지 않겠으니 용서해 달라고 눈물을 흘리며 애걸한 적도 있었다. 한번은 다리야 미하일로브나의 세탁부를 태운 말이 어떤 언덕을 내달리다가 그녀를 도랑 속에 떨어뜨려서 하마터면 그 세탁부가 죽을 뻔했다. 그 이후로 삐가소프는 그 말을 〈준마〉라고만 불렀고, 그 언덕과 도랑을 빼어나게 경치가 좋은 장소라고 말했다.

실생활에서 삐가소프는 운이 없는 사람이었고, 그래서 일부러 이런 바보짓을 하고 다녔다. 그는 가난한 부모에게서 태어났다. 아버지는 여러 가지 자잘한 일을 했고 글도 잘 몰라서 아들의 교육에 신경을 쓰지 않았다. 그저 아들을 먹이고 입히는 게 고작이었다. 어머니는 그의 응석을 잘 받아 주었지만 곧 세상을 떠났다. 뻬가소프는 독학으로 군 소재지 학교에 들어갔고, 그 후 중학교에서 프랑스어, 독일어, 라틴어를 공부하여 우등생으로 중·고등학교를 졸업했다. 그는 도르파트[8]로 가서 늘 빈곤과 싸우면서도 3년 과정을 끝까지 마쳤다. 그는 인내와 끈기 면에서 뛰어났고, 공명심과 운명에 앙갚음하기 위해서라도 상류 사회에 진출하여 남에게 뒤지지 않겠다는 욕망이 유달리 강했다. 그가 열심히 공부한 것도, 도르파트 대학에 들어간 것도 다 공명심 때문이었다. 하지만 뻬가소프의 능력은 평범한 범주에서 벗어나지 못했다. 가난은 그를 화나게 했고, 그의 마음속에 관찰력과 교활성을 길러 주었다. 그는 남다르게 자신의 생각을 표현했다. 그는 젊어서부터 성 잘 내고 신경질적인 독특한 달변가로 스스로를 자부하고 있었다. 그의 생각은 일반적인 수준을 넘지 못했지만, 그가 말하는 것을 들으면 단순히 똑똑할 뿐만 아니라 아주 현명한 사람으로 보이기까지 했다. 학사 학위를 받은 뻬가소프는 학문에 자신을 바치기로 결심했다. 그는 다른 어떤 부문에서도 결코 동료들을 따라잡을 수 없다는 것을 깨달았던 것이다 — 그는 동료들을 상류 사회 출신 중에서 애

---

8 에스토니아의 도시(지금의 타르투). 도르파트(타르투) 대학은 1632년에 세워졌다.

써 골랐고, 항상 욕설을 해대면서도 그들의 비위를 맞추고 심지어 아첨까지 할 줄 알았다 — 그러나 솔직히 말해, 그에 겐 학문 분야의 기초가 부족했다. 학문이 좋아서 독학을 한 게 아닌 삐가소프는 아는 것이 너무나 적었다. 실제로 그는 어떤 학술 토론회에서 비참하게 깨졌다. 반면에 그가 항상 비웃곤 했던, 그와 같은 방을 쓰던 다른 대학생은 아주 편협 한 사람이었지만 정확하고 확실한 교육을 받은 덕분에 그 토론회에서 완승을 거두었다. 이 실패로 삐가소프는 격분했 다. 그는 책과 노트를 몽땅 불 속에 내던지고 관청에 취직했 다. 관청에서의 일이 처음엔 괜찮았다. 업무 처리 능력은 그 다지 뛰어나지 않았으나, 그 대신 그는 극히 자신만만하고 민첩해서 어디에 내놓아도 손색이 없는 관리였다. 그러나 그 는 더 빨리 출세하고 싶어졌고 결국 발을 잘못 들여놓는 바 람에 넘어져서 관직을 그만둬야만 했었다. 그는 한 3년 동안 자기 힘으로 산 조그만 마을에 눌러 있다가 갑자기 돈 많고 교양은 별로 없는 여지주와 결혼했다. 그는 허물없고 시큰둥 한 태도로 그녀를 낚았던 것이다. 그러나 삐가소프의 성미는 이미 너무 신경질적이고 삐뚤어져서 가정생활에 고통을 느 끼고 있었다……. 그의 아내는 몇 년 동안 그와 살다가 몰래 모스끄바로 달아나서 교활한 투기꾼에게 자기의 영지를 팔 아 버렸다. 그런데 삐가소프는 그 영지에 방금 저택을 신축 했던 것이다. 이 마지막 타격에 뿌리까지 뒤흔들린 삐가소프 는 아내를 상대로 소송을 제기하려고 했지만 아무 소용이 없 었다……. 그는 쓸쓸히 여생을 보내면서 이웃들을 찾아다녔다. 그는 이웃들이 있으나 없으나 그들을 욕하고 다녔다. 이웃들은 그를 진정으로 무서워하진 않았지만 약간 어설프고 긴장된 웃음을 지으면서 그를 맞아들이곤 했다. 또한 그는 결코 손에 책을 들고 다니지 않았다. 그리고 그에겐 1백 명 가량의 농노가 있었는데, 그들은 가난하게 살지 않았다.

「아! 꼰스딴찐!」 다리야 미하일로브나는 빤달례프스끼가 객실로 들어오자마자 말했다. 「알렉산드라는 오신대?」

「알렉산드라 빠블로브나는 마님께서 주신 특별한 기쁨에 대해 감사의 뜻을 전하라고 하셨습니다.」 꼰스딴찐 지오미디치는 사방에 기분 좋게 머리를 숙여 인사하고, 삼각형으로 깎은 손톱의 희고 통통한 손으로 멋있게 빗은 머리칼을 매만지면서 대꾸했다.

「볼린쩨프도 온대나?」

「오신답니다.」

「그렇다면, 아프리깐 세묘니치.」 삐가소프 쪽을 바라보면서 다리야 미하일로브나가 말을 이었다. 「당신 생각엔 모든 아가씨들이 다 부자연스럽다는 건가요?」

삐가소프는 입술을 비딱하게 일그러뜨리더니 신경질적으로 팔꿈치를 움직이기 시작했다.

「내 말은……」 그는 느릿한 목소리로 말하기 시작했다. 그는 아주 화가 났을 때 천천히 그리고 분명하게 말하곤 한다. 「내 말은 대부분의 아가씨들은……, 물론 여기 있는 아가씨들에 대해서는 말하지 않겠어요…….」

「그렇게 말한다 한들 우리가 당신의 말을 등한시할 순 없겠죠.」다리야 미하일로브나가 그의 말을 가로챘다.

「어쨌든 여기 계시는 분들에 대해 말하지 않겠습니다.」삐가소프가 다시 말했다. 「그러나 대부분의 아가씨들은 아주 부자연스럽습니다. 특히 자기 감정을 표현하는 데 어색하죠. 예컨대, 아가씨들은 뭔가에 놀라거나 기뻐하거나 슬퍼할 때면 반드시 이렇게 멋들어지게 몸을 구부리기부터 합니다(삐가소프는 더없이 흉하게 자기 몸을 구부리고 두 손을 내밀었다). 그리고 〈아!〉 하고 비명을 지르거나 웃음을 터뜨리거나 울기 시작해요. 그러나 나는(여기서 삐가소프는 만족스레 웃음을 지었다) 아주 부자연스러운 한 아가씨로부터 진실하고 거짓 없는 감정 표현을 얻어 낼 수 있었지요!」

「어떻게요?」

삐가소프의 눈이 빛나기 시작했다.

「나는 그 아가씨의 옆구리를 뒤에서 사시나무 몽둥이로 후려갈겼습니다. 그녀는 〈꽥〉 하고 비명을 질렀고, 나는 〈브라보! 브라보! 그게 바로 자연의 목소리고, 자연스러운 비명이오. 앞으로 항상 그렇게 행동하시오〉 하고 그녀에게 말해 줬지요.」

방 안의 모든 사람들이 웃음을 터뜨렸다.

「무슨 허튼소리를 하는 거예요, 아프리깐 세묘니치!」다리야 미하일로브나가 외쳤다. 「당신이 아가씨의 옆구리를 몽둥이로 때렸다는 걸 내가 믿을 줄 알아요!」

「정말로 몽둥이로, 아주 커다란 몽둥이로 때렸어요. 요새 방어용 몽둥이 같은 겁니다.」

「*Mais c'est une horreur ce que vous dites là, monsieur*[9](끔찍한 말씀을 하시는군요).」깔깔대며 웃는 아이들을 성난 눈으로 바라보며 봉쿠르 양이 소리쳤다.

「그의 말을 믿지 말아요.」다리야 미하일로브나가 말했다. 「아직도 이분이 어떤 분인지 모르겠어요?」

그러나 분개한 프랑스 여자는 오랫동안 마음을 가라앉히지 못하고 계속 뭐라고 중얼거렸다.

「내 말을 믿지 않아도 좋습니다.」삐가소프가 냉정한 목소리로 말을 이었다. 「하지만 오직 진실만을 말했다고 단언합니다. 내가 모른다면 누가 알겠어요? 반응을 보아하니 아마, 우리 이웃인 옐레나 안또노브나 체뿌조바가 자기 친조카딸을 죽였다는 것도 믿지 않겠군요. 하지만 그 여자가 직접 내게 얘기한 겁니다.」

「또 꾸며 낸 얘기로군요!」

「잠깐만요, 잠깐만! 끝까지 듣고 나서 스스로 판단해 보세요. 나는 그 여자를 비난하고 싶지 않고, 심지어 무척 좋아하기까지 합니다. 물론, 여자를 좋아할 수 있는 한에서 말이죠. 그녀의 집에는 달력 말고는 책이 하나도 없습니다. 그녀는 글을 읽을 때도 소리를 내서만 읽는데 그렇게 하고 나면 땀에 흠뻑 젖고 눈이 배꼽처럼 튀어나온다고 불평을 합니다······. 한마디로 말해서 좋은 여자고, 그녀의 하녀들도 잘 먹어서 뚱

---

9 19세기 러시아 소설의 주인공들(특히 귀족들)은 일상 대화에서 자기의 교양과 문화 수준을 은근히 뽐내기 위해 프랑스어를 자주 사용한다. 이후로 프랑스어 대화는 프랑스어를 적고 괄호 속에 우리말 번역을 넣기로 한다.

뚱합니다. 그런 그녀를 내가 왜 비방하겠습니까?」

「저런!」 다리야 미하일로브나가 지적했다. 「아프리깐 세묘니치가 자기의 장기(長技)를 부리기 시작했군. 이제 저녁 때까지 계속할 거야.」

「내 장기라……, 여자들은 장기가 세 가지 있는데, 잠잘 때를 제외하면 그칠 줄을 모릅니다.」

「세 가지 장기가 뭐죠?」

「잔소리, 암시, 비난.」

「이봐요, 아프리깐 세묘니치.」 다리야 미하일로브나가 말하기 시작했다. 「당신이 그렇게 여자를 증오하는 데는 까닭이 있겠죠. 아마 어떤 여자가 당신을 ―」

「모욕했을 거라고 말하고 싶은 거죠?」 삐가소프가 그녀의 말을 가로챘다.

다리야 미하일로브나는 약간 당황했다. 삐가소프의 불행한 결혼이 떠올랐던 것이다. 그래서 그저 머리만 끄덕였다.

「정확히 한 여자가 날 모욕했죠.」 삐가소프가 말했다. 「착한, 아주 착한 여자였지만…….」

「그 여자가 누구죠?」

「내 어머니입니다.」 삐가소프는 목소리를 낮추고 말했다.

「당신의 어머니라고요? 어떻게 모친이 당신을 모욕할 수 있었나요?」

「이 세상에 나를 낳았다는 것만으로…….」

다리야 미하일로브나는 눈썹을 찌푸렸다.

「대화가 점점 재미없어지는 것 같군요……. 꼰스딴찐, 우리에게 탈베르크의 새 소곡을 연주해 줘요……. 혹시 음악 소리가 아프리깐 세묘니치의 마음을 진정시킬지도 모르니까. 오르페우스는 자기 음악으로 들짐승들을 길들였다지 않아요.」

꼰스딴진 지오미디치는 피아노 앞에 앉아서 소곡을 아주 멋지게 쳤다. 나딸리야 알렉세예브나는 처음에 유심히 듣다가 다시 자기 일을 하기 시작했다.

「*Merci, c'est charmant*(고마워요, 참 좋군요).」다리야 미하일로브나가 말했다. 「난 탈베르크가 좋아요. *Il est si distingué*(참 세련됐죠). 무슨 생각을 그렇게 곰곰이 하세요, 아프리깐 세묘니치?」

「나는 세 부류의 이기주의자가 있다고 생각합니다.」삐가소프가 천천히 말하기 시작했다. 「자기도 잘 살고, 남도 잘 살게 하는 이기주의자들, 자기는 잘 살면서 남을 못살게 하는 이기주의자들, 마지막으로 자기도 못살고 남도 못살게 하는 이기주의자들이 있어요……. 대부분의 여자들은 세 번째 부류에 속합니다.」

「정말로 친절한 말이군요! 아프리깐 세묘니치, 당신은 자신의 판단에 대해 너무나 자신만만해요. 당신은 절대로 실수할 수 없다는 듯이 말이죠. 이 한 가지만으로도 놀라워요.」

「누가 그런 말을 해요! 나도 실수를 합니다. 남자도 실수할 수 있지요. 그러나 우리 남자의 실수와 여자의 실수의 차이가 뭔지 아십니까? 모르세요? 이런 차이가 있죠. 일례로, 남자는 2 곱하기 2는 4가 아니라 5나 3.5라고 말할 수 있어요. 그러나 여자는 2 곱하기 2는 스테아린 양초라고 말할 겁니다.」

「그 말은 이미 당신한테서 들은 것 같군요……. 그러나 좀 물어봅시다. 세 부류의 이기주의자에 대한 당신의 생각과 방금 들은 음악은 무슨 관계가 있나요?」

「아무 관계도 없습니다. 난 음악을 듣지 않았어요.」

「참말로 당신은 도저히 고칠 수가 없군요.」 다리야 미하일로 브나는 그리보예도프[10]의 시구를 살짝 비틀어서 대꾸했다. 음악을 좋아하지 않으면 뭘 좋아하세요? 문학을 좋아하나요?」

「나는 문학을 좋아합니다만, 오늘날의 문학은 좋아하지 않습니다.」

「왜죠?」

「그 이유는 이렇습니다. 최근에 나는 어떤 지주하고 나룻배를 타고 오까 강을 건넌 적이 있습니다. 나룻배가 가파르고 높은 언덕에 닿아서 마차를 거기까지 손으로 끌어 올려야 했지요. 하필 그 지주의 마차는 아주 무거웠죠. 뱃사공들이 마차를 끌어 올리면서 기를 쓰고 있는 동안 그 지주가 나룻배 위에 서서 얼마나 끙끙대던지 안쓰러울 정도였어요. 바로 이것이 분업 제도의 새로운 적용이라고 생각했지요. 오늘날의 문학도 그렇습니다. 다른 사람들이 짐을 나르며 일을 하고 있는데, 문학은 그 앞에서 끙끙대고 있지요.」

---

10 Aleksandr Sergeevich Griboyedov(1795~1829). 러시아 외교관이자 극작가이다. 대표작으로 희곡 「지혜의 슬픔」(1833)이 있는데 그 중의 한 문장을 약간 바꿔 인용했다.

다리야 미하일로브나가 미소를 지었다.

「그리고 그것을 현대 생활의 재현이니, 사회 문제에 대한 깊은 공감이라고 부릅니다.」 지칠 줄 모르는 삐가소프가 말을 이었다. 「또 이러니저러니 여러 가지 대단한 말들을 붙입니다…… . 아, 이런 대단한 말들은 정말이지 딱 질색입니다!」

「그러나 당신이 심하게 공격하는 그 여자들은 적어도 그렇게 어마어마한 말을 사용하진 않아요.」

삐가소프는 어깨를 으쓱했다.

「사용할 줄 몰라서 사용하지 않는 겁니다.」

다리야 미하일로브나는 살짝 얼굴을 붉혔다.

「아프리깐 세묘니치, 당신은 불손한 말을 하기 시작하는군요!」 그녀는 억지로 미소를 지으며 말했다.

방 안은 조용해졌다.

「졸로또노샤는 어디 있어요?」 갑자기 한 아이가 바시스또프에게 물었다.

「뽈따바 현에, 바로 소러시아에 있어요, 도련님.」 삐가소프가 말을 받았다. 그는 화제를 바꿀 기회가 생긴 것을 기뻐했다 「문학에 대한 이야기가 나왔으니 말이지만, 만약 여윳돈이 있었다면 나는 소러시아의 시인이 되었을 겁니다.」

「그건 또 무슨 소리죠? 참, 훌륭한 시인이되겠군요!」 다리야 미하일로브나가 대꾸했다. 「그런데 당신은 소러시아 말을 아세요?」

「전혀 모릅니다. 그리고 알 필요도 없습니다.」

「어째서 알 필요가 없죠?」

「그저 알 필요가 없습니다. 단지 종이 한 장만을 집어 들고, 그 위에다 〈생각〉이라고 쓰고 그 아래에 이렇게 쓰기 시작합니다. 〈오, 그대 나의 운명, 운명이여!〉 혹은, 〈언덕 위에 까자끄 사람 날리바이꼬가 앉아 있네!〉 혹은, 〈푸른 산기슭에 까마귀가 까악까악 운다!〉 뭐, 이런 식으로 뭔가를 써 내려갑니다. 그러면 시는 완성되죠. 그런 다음 인쇄해서 출판하면 됩니다. 소러시아인들은 그걸 읽을 거고 한 손으로 턱을 괴고는 반드시 울음을 터뜨릴 겁니다. 아주 감상적인 사람들이거든요!」

「무슨 말씀이세요!」 바시스또프가 외쳤다. 「도대체 무슨 말씀을 하시는 겁니까? 그건 당치 않은 말입니다. 저는 소러시아에서 살았고, 소러시아를 사랑하며 소러시아어를 알고 있습니다……. 〈까마귀가 까악까악〉이라니 정말 터무니없군요.」

「그럴지도 모르지. 그러나 소러시아인은 울 거요. 당신은 언어라고 말하지만…… 정말로 소러시아어라는 것이 존재한단 말이오? 언젠가 어떤 소러시아인에게 맨 먼저 내 눈에 들어온 구절을 번역해 달라고 부탁한 적이 있었소. 〈문법은 정확히 읽고 쓰는 기술이다〉라는 구절이었는데, 그 사람이 이걸 어떻게 번역했는지 아오? 〈뭉법은 덩확히 일고 써는 그술이다〉라고 번역했지요. 그래, 당신 생각에는 이것도 언어요? 독립적인 언어란 말이오? 이것에 동의하기보다는 차라리 가장 친한 친구를 절구에 넣고 찧어 버리겠소…….」

바시스또프는 반박하려고 했다.

「가만 놔둬요.」 다리야 미하일로브나가 제지했다. 「이 사람에게선 궤변밖에 들을 수 없다는 걸 당신도 알잖아요.」

삐가소프는 독기 어린 미소를 지었다. 하인이 들어와서 알렉산드라 빠블로브나와 그의 남동생이 도착했다고 알렸다.

다리야 미하일로브나는 손님들을 맞이하러 자리에서 일어났다.

「안녕하세요, 알렉산드라!」 그녀는 알렉산드라에게 다가가면서 말문을 열었다. 「이렇게 오시다니 참 고마워요…….

안녕하세요, 세르게이 빠블리치!」

볼린쩨프는 다리야 미하일로브나의 손을 잡고 인사한 후 나딸리야 알렉세예브나 쪽으로 다가갔다.

「그런데 새로 알게 된 그 남작이 오늘 옵니까?」 삐가소프가 물었다.

「예, 오늘 와요.」

「그는 대단한 철학자라서 헤겔을 마구 인용한다죠?」

다리야 미하일로브나는 아무 대답도 하지 않고, 알렉산드라 빠블로브나를 소파에 앉히고 나서 자기도 그 곁에 앉았다.

「철학은 최고의 관점이라!」 삐가소프가 말을 이었다. 「그 최고의 관점이란 것이 나는 정말 질색입니다. 도대체 위에서 무엇을 볼 수 있겠어요? 말을 사고 싶을 때, 망루에서 말을 내려다보지는 않잖아요!」

「그 남작이 어떤 논문을 가져온다고 했나요?」 알렉산드라 빠블로브나가 물었다.

「예, 논문을 가져온댔어요.」 다리야 미하일로브나는 일부러 태연하게 대답했다. 「러시아의 공업과 상업의 관계에 대한……. 그러나 걱정하지 말아요. 여기에서 읽지는 않을 테니까……. 그것 때문에 당신을 초대한 것도 아니고요. *Le baron est aussi aimable que savant*(남작은 박식할 뿐만 아니라 아주 친절해요)! 그리고 러시아 말도 아주 잘하죠! *C'est un vrai torrent... il vous entraîne*(정말 청산유수지요……. 당신도 반할 거예요).」

「러시아 말을 너무 잘해서 프랑스 말로 칭찬을 받을 정도군.」 삐가소프가 투덜거렸다.

「계속 투덜거리세요, 아프리깐 세묘니치. 그렇게 계속 투덜거리세요……. 당신의 헝클어진 머리에 잘 어울리니까요……. 그런데 그 사람은 왜 아직 안 올까? 자, *messieurs et mesdames*(신사 숙녀 여러분).」 다리야 미하일로브나가 주위를 둘러보고 덧붙여 말했다. 「정원으로 나갑시다. 저녁 식사까지는 한 시간가량 남았고 날씨도 저렇게 좋으니…….」

모두가 일어나서 정원으로 향했다.

다리야 미하일로나의 정원은 바로 강까지 뻗어 있었다. 정원에는 금빛과 검은빛이 감도는 향기로운 늙은 피나무 가로수 길이 많이 나 있고, 나뭇가지마다 에메랄드 빛으로 빛나고 있었다. 아카시아와 라일락으로 둘러싸인 정자도 많았다.

볼린쩨프는 나딸리야, 봉쿠르 양과 정원의 가장 깊숙한 곳으로 들어갔다. 그는 나딸리야와 나란히 걸으면서 아무 말도 하지 않았다. 봉쿠르 양은 약간 뒤떨어져서 걸어갔다.

「오늘 무슨 일을 했습니까?」 마침내 볼린쩨프가 멋진 암갈색 콧수염 끝을 잡아당기면서 더듬거리는 말로 물었다.

「별일 안 했어요.」나딸리야가 대답했다.「삐가소프가 늘 어놓는 험담을 들었고, 자수를 놓기도 하고 책도 읽었어요.」

「무슨 책을 읽었죠?」

「저는…… 십자군 원정의 역사를 읽었어요.」나딸리야가 약간 더듬거리며 말했다.

볼린쩨프가 잠시 그녀를 바라보았다.

「아!」마침내 그가 말했다.「재미있었겠네요.」

그는 나뭇가지를 꺾어서 공중에 빙빙 돌리기 시작했다. 그들은 스무 걸음가량 더 걸었다.

「당신 어머니가 새로 알게 된 남작은 어떤 사람인가요?」 볼린쩨프가 다시 물었다.

「시종보로 다른 지방에서 온 사람이래요. 어머니가 그를 몹시 칭찬해요.」

「당신 어머니는 다른 사람에게 쉽게 마음이 끌리니까요.」

「그건 어머니의 마음이 아직도 젊다는 증거죠.」나딸리야 가 말했다.

「그래요. 그리고 당신의 말을 곧 보내겠습니다. 그 말은 이 제 거의 길들여졌어요. 그 말이 선 자리에서 바로 질주할 수 있길 원해요. 제가 그렇게 만들어 놓겠어요.」

「고마워요……. 그리고 미안해요. 직접 말을 길들이고 계 시지요. 아주 힘들다고 하던데…….」

「당신에게 조금이라도 기쁨을 주기 위해, 아시죠, 전 준비 가 되어 있습니다……. 저는…… 이런 하찮은 일뿐만이 아니 라…….」

볼린쩨프가 말을 더듬거렸다.

나딸리야가 다정하게 그를 바라보고는 다시 한 번 고맙다고 말했다.

「아시죠.」 볼린쩨프가 오랜 침묵 끝에 말을 이었다. 「당신을 위해 못 할 일이 없다는……. 내가 왜 이런 말을 하고 있을까! 제가 왜 이런지 알고 계시겠죠.」

이 순간 집에서 종소리가 울렸다.

「*Ah! la cloche du dîner*(아! 식사 시간이에요)*!*」 봉쿠르 양이 소리쳤다. 「*Rentrons*(돌아갑시다)*!*」

⟨*Quel dommage*(참 딱한 일이야).⟩ 늙은 프랑스 여자는 볼린쩨프와 나딸리야의 뒤를 따라 발코니의 계단을 오르면서 속으로 생각했다. ⟨*Quel dommage que ce charmant garçon ait si peu de ressources dans la conversation*(이렇게 멋진 젊은이가 대화를 할 줄 모른다니 참 딱한 일이야).⟩ 이것을 러시아식으로 옮기면 ⟨자기야, 자기는 멋지지만 좀 어설퍼⟩ 정도가 될 것이다.

남작은 저녁 식사 때까지 오지 않았다. 반 시간을 더 기다렸다.

식탁에서의 대화도 흥이 나지 않았다. 세르게이 빠블리치 볼린쩨프는 옆자리에 앉아 있는 나딸리야만 바라보면서 그녀의 컵에 열심히 물을 따라 주었다. 빤달레프스끼는 자기 곁에 앉아 있는 알렉산드라 빠블로브나의 관심을 끌려고 괜히 애쓰고 있었다. 그는 계속 달콤한 말을 주워섬겼지만, 그녀는 하마터면 하품을 할 뻔했다.

바시스또프는 빵으로 동그랗게 작은 공을 만들면서 아무 생각도 하지 않았다. 심지어 삐가소프도 침묵을 지켰다. 다리야 미하일로브나가 삐가소프에게 오늘은 대단히 불친절하다고 지적하자, 그는 〈내가 언제 친절한 적이 있나요? 그건 내 소관이 아닙니다……〉라고 우울하게 대답했다. 그러고는 쓴웃음을 지으며 이렇게 덧붙여 말했다. 「조금만 참으세요. 나는 끄바스[11]니까, 평범하기만 한 러시아산 끄바스니까요. 그러나 당신의 시종보는 ―」

「브라보!」 다리야 미하일로브나가 외쳤다. 「삐가소프 씨가 질투를 하네요, 미리 질투를 해요!」

그러나 삐가소프는 그녀에게 아무 대답도 하지 않고, 그저 눈만 치뜨고 그녀를 바라보았다.

시계가 7시를 쳤다. 모두들 다시 객실로 모였다.

「아마, 오지 않는 것 같네요.」 다리야 미하일로브나가 말했다.

그러나 바로 이때, 바퀴 소리가 들리더니 조그만 여행 마차가 마당으로 들어섰다. 잠시 후에 하인이 객실로 들어와서 다리야 미하일로브나에게 은 쟁반에 담긴 편지를 건넸다. 그녀는 편지를 끝까지 읽고 나서 하인을 바라보며 물었다.

「이 편지를 가져온 분은 어디 계시지?」

「마차 안에 계십니다. 들어오시라 할까요?」

「들어오시라 해라.」

하인은 밖으로 나갔다.

11 쌀보리와 엿기름으로 만든 시큼한 러시아의 전통 음료이다.

「정말 유감스러운 일이군요.」 다리야 미하일로브나가 말을 이었다. 「남작은 즉시 뻬쩨르부르그로 돌아오라는 지시를 받았대요. 그래서 자기 논문을 친구인 루진 씨 편에 보내 왔어요. 남작은 그 사람을 내게 소개하고 싶다고 하면서, 그 사람을 매우 칭찬했어요. 그러나 참 유감스러워요! 난 남작이 여기에서 잠시 머물기를 바랐는데……」

「드미뜨리 니꼴라예비치 루진 씨입니다.」 하인이 아뢰었다.

3

서른다섯 살가량의 키가 훤칠하고 등이 약간 구부정하며, 곱슬머리에 단정하지는 않지만 표정이 풍부하고 현명해 보이며 거무스름한 얼굴을 한 남자가 들어왔다. 생기가 넘치는 검푸른 눈은 촉촉하게 빛나고, 콧날이 곧은 큼직한 코와 윤곽이 고운 입술을 하고 있었다. 그가 입고 있는 옷은 낡고 품이 좁아서, 마치 그가 그 옷에서부터 자라난 것처럼 꼭 끼었다.

그는 민첩하게 다리야 미하일로브나에게 다가가서 가볍게 머리 숙여 인사하고 나서 진작부터 찾아뵙고 싶었으며, 자기 친구인 남작이 직접 작별 인사를 하지 못하게 된 것을 매우 아쉬워했다고 말했다.

루진의 가는 목소리는 그의 큰 키와 넓은 가슴에 어울리지 않았다.

「앉으세요……. 매우 반가워요.」 이렇게 말하고 다리야 미하일로브나는 그를 객실에 모인 모든 사람들에게 소개하고 나서, 그가 이 지방 사람인지 아닌지 물었다.

「제 영지는 T 현에 있습니다.」 모자를 무릎 위에 올려놓고 루진이 대답했다. 「저는 일이 있어서 최근에 여기로 왔습니다. 여기 군청 소재지에 머무르고 있습니다.」

「누구네 집에요?」

「의사네 집입니다. 대학 시절의 옛 친구입니다.」

「아! 의사네 집에요……. 모두들 그 의사를 칭찬하지요. 솜씨 있는 의사라고들 말예요. 그런데 남작과는 오래전부터 아는 사인가요?」

「지난겨울에 모스끄바에서 만났고, 이번에 그분 집에서 일주일가량 지냈습니다.」

「남작은 매우 현명한 분이더군요.」

「그렇습니다.」

다리야 미하일로브나는 향수를 뿌린 손수건을 코에 댔다. 「어떤 일을 하고 계시나요?」 그녀가 물었다.

「누구요? 저요?」

「예.」

「안 합니다……. 저는 퇴직했습니다.」

잠시 침묵이 흘렀다. 이윽고 좌중의 대화가 다시 시작되었다.

「좀 물어봐도 될까요.」 루진 쪽을 바라보며 삐가소프가 말문을 열었다. 「당신은 남작께서 썼다는 논문 내용을 아시나요?」

「알고 있습니다.」

「그 논문은 상업 관계…… 아니, 그 뭐라더라, 러시아의 상업과 공업의 관계를 다룬 것이라지요……. 아마, 이렇게 말하셨지요, 다리야 미하일로브나?」

44

「예, 그런 논문이에요.」 다리야 미하일로브나는 이렇게 말하고 한 손을 이마에 얹었다.

〈물론, 나는 이런 문제를 잘 판단할 수 없는 사람이긴 하지만……〉 하고 삐가소프가 말을 이었다. 「솔직히 말해, 논문 제목 자체가 극히…… 어떻게 하면 더 부드럽게 말할 수 있을까? 극히 애매하고 혼란스러운 것 같군요.」

「왜 그런 것 같습니까?」

삐가소프는 쓴웃음을 짓고 슬쩍 다리야 미하일로브나를 쳐다보았다.

「그럼 당신에겐 분명한가요?」 삐가소프는 다시 여우 같은 작은 얼굴을 루진 쪽으로 돌리고 나서 말했다.

「저 말인가요? 분명합니다.」

「흠, 물론 그거야 당신이 더 잘 알겠지요.」

「머리가 아프세요?」 알렉산드라 빠블로브나가 다리야 미하일로브나에게 물었다.

「아니에요. 그저…… *C'est nerveux*(신경성이에요).」

「좀 물어봐도 될까요.」 삐가소프가 다시 콧소리로 말하기 시작했다. 「당신의 지인인 남작 무펠 씨는, 아마 이름이 이렇지요?」

「예, 그렇습니다.」

「남작 무펠 씨는 전문적으로 정치·경제학을 연구합니까, 아니면 일을 하고 사교계의 향락을 즐기면서, 한낱 남는 여가 시간에 취미로 학문을 하는 건가요?」

루진은 삐가소프를 빤히 쳐다보았다.

「남작은 이 분야의 전문가가 아닙니다.」 살짝 얼굴을 붉히면서 루진이 말했다. 「그러나 그의 논문에는 올바르고 흥미로운 점이 많이 있습니다.」

「나는 논문을 읽지 않아서 당신과 논쟁할 수는 없어요……. 그러나 감히 묻건대, 당신의 친구인 무펠 남작의 글은 아마도 사실보다는 일반적인 논의에 기초하고 있겠죠?」

「그 논문에는 사실도 있고 사실에 기초한 논의도 있습니다.」

「그러실 테죠, 그러실 테죠. 당신에게 알리건대, 내 생각으로는 ─ 경우에 따라 나는 내 의견을 말할 줄도 압니다. 나는 도르파트에서 3년을 살았고 ─ 이른바 이 모든 총론이니 가설이니 체계니 하는 것은 ─ 용서하시오, 나는 촌사람이라 뭐든지 거침없이 말해서 ─ 전혀 소용이 없습니다. 그런 건 모두 공리공론에 지나지 않고, 사람들을 속일 뿐이오. 사실들을 전하시오, 여러분, 그것만으로 충분합니다.」

「정말 그럴까요?」 루진이 반박했다. 「그럼, 사실들이 지닌 의미를 전할 필요는 없나요?」

「총론!」 삐가소프는 말을 이었다. 「그 총론이니 개관이니 결론이니 하는 것은 모두 지겨운 것이오! 그 모든 것은 이른바 신념에 기초하고 있는데, 모두가 자기 신념에 대해 말하면서 그 신념에 대해 존경까지 요구하고, 그 신념에 온통 정신이 팔려 돌아다닙니다……. 에이 참!」

이렇게 말하며 삐가소프는 주먹을 공중에 휘둘렀다. 그 모습에 빤달레프스끼는 큰소리로 웃어 대기 시작했다.

「훌륭합니다!」 루진이 말했다. 「그런데 당신은 신념이 없다고 생각합니까?」

「없지요, 존재하지 않습니다.」

「그게 당신의 신념인가요?」

「그렇소.」

「그런데 어떻게 신념이 없다고 말하십니까? 적어도 신념 하나는 이렇게 있군요.」

방 안의 모든 사람들이 빙그레 웃으며 서로를 쳐다보았다.

「아니, 아니, 하지만⋯⋯.」 삐가소프는 말을 하려고 했다.

그러나 다리야 미하일로브나가 손뼉을 치며 〈브라보, 브라보, 삐가소프 씨가 졌네요. 졌어요!〉라고 소리치고는 루진의 손에서 슬며시 모자를 빼내 들었다.

「아직 기뻐하긴 이릅니다, 부인! 아직 이르다고요!」 삐가소프가 화를 내며 말했다. 「거만한 표정을 지으며 재치 있는 말을 한마디 한 것으론 부족합니다. 증명하고 논박해야만 해요⋯⋯. 우리는 쟁점에서 빗나가고 말았어요.」

「좋습니다.」 루진이 냉정하게 말했다. 「문제는 매우 단순합니다. 당신은 총론의 유익함을 믿지 않고, 신념을 믿지 않습니다⋯⋯.」

「나는 믿지 않습니다, 믿지 않아요. 아무것도 믿지 않아요.」

「아주 좋습니다. 당신은 회의론자입니다.」

「그런 유식한 말을 쓸 필요는 없다고 봅니다. 그러나 ―」

「말을 끊지 말아요!」 다리야 미하일로브나가 끼어들었다.

〈뜯어라, 뜯어, 물어뜯어라!〉 이 순간 빤달례프스끼는 이렇게 속으로 말하고는 이를 드러내 활짝 웃었다.

「이 말은 제 생각을 표현해 줍니다.」 루진은 말을 이었다. 「게다가 당신도 이 말을 통해 이해하고 있는데, 왜 사용해선 안 되나요? 그리고 당신은 아무것도 믿지 않는다고 했습니다……. 그런데 왜 사실들은 믿습니까?」

「왜라니요? 참 멋지군요! 사실이란 당연한 것이고, 사실이 뭣인지는 모두가 알고 있어요……. 나는 경험으로, 자신의 감각으로 사실을 판단합니다.」

「그 감각은 당신을 속일 수 없을까요? 감각은 당신에게 태양이 지구 둘레를 돈다고 말하고 있을 겁니다……. 그렇다면 혹시 당신은 코페르니쿠스의 지동설에 동의하지 않습니까? 당신은 그를 믿지 않나요?」

다시 모든 사람의 얼굴에 미소가 스쳐 지나갔고, 모두의 눈길이 루진에게 집중되었다. 〈보통내기가 아니군〉 하고 저마다 속으로 생각했다.

「당신은 계속 농담뿐이군요.」 삐가소프가 말하기 시작했다. 「물론, 그 말은 아주 독창적이지만 우리의 논의에는 맞지 않습니다.」

「제가 지금까지 한 말에는……」 루진이 반박했다. 「유감스럽게도 독창적인 게 너무 적습니다. 그것은 모두 아주 오래전부터 알려진 것이고, 수천 번 언급된 겁니다. 문제는 이게 아니고 ―」

「그럼 문제가 뭐요.」 삐가소프는 약간 뻔뻔스러운 어조로 물었다.

논쟁을 할 때 그는 우선 상대방을 놀리다가 점점 무례해지고 결국에는 성을 내고 입을 다물어 버리곤 한다.

「문제는 이렇습니다.」 루진이 말을 이었다. 「솔직히 말해, 저는 정말 유감을 느끼지 않을 수 없습니다. 현명한 사람들이 공격을 할 때 ―」

「체계를 공격한단 말이오?」 삐가소프가 말을 가로챘다.

「예, 체계라고 해도 좋습니다. 왜 당신은 이 말을 그렇게 무서워하십니까? 모든 체계는 기본 법칙의 지식에, 생활의 원리에 기초하고 있습니다……」

「그러나 그것을 알 수도 없고, 발견할 수도 없소……. 그만두시오!」

「잠깐만요. 물론 누구나 다 그런 지식을 이해할 수 있는 건 아니고, 인간은 실수할 수도 있습니다. 그러나 아마 당신도, 예컨대, 뉴턴이 비록 몇 가지이긴 하지만 기본 법칙을 발견했다는 데는 동의하실 겁니다. 그가 천재였다고 해봅시다. 천재의 발견은, 그것이 모든 사람의 자산이 되기 때문에 위대한 것입니다. 개별적인 현상 속에서 보편적인 원칙을 찾아내려는 욕구는 인간 정신의 근본적인 특성들 중 하나이고, 우리의 모든 교양은 ―」

「아니, 어디까지 끌고 갈 생각인가요?」 삐가소프는 목소리를 길게 끌며 말을 가로챘다. 「나는 실제적인 인간이라서 이 모든 형이상학적 문제를 자세히 파고들지 않고, 그러고 싶지도 않습니다.」

「좋습니다! 그건 당신의 자유입니다. 그러나 오로지 실제적인 인간이 되고자 하는 당신의 소망 자체가 벌써 일종의 체계이고 이론입니다……」

「교양이라!」 삐가소프가 말을 받았다. 「또 한 번 우리를 놀라게 하는군! 당신이 찬양하는 그 교양은 아주 필요하지! 그러나 나는 그 교양의 값으로 동전 한 닢도 내지 않을 거요!」

「당신은 너무 졸렬하게 논쟁하는군요, 아프리깐 세묘니치!」 다리야 미하일로브나는 새로운 손님의 침착성과 정중한 태도에 만족감을 느끼면서 삐가소프의 옹졸함을 지적했다. 〈C'est un homme comme il faut(사교적인 사람이야)!〉 루진의 얼굴을 호의적으로 유심히 쳐다보며 그녀는 생각했다. 〈귀여워해 줘야지.〉 그녀는 이 마지막 속말은 러시아어로 했다.

「저는 교양을 옹호할 생각은 없습니다.」 잠시 침묵하고 나서 루진이 말을 이었다. 「교양은 저의 옹호를 필요로 하지도 않습니다. 당신은 교양을 싫어합니다……. 그건 뭐 사람마다 취향이 다르니까요. 게다가 그런 문제를 논의하자면, 우리의 논점에서 점점 더 멀어질 겁니다. 그래서 〈주피터여, 네가 성을 내는 것을 보니 너에게 죄가 있구나〉란 옛 속담만을 당신에게 상기시키고 싶습니다. 제가 말하고 싶은 것은 체계, 일반론 등에 대한 이 모든 공격은 체계와 함께 지식 일반, 학문, 학문에 대한 믿음 그리고 자기 자신과 자신의 힘에 대한 믿음까지도 부정하는 것이기 때문에 특히 유감스럽다는 것입니다. 사람들에게는 이 믿음이 필요합니다. 사람들은 인상만으론 살 수 없어요. 사람들이 사상을 두려워하고, 믿지 않는 것은 잘못입니다. 회의주의는 항상 무익함과 무력함이 그 특징이었습니다……」

「그건 다 말뿐이오!」 삐가소프가 중얼거렸다.

「그럴지도 모르죠. 그러나 당신에게 지적하고 싶은 건, 〈그건 다 말뿐이야!〉라고 말하면서 우리는 종종 어떤 말보다도 더 중요한 말을 해야 할 필요성을 피하고 싶어 합니다.」

「뭐라고요?」 삐가소프는 이렇게 묻고 눈을 가늘게 떴다.

「제 말이 어떤 말인지 이해하셨으리라 생각합니다.」 루진은 저도 모르게 초조해했다가 곧 자제하면서 말했다. 「다시 말하지만, 만약 사람에게 자기가 믿는 확고한 원칙이 없고, 그가 굳건히 디디고 설 지반이 없다면, 어떻게 자기 민중의 요구며, 의미며, 미래를 이해할 수 있겠습니까? 어떻게 스스로가 무엇을 해야만 할지 알겠습니까, 만일 ―」

「자, 그만하고 자리에 앉으시죠!」 삐가소프는 띄엄띄엄 말하고 고개를 숙여 인사하고는 아무도 쳐다보지 않고 옆으로 물러났다.

루진은 그를 바라보고 가볍게 쓴웃음을 짓더니 아무 말도 하지 않았다.

「아하! 꽁무니를 빼시는군요!」 다리야 미하일로브나가 말하기 시작했다. 「걱정하지 말아요, 드미뜨리…… 미안합니다, 부칭이 뭐죠?」 그녀가 상냥한 미소를 지으며 덧붙여 말했다.

「니꼴라이치[12]입니다.」

「걱정하지 마세요, 친애하는 드미뜨리 니꼴라이치! 저 사

---

12 드미뜨리 니꼴라예비치와 드미뜨리 니꼴라이치를 같이 사용하고 있는데 이는 모두 니꼴라이의 아들 드미뜨리란 뜻이고, 후자가 더 대중적고 친근한 호칭이다.

람은 우리들 중 누구도 속이지 못했어요. 저 사람은 더 이상 논쟁하고 싶지 않은 체하지만…… 실은 당신과 논쟁할 수 없다고 느낀 거예요. 자, 좀 더 가까이 다가앉아서 이야기 좀 해요.」

루진은 자기 안락의자를 그녀 쪽으로 가까이 가져갔다.

「어째서 지금껏 우리가 만난 적이 없었을까요?」다리야 미하일로브나가 말을 이었다. 「놀라운 일이군요……. 그런데 당신은 이 책을 읽었나요? *C'est de Tocqueville, vous savez*(이건 토크빌의 책인데, 아세요)?」

다리야 미하일로브나는 루진에게 프랑스어로 쓰인 소책자를 내주었다.

루진은 그 얇은 소책자를 손에 들고 몇 페이지를 넘겨 보더니, 책상 위에 다시 올려놓았다. 그는 사실 이 책은 읽어 보지 않았지만, 토크빌이 다룬 문제에 대해서는 종종 생각해 봤다고 대답했다. 다시 대화가 시작되었다. 처음에 루진은 주저하고 말하기를 꺼려하며 어떤 말부터 해야 할지 잘 모르는 것 같았지만, 마침내 대화에 열중해서 말하기 시작했다. 15분이 지나자 방 안에서 그의 목소리만 울려 퍼졌다. 모두들 그의 주변에 모여들었다.

삐가소프 혼자 멀찍이 떨어져서 구석의 벽난로 곁에 서 있었다. 루진은 현명하고 열렬히, 요령 있게 말하면서 많이 알고 많이 읽었다는 것을 보여 주었다. 아무도 그가 특출한 사람이라고는 예상하지 못했다……. 옷차림도 아주 평범했고, 그에 대한 소문도 별로 없었다. 이렇게 똑똑한 사람이 어떻게 시골에 갑자기 나타날 수 있는지 누구도 이해할 수 없는 이상한 일이었다. 게다가 그는 다리야 미하일로브나를 비롯하여 모든 사람들을 놀라게 했고, 매혹시켰다고 말할 수 있다……. 다리야 미하일로브나는 자신의 발견을 흐뭇해하면서, 어떻게 루진을 사교계로 끌어넣을지 벌써부터 생각하고 있었다. 그녀는 사람들에게서 첫인상을 느낄 때, 나이에도 불구하고 어린애다운 면이 많이 있었다. 그리고 알렉산드라 빠블로브나는 솔직히 말해, 루진이 한 말을 별로 이해하지 못했지만 매우 놀라면서 기뻐했다. 그녀의 동생도 놀랐다. 빤달레프스끼는 다리야 미하일로브나의 태도를 살펴보면서 루진을 부러워했다. 삐가소프는 〈5백 루블을 내면 더 잘 우는 꾀꼬리를 구할 수 있지!〉 하고 생각했다. 그러나 누구보다도 더 놀란 사람은 바시스또프와 나딸리야였다. 바시스또프는 거의 숨이 막힐 정도였다. 그는 줄곧 입을 벌린 채 눈을 크게 뜨고 앉아서 태어나서 한 번도 들어 본 적 없는 말을 열심히 듣고 있었다. 나딸리야의 얼굴은 새빨갛게 물들었고, 루진을 주시하는 그녀의 움직이지 않는 시선은 흐릿해지기도 하고 빛나기도 했다.

「저 사람의 눈은 정말 멋있군요!」 볼린쩨프가 나딸리야에게 속삭였다.

「네, 아름다워요.」

「다만 손이 크고 붉은 게 유감이군.」

나딸리야는 아무 대답도 하지 않았다.

차가 나왔다. 대화는 보다 일반적인 것이 되었다. 루진이 입을 열기만 하면 모두가 갑자기 입을 다물었다. 이것만 봐도 루진이 그들에게 준 인상이 얼마나 강한지 알 수 있었다. 다리야 미하일로브나는 갑자기 삐가소프를 놀려 주고 싶었다. 그녀는 그에게 다가가 나직한 목소리로 말했다. 「왜 잠자코 독살스러운 웃음만 짓고 있나요? 저 사람하고 다시 한 번 맞붙어 봐요.」 그녀는 그의 대답을 기다리지도 않고 손짓으로 루진을 불렀다.

「당신은 이분에 대해 아직 한 가지를 모르고 있어요.」 삐가소프를 가리키며 그녀가 말했다. 「이분은 여자들을 끔찍이 싫어해서 끊임없이 여자들을 공격해요. 제발 이분을 진리의 길로 인도해 주세요.」

루진은 삐가소프를 부득이 위에서 내려다볼 수 밖에 없었다. 그의 키가 삐가소프보다 머리 두 개만큼 더 컸던 것이다. 삐가소프는 약이 올라 기분이 몹시 언짢아졌고, 신경질적인 얼굴은 창백해졌다.

「다리야 미하일로브나가 잘못 말한 겁니다.」 그는 불안정한 목소리로 말하기 시작했다. 「나는 여자들만 공격하는 게 아니라 인간이란 종족을 아주 싫어합니다.」

「왜 인간에 대해 그렇게 나쁘게 생각하십니까?」 루진이 물었다.

삐가소프는 루진의 눈을 똑바로 쳐다보았다.

「아마 스스로의 마음을 끊임없이 캐내기 때문이겠죠. 나는 내 마음속에서 매일 더러운 것을 더욱더 많이 발견하오. 그리고 나 자신에 비추어 다른 사람들을 판단합니다. 아마 이건 불공정한 방법일지도 모릅니다. 내가 남보다 훨씬 더 나쁠 수도 있으니까. 그러나 어쩌겠소? 습관인걸!」

「이해하고 공감합니다.」 루진이 대꾸했다. 「고결한 마음의 소유자로서 자기 비하에 대한 갈망을 체험하지 않은 사람이 어디 있겠습니까? 그러나 그런 궁지에 머물러 있을 필요는 없습니다.」

「내 마음에 고결 증서를 주시니 대단히 고맙소.」 삐가소프가 대꾸했다. 「그러나 내 상태는 괜찮아요. 그러니 궁지로부터 빠져나가는 출구가 있다고 해도 내겐 필요 없어요! 나는 출구를 찾지 않을 겁니다.」

「그러나 그건, 이런 표현을 써서 죄송합니다만, 진리 속에 머물고 그 속에서 살고자 하는 소망보다 자존심의 만족을 더 우선시하는 건 아닌지요…….」

「그렇고말고요!」 삐가소프가 소리쳤다. 「자존심이 뭔지는 나도 알고, 아마 당신도 아실 테고, 누구나 다 알고 있습니다. 그러나 진리란, 진리란 도대체 무엇입니까? 진리란 게 어디에 있나요?」

「미리 경고하는데, 당신은 같은 말을 되풀이하는군요.」 다리야 미하일로브나가 으쓱했다.

삐가소프도 어깨를 들먹였다.

「그게 뭐가 나쁘죠? 난 진리가 어디 있느냐고 묻는 겁니다. 도대체 진리가 뭔지는 철학자들도 모릅니다. 칸트가 〈진리는 이렇다〉고 말하면, 헤겔은 〈아니다, 그건 거짓말이다, 진리는 바로 이런 것이다〉라고 말합니다.」

「당신은 헤겔이 진리에 대해 뭐라고 말했는지 아십니까?」 루진은 목소리를 높이지 않고 물었다.

「다시 말하지만…….」 열이 오른 삐가소프가 말을 이었다. 「난 진리가 뭔지 알 수 없습니다. 내 생각에 진리란 이 세상에 없습니다. 즉 진리란, 말만 있고 실체는 없습니다.」

「저런! 저런!」 다리야 미하일로브나가 외쳤다. 「그렇게 말하는 게 부끄럽지 않나요, 죄 많은 노인 같으니! 진리가 없다고요? 그럼 뭘 위해 이 세상에 살아야 하나요?」

「그래도 나는 이렇게 생각합니다, 다리야 미하일로브나.」 삐가소프가 화를 내며 말했다. 「어쨌든 당신은 고깃국을 잘 끓이는 당신네 요리사 스테판이 없이 사는 것보다 진리 없이 사는 게 더 편할 겁니다! 당신에게 왜 진리가 필요한지 말씀해 주시겠습니까? 진리로 모자를 뜰 수는 없지 않습니까?」

「농담은 논박이 아니에요.」 다리야 미하일로브나가 지적했다. 「특히 그런 비방과 비슷한 농담일 때는…….」

「진리는 어떤지 모르겠지만, 옳은 말은 귀에 거슬리는가 보군.」 이렇게 투덜거리며 삐가소프는 옆으로 물러났다.

루진은 자존심에 대해 말하기 시작했는데, 아주 조리 있게 말을 했다. 〈자존심이 없는 사람은 가치가 없다, 자존심은 지구를 옮길 수 있는 아르키메데스의 지렛대와 같은 것이지만 동시에 말 탄 사람이 말을 다루듯이 자존심을 다스릴 줄 알아야 한다, 전체의 행복을 위해 자기 자신을 희생할 줄 아는 자만이 인간이란 칭호를 받을 자격이 있다〉고 논증했다…….

〈그러나 이기주의는……〉 하고 그는 결론을 내렸다. 「자살

56

행위입니다. 이기적인 사람은 마치 홀로 자라서 열매를 맺지 못하는 나무처럼 시들지요. 그러나 자기완성을 향한 적극적인 지향인 자존심은 모든 위대한 것의 원천입니다……. 그렇습니다! 인간은 자기완성을 향한 자존심이 스스로 제 역할을 충분히 할 수 있도록 자신의 집요한 이기주의를 꺾어야만 합니다.」

「연필을 빌려 줄 수 있소?」 삐가소프가 바시스또프에게 말했다.

바시스또프는 삐가소프가 뭐라고 물었는지 금방 알아듣지 못했다.

「연필은 뭣에 쓰시려고요?」 마침내 그가 말했다.

「루진 씨의 마지막 말을 적어 두고 싶네. 적어 두지 않으면 잊어버릴지도 모르니까! 당신도 동의하겠지만, 그런 말은 카드 게임에서 대승을 거두는 것만큼이나 좋은 거요.」

「비웃거나 빈정거리는 것은 죄입니다, 아프리깐 세묘니치!」 바시스또프는 열을 내어 말하고 삐가소프에게서 얼굴을 돌렸다.

그 사이에 루진은 나딸리야에게 다가갔다. 그녀는 자리에서 일어섰다. 그녀의 얼굴에 당황하는 기색이 비쳤다.

그녀 곁에 앉아 있던 볼린쩨프도 일어섰다.

「피아노가 있군요.」 루진은 여행 중의 왕자처럼 부드럽고 정답게 말하기 시작했다. 「당신은 피아노를 치나요?」

「예, 쳐요.」 나딸리야가 말했다. 「그러나 그다지 잘 치지 못해요. 여기 꼰스딴찐 지오미디치 씨가 저보다 훨씬 잘 쳐요.」

빤달례프스끼는 얼굴을 내밀고 이를 드러내 보였다.

「괜히 그렇게 말씀하십니다, 나딸리야 알렉세예브나. 당신은 저 못지않게 잘 치십니다.」

「당신은 슈베르트의 〈마왕〉을 압니까?」 루진이 물었다.

「압니다, 알아요!」 다리야 미하일로브나가 말을 받았다. 「앉아요, 꼰스딴찐…… . 그런데 당신은 음악을 좋아하나요, 드미뜨리 니꼴라이치?」

루진은 그저 살짝 고개를 숙이고 마치 음악을 들을 준비라도 하듯이 한 손으로 머리칼을 쓸어 올렸다…… . 빤달례프스끼는 피아노를 치기 시작했다.

나딸리야는 피아노 곁에, 바로 루진의 맞은편에 서 있었다. 첫 음이 울리자 루진의 얼굴에 아름다운 표정이 감돌았다. 그의 검푸른 눈은 천천히 움직이다가 이따금 나딸리야에게 가서 멎곤 했다. 빤달례프스끼는 연주를 마쳤다.

루진은 아무 말도 없이 열려진 창문 쪽으로 갔다. 향기로운 연무가 부드러운 장막처럼 정원을 덮고 있었고, 가까이에 서 있는 나무들은 몽롱하고 신선한 공기를 마시고 있었다. 별들이 조용히 빛나며 타고 있었다. 여름밤이 포근하게 안기어 즐거움을 누리고 있었다. 루진은 어두운 정원을 바라보다가 뒤돌아섰다.

「이 음악과 이 밤은…… .」 그가 말문을 열었다. 「독일에서의 학생 시절을 떠올리게 하는군요. 우리의 모임, 우리의 세레나데를…… .」

「당신은 독일에 있었나요?」 다리야 미하일로브나가 물었다.

「하이델베르크에서 1년을 보냈고, 베를린에서도 근 1년을 보냈습니다.」

「그럼 대학생복을 입었나요? 그곳 대학생들은 특이하게 옷을 입는다고 하던데요.」

「하이델베르크에서 박차가 달린 큰 장화를 신고, 술이 달리 헝가리식 윗옷을 입고 머리를 어깨까지 길렀습니다……. 베를린에서는 대학생들도 일반인처럼 옷을 입습니다.」

「당신의 학생 시절 중에서 뭐라도 얘기해 주세요.」 알렉산드라 빠블로브나가 말했다.

루진은 이야기하기 시작했지만 그다지 잘하지는 못했다. 그의 묘사는 색채가 부족한 느낌을 주었다. 그러나 루진은 자신의 외국 편력 이야기에서 곧 계몽과 과학의 의의, 대학과 대학 생활에 대한 일반적인 논의로 이야기를 끌었고 폭넓고 과감한 필치로 거대한 화폭을 그리듯 대담하게 말을 이어 갔다. 모두가 그의 말에 열심히 귀를 기울였다. 그는 요령 있고 재미있게 말했다. 그러나 다소 불분명한 부분들이 있었다. 하지만 이 불명료함이 그의 말에 특별한 매력을 더해 주었다.

루진의 풍부한 사상은 그가 자신의 생각을 뚜렷하고 분명하게 표현하는 데에 오히려 방해가 되었다. 이미지는 또다른 이미지로 바뀌었다. 때론 예기치 않게 대담하고 놀랍도록 정확한 비유가 계속 이어졌다. 그의 성급한 즉흥 연설은 경험 많은 수다쟁이의 독선적인 세련됨과 달리 영감을 자아냈다. 그는 어떤 말을 할지 고민하지 않았다. 말 자체가 순순히 자유롭게 그의 입에 오르내렸고, 한마디 한마디 말이 바로 마음속에서 흘러나와 뜨거운 신념으로 불타는 듯했다. 루진은 그의 숨겨진 능력인 유려한 웅변을 구사할 수 있었다. 그가 사람들 마음속의 금선(琴線)을 한두 줄만 건드리면 나머지 금선들마저 모두 어렴풋하게나마 울리며 떨렸다. 어떤 사람은 듣고도 무슨 말인지 정확히 이해하지 못했다. 그러나 가슴은 높이 들먹거렸고, 눈앞에서 장막 같은 것이 걷히고 뭔가 빛나는 것이 앞에서 타오르는 듯함을 느꼈다.

루진의 모든 사상은 미래를 향하고 있는 것 같았다. 그래서 그의 사상은 맹렬하고 참신해 보였다……. 그는 창가에 서서 딱히 누구를 바라보지 않은 채 계속 말을 했다. 모두의 공감과 관심, 주변의 젊은 여자들과 아름다운 밤에 고무되고, 자신의 감각의 흐름에 매혹된 그의 말은 웅변이나 시의 차원으로까지 올라섰다……. 그의 조용하면서도 열띤 음성까지도 매력을 더했다. 그 자신도 예상치 못한 어떤 고상한 사상이 그의 입을 통해서 흘러나오는 것 같았다……. 루진은 무엇이 인간의 덧없는 인생에 영원한 의미를 부여하는지에 대해 말하고 있었다.

「나는 스칸디나비아의 어떤 전설을 기억하고 있습니다.」 그는 결말을 맺기 시작했다. 「어떤 왕이 군사들과 함께 어둡고 긴 헛간에 불을 둘러싸고 앉아 있었어요. 겨울밤에 있던 일이죠. 별안간 작은 새 한 마리가 열린 문으로 날아들었다가 다른 문으로 날아 나갔습니다. 왕은 이 새가 세상 속의 사람 같다고 말했어요. 새가 어둠 속에서 날아왔다가 다시 어둠 속으로 날아 나갔고, 환하고 따스한 곳에는 얼마 있지 못했다는 겁니다……. 이 말을 듣고 가장 나이 많은 군사가 이렇게 말했어요. 〈왕이시여, 저 새는 어둠 속에서 사라지는 것이 아니라 자기 둥지를 찾을 것이옵니다…….〉 정말로 우리의 인생은 빨리 흘러가고 보잘것없습니다. 그러나 모든 위대한 업적은 인간을 통해 실현됩니다. 인간이 최고 능력의 도구라는 자각이 인간의 모든 기쁨을 대신해야만 합니다. 인간은 바로 죽음 속에서 자기의 생명을, 자기의 둥지를 찾을 겁니다…….」

루진은 말을 멈추고 저도 모르게 당황스러운 미소를 짓고 눈을 내리떴다.

「*Vous êtes un poète*(당신은 시인이에요).」 다리야 미하일로브나가 나직한 목소리로 말했다.

삐가소프를 제외한 모두가 마음속으로 그녀의 말에 동의했다. 삐가소프는 루진의 긴 연설을 끝까지 듣지 않고 슬며시 모자를 들고 나가면서 문가에 서 있던 빤달레프스끼에게 몹시 화가 나서 속삭였다.

「아니야! 난 바보들한테나 가야지!」

그러나 아무도 그를 붙잡지 않았고, 그가 사라진 것조차 눈치채지 못했다.

하인들이 저녁을 가져왔다. 그리고 반 시간 후에 모두들 말을 타거나 걸어서 뿔뿔이 흩어지기 시작했다. 다리야 미하일로브나는 루진에게 자기 집에 머물라고 간청했다. 알렉산드라 빠블로브나는 남동생과 함께 사륜마차를 타고 집으로 돌아가면서 몇 번이나 루진의 비상한 두뇌에 감탄하며 놀라

위했다. 볼린쩨프는 누이의 말에 동의했지만, 루진이 이따금 약간 모호하게 말한다고 지적했다……. 그는 자기 생각을 분명하게 밝히고 싶었는지, 루진이 〈명료하게 말하지는 않는다〉라고 덧붙였다. 그렇게 말하는 그의 얼굴은 침울했고, 마차의 구석을 주시하는 그의 시선은 더욱 슬퍼 보였다.

빤달레프스끼는 잠자리에 들려고 멜빵을 벗으면서 〈아주 재치 있는 사람이야!〉 하고 소리 내어 말했다. 그러더니 갑자기 자기의 어린 하인을 엄하게 힐끗 쳐다보고는 나가라고 명령했다. 바시스또프는 옷도 벗지 않았고 밤새 자지도 않았다. 그는 아침까지 내내 모스끄바에 있는 친구에게 편지를 썼다. 나딸리야는 옷을 벗고 잠자리에 눕기는 했지만 역시 잠시도 잠을 자지 못했고, 심지어 눈도 감지 않았다. 그녀는 한 손으로 머리를 괴고 어둠 속을 뚫어지게 바라보았다. 그녀의 맥박이 미친 듯이 고동치고, 무거운 한숨이 자주 그녀의 가슴을 부풀어 오르게 했다.

4

다음 날 아침, 루진이 옷을 입자마자 다리야 미하일로브나
가 보낸 하인이 나타나서 서재에서 같이 차를 마시자는 초대
의 말을 전했다. 루진이 서재에 가보니 그녀는 혼자였다. 그
녀는 루진과 아주 다정하게 인사하고 밤을 잘 보냈는지 물어
보았다. 그리고 그의 찻잔에 손수 차를 따르고 설탕이 충분
한지 물어보기까지 했으며, 담배를 권하며 지금까지 그와 모
르고 지냈다는 것이 놀랍다고 다시 두어 번이나 되풀이해서
말했다. 루진은 그녀와 좀 떨어져서 앉으려고 했으나 다리야
미하일로브나가 자기 안락의자 곁에 있는 작은 의자를 가리
켰다. 그녀는 루진 쪽으로 약간 몸을 굽히고 그의 가족에 대
해, 그의 계획과 구상에 대해 이것저것 물어보기 시작했다.
다리야 미하일로브나는 함부로 말을 하고 루진의 말을 건성
으로 들었지만, 루진은 그녀가 자기 비위를 맞추면서 거의
아첨하다시피 한다는 것을 잘 알았다. 그녀가 이렇게 아침의
만남을 주선하고, 소박하지만 우아하게 레카미에 부인[13] 식
으로 옷치장을 한 데에는 다 이유가 있지 않겠는가! 다리야

미하일로브나는 곧 물어보는 것을 그만두고 자신에 대해, 자신의 젊은 시절에 대해 그리고 자기가 사귄 사람들에 대해 이야기하기 시작했다. 루진은 관심을 보이며 그녀의 공허한 이야기에 귀를 기울였다. 그러나 이상하게도, 그녀가 어떤 사람에 대해서 이야기하든지 그녀 자신만 부각되고 언급되는 나머지 인물들은 어쩐지 드러나지 않거나 사라져 버리곤 했다. 그 대신 루진은 다리야 미하일로브나가 어떤 유명한 고관에게 무슨 말을 했는지, 어느 유명한 시인에게 어떤 영향력을 가지고 있는지 자세하게 알 수 있었다. 다리야 미하일로브나의 이야기에 의하면 최근 25년 동안 저명한 인사들은 모두 어떻게 하면 그녀와 만나고 그녀의 호의를 살 수 있을까 하는 것만을 꿈꾸었다고 말할 수 있었다. 그녀는 특별히 감탄도 칭찬도 하지 않고, 마치 집안사람들 이야기를 하는 것처럼 그들에 대해 간단히 얘기했고, 어떤 사람들에게는 괴짜라고 부르기도 했다. 그녀는 그들에 대해 보석을 둘러싼 틀인양 말했는데, 그들의 이름은 중심인물인 다리야 미하일로브나의 주위에서 빛나는 테두리일 뿐이었다……

루진은 담배를 피우면서 수다스러운 귀부인의 말을 잠자코 들으며 그저 어쩌다가 한두 마디씩 보태곤 했다. 그는 말을 잘했고 말하기도 좋아했다. 그렇다고 같이 대화를 나누는 게 그의 특기는 아니었다. 그러나 그는 남의 말을 들을 줄 알

---

13 Juliette Récamier(1777~1849). 파리 살롱의 여주인으로서 프랑스 낭만파 문인들과의 교류가 활발했고 특출난 미모로 당시 프랑스 사교계를 지배했던 전설적인 인물이다. 자크 루이 다비드가 그린 〈그리스식〉 옷차림새로 긴 의자 위에 앉아 있는 그녀의 초상화가 유명하다.

았다. 그가 처음부터 겁을 주지 않는다면 누구나 그 앞에서 쉽게 속을 털어놓았다. 그러면 그는 기꺼이 상대방의 이야기에 공감하면서 유심히 귀를 기울였다. 그는 아주 너그러웠다. 자신이 다른 사람들보다 우월하다고 느끼는 데 익숙해진 사람들에게서 쉽게 볼 수 있는 그런 특별한 관대함이었다. 하지만 논쟁할 때면 상대방에게 발언할 기회를 거의 주지 않고 맹렬하고 열정적인 변증법으로 상대방을 눌러 버렸다.

다리야 미하일로브나는 러시아어로 말을 했다. 그녀는 자신의 모국어 실력을 뽐냈지만, 프랑스식 말투와 프랑스 단어가 종종 튀어나왔다. 그녀는 일부러 평민들의 소박한 말투도 사용했지만 항상 들어맞지는 않았다. 다리야 미하일로브나의 입에서 나오는 이상스럽고 잡다한 말은 루진의 귀에 거슬리지 않았다. 어쨌든 그는 그런 말투를 듣고 불쾌감을 느끼지 않았다.

마침내 다리야 미하일로브나는 이야기에 지쳐서 안락의자의 등받이 쿠션에 머리를 기대고 루진을 주시하며 입을 다물었다.

「이제 알겠습니다.」 루진이 천천히 말하기 시작했다. 「왜 당신이 매년 여름마다 시골로 오시는지 알겠습니다. 당신에게는 이런 휴식이 필요합니다. 도시 생활에 시달린 뒤 시골의 정적은 당신에게 활력을 주고 몸을 튼튼하게 합니다. 당신은 자연의 아름다움에 분명 공감하실 거라고 확신합니다.」

다리야 미하일로브나는 루진을 흘끔 쳐다보았다.

「자연이라……, 그래요……. 그렇죠, 물론 나는 자연을 아주 사랑해요. 그러나 드미뜨리 니꼴라이치, 시골에서도 사람들 없이는 살 수가 없어요. 그런데 여기는 거의 아무도 없어요. 여기선 삐가소프가 가장 똑똑한 사람이에요.」

「어제 그 성 잘 내는 노인말인가요?」 루진이 물었다.

「맞아요, 그 사람이에요. 시골에선 그런 사람도 쓸모가 있어요. 이따금 웃겨 주니까요.」

「그는 어리석은 사람이 아닙니다.」 루진이 대꾸했다. 「그러나 그는 길을 잘못 들어섰습니다. 다리야 미하일로브나, 동의하실지 모르겠지만 부정 속에는, 그것도 철저한 부정 속에는 행복이란 없습니다. 모든 걸 부정하면 똑똑하다는 소문이 날 수 있습니다. 이건 잘 알려진 술책이죠. 선량한 사람들은 부정당하는 사람보다 부정하는 사람이 더 훌륭하다고 생각합니다. 그러나 이것은 사실과 다릅니다. 첫째, 흠집을 찾는 것은 굉장히 쉬운 일이고, 둘째로 그 부정적인 말이 이치에 닿는다 해도 역시 당사자에게는 더 불리하게 됩니다. 오직 부정만 일삼는 두뇌는 빈약해지고 시들어 버립니다. 자신의 자존심을 만족시키면서 진실한 관조의 기쁨을 잃어버리는 거죠. 인생은, 인생의 본질은 자잘하고 신경질적인 관찰에서 벗어나고 떨어져서 결국은 욕설이나 남을 웃기는 것으로 끝날 겁니다. 비난하고 꾸짖을 권리는 사랑하는 사람에게만 있습니다.」

「*Voilà monsieur Pigassoff enterré*(저런, 삐가소프 씨가 매장되었군).」 다리야 미하일로브나가 말했다. 「당신은 사람을 규정하는 데 명수군요! 그러나 삐가소프는 아마도 당신을 파악하지 못했을 거예요. 그는 자기 자신만을 사랑하니까요.」

「자기 자신을 욕하는 것은 다른 사람들을 욕할 권리를 갖기 위해서입니다.」 루진이 말을 받았다.

다리야 미하일로브나가 웃기 시작했다.

「잘못한 놈이…… 뭐라더라…… 잘못한 놈이 잘한 사람을 꾸짖는다더니만. 그런데 당신은 남작에 대해 어떻게 생각하나요?」

「남작에 대해서요? 그는 좋은 분이죠. 마음이 착하고 아는 게 많고……. 그러나 그에겐 강한 의지가 없습니다……. 그래서 그는 한평생 어정쩡한 학자로, 어정쩡한 사교계 인물로, 즉 딜레탕트로 남을 겁니다. 솔직히 말해 그는 아무것도 되지 못할 겁니다……. 아쉬운 일이죠!」

「나 역시 같은 생각이에요.」 다리야 미하일로브나가 대꾸했다. 「그의 논문을 읽었는데…… *Entre nous... cela a assez peu de fond*(우리들끼리 하는 말이지만…… 그다지 깊이가 없어요).」

「여기에 또 어떤 분들이 계십니까?」 잠시 말이 없다가 루진이 물었다.

다리야 미하일로브나는 새끼손가락으로 궐련 재를 털었다.

「이외에는 별 특별한 사람이 없어요. 당신이 어제 만난 알렉산드라 빠블로브나 리삐나는 아주 상냥한 여자지만 그저 상냥할 뿐이지요. 그녀의 남동생도 훌륭한 사람이고, *un parfait honnête homme*(아주 반듯한 사람이에요). 가린 공작은 당신도 알고 있죠. 이게 전부예요. 이웃이 두서너 명 더 있지만 모두 별 볼 일 없어요. 다들 거드름을 피우며 엄청나게 불평을 해대거나 수줍어하고, 혹은 시도 때도 없이 무례하게 행동해요. 당신도 알다시피 나는 부인들과는 알고 지내지 않아요. 이웃이 하나 더 있는데, 아주 교양이 있고 유식하기까지 하다고들 해요. 그러나 끔찍한 괴짜이고 몽상가랍니다. 알렉산드라가 그를 아는데 그에게 관심이 있는 것 같아요……. 드미뜨리 니꼴라예비치, 당신도 그녀에게 관심을 가져 봐요. 참, 귀여운 사람이지요. 그녀를 조금만 교화시키면 됩니다. 반드시 교화시켜야만 해요!」

「매우 호감이 가는 여자입니다.」 루진이 말했다.

「완전히 어린애지요, 드미뜨리 니꼴라이치, 진짜 어린애예요. 시집을 갔지만, *mais c'est tout comme*(그건 상관없어요). 내가 남자라면 그런 여자들한테 반할 거예요.」

「정말입니까?」

「정말이에요. 그런 여자들은 적어도 신선하지요. 그 신선함은 결코 흉내 낼 수 없어요.」

「그럼, 다른 것은 모두 흉내 낼 수 있나요?」 루진은 이렇게 묻고 웃기 시작했는데, 사실 그는 좀처럼 웃지 않는 사람이었다. 그가 웃을 때, 거의 노인 같은 표정에 눈은 쪼그라들고 코에는 주름이 잡혔다…….

「그런데 리삐나 부인이 관심을 보인다는 그 괴짜라는 사람은 누굽니까?」 그가 물었다.

「미하일로 미하일리치 레쥐뇨프라는 사람인데, 이곳 지주예요.」

「미하일로 미하일리치 레쥐뇨프라고요?」 그가 물었다. 「정말 그 사람이 당신의 이웃입니까?」

「그래요. 그 사람을 아세요?」

루진은 잠시 말이 없었다.

「전에…… 오래전에 그 사람을 알았지요. 아마 부자지요?」 그는 한 손으로 안락의자의 술을 잡아당기면서 다리야 미하일로브나에게 덧붙여 물었다.

「예, 부자지요. 그러나 옷은 끔찍하게 입고 마치 집사처럼 경주용 마차를 타고 다녀요. 똑똑한 사람이라고 말들 해서 그 사람을 우리 집에 초대하려고 해요. 그와 처리해야 할 일도 있고……. 아시는지 모르지만, 나는 직접 영지를 관리하고 있답니다.」

루진은 머리를 기울였다.

「그래요, 내가 직접 관리하고 있어요.」 다리야 미하일로브나가 말을 이었다. 「나는 멍청한 외국식 방법을 도입하지 않고 우리 러시아식을 고수하고 있어요. 그런데 보시다시피, 꽤 괜찮게 되어 가는 것 같아요.」 그녀는 한 손으로 원을 그리면서 덧붙여 말했다.

「저는 항상……」 루진이 정중하게 말했다. 「여성이 실천적이지 않다고 말하는 사람들이 극히 옳지 않다고 확신하고 있었습니다.」

다리야 미하일로브나는 상쾌하게 미소를 지었다.

「당신은 매우 관대하군요.」 그녀가 말했다. 「그런데 내가 무슨 말을 하려고 했더라? 우리가 무슨 말을 하고 있었죠? 그

69

렇지! 레쥐뇨프 얘길 했지요. 영지 경계선 문제로 그와 볼일이 있어요. 여러 번 그를 집으로 초대했고, 오늘도 그 사람을 기다리고 있어요. 그러나 안 올지도 몰라요. 워낙 괴짜라서!」

문 앞의 커튼이 조용히 젖혀지더니 검은 연미복에 하얀 넥타이와 하얀 조끼를 입고 백발에 머리가 벗겨진 키가 큰 집사가 안으로 들어왔다.

「무슨 일이지?」 이렇게 물어보고 다리야 미하일로브나는 루진 쪽으로 약간 몸을 돌리면서 나직한 목소리로 덧붙여 말했다. 「*N'est-ce pas, comme il ressemble à Canning*(정말 캐닝[14]을 닮은 사람이죠)?」

「미하일로 미하일리치 레쥐뇨프 씨가 오셨습니다.」 집사가 보고했다. 「들어오시라고 할까요?」

「아니, 이런!」 다리야 미하일로브나가 소리쳤다. 「호랑이도 제 말 하면 온다더니만. 들어오시라고 해!」

집사가 밖으로 나갔다.

「그 괴짜가 마침내 왔군요. 하필 이럴 때에 와서 우리의 대화를 중단시켜 버렸네요.」

루진은 자리에서 일어났지만, 다리야 미하일로브나가 그를 붙들어 세웠다.

「어디 가세요? 있어도 괜찮아요. 나는 당신이 삐가소프를 규정했듯이 그도 규정해 주길 바라요. *Vous gravez comme avec un burin*(당신이 말할 때는 마치 조각칼로 깎아 내는 것

---

14 George Canning(1770~1827). 영국 외상을 지냈고, 잠시 수상직(1827)을 맡기도 했다.

처럼 뚜렷해져요). 앉아 있어요.」

루진은 뭐라고 말하고 싶었지만 잠시 생각하고 나서 자리에 앉았다.

이미 독자가 알고 있는 미하일로 미하일리치가 서재로 들어왔다. 그는 전에 입었던 회색 외투를 입고 있었고, 햇볕에 탄 손으로 낡은 모자를 들고 있었다. 그는 다리야 미하일로브나에게 조용히 고개 숙여 인사하고 차 테이블로 다가갔다.

「마침내 오셨군요, 레쥐뇨프 씨!」 다리야 미하일로브나가 말했다. 「앉으세요. 두 분은 서로 아는 사이라고요.」 그녀는 루진을 가리키며 말을 이었다.

레쥐뇨프는 루진을 힐끗 쳐다보고 어쩐지 이상한 미소를 지었다.

「루진 씨를 압니다.」 그는 약간 머리를 숙이며 말했다.

「같이 대학에 다녔습니다.」 루진이 나지막하게 말하고 눈을 내리떴다.

「그 뒤에도 우리는 만나곤 했지요.」 레쥐뇨프가 차갑게 말했다.

다리야 미하일로브나는 약간 놀란 기색으로 두 사람을 바라보고 레쥐뇨프에게 앉으라고 권했다. 그는 자리에 앉았다.

「저를 보자고 하셨다고요?」 그가 말문을 열었다. 「영지 경계선 때문인가요?」

「예, 경계선 때문이에요. 하지만 그게 아니더라도 당신을 만나 보고 싶었어요. 가까운 이웃이고 거의 친척처럼 지낼 수도 있지 않나요.」

「대단히 고맙습니다.」 레쥐뇨프가 대꾸했다.「경계선 문제는 이미 댁의 영지 관리인과 완전히 해결을 보았습니다. 저는 그 사람의 제안에 모두 동의했으니까요.」

「알고 있어요.」

「다만 그 사람은 제가 당신을 직접 만나 뵙기 전에는 서류에 서명할 수 없다고 말했습니다.」

「예, 우리 집의 규칙이 그래요. 그런데 좀 물어봅시다. 당신네 농군들은 아마 모두 소작농이지요?」

「그렇습니다.」

「그런데 당신이 직접 나서서 경계선 문제를 해결하려고 노력하나요? 칭찬할 만한 일이군요.」

레쥐뇨프는 잠시 말이 없었다.

「자, 이렇게까지 직접 왔으니⋯⋯.」 그가 말했다.

다리야 미하일로브나는 쓴웃음을 지었다.

「당신이 오셨다는 건 나도 알고 있어요. 그렇게 말하는 걸 보니⋯⋯ 당신은 우리 집에 오는 게 아주 싫었던 모양입니다.」

「저는 아무 데도 다니지 않습니다.」 레쥐뇨프가 심드렁하게 대꾸했다.

「아무 데도 안 다닌다고요? 알렉산드라 빠블로브나한테는 다니지 않나요?」

「그녀의 남동생과는 오래전부터 아는 사이입니다.」

「남동생하고요! 아무튼 나는 아무에게나 강요하지 않아요⋯⋯. 그러나 실례지만 미하일로 미하일리치, 내가 당신보다 몇 살 더 먹었으니까 잔소리를 해도 되겠죠. 왜 당신은 그렇게 외롭게 살려고 하죠? 혹은 정말로 우리 집이 마음에 안 드나요?」

「저는 당신을 모릅니다, 다리야 미하일로브나. 그러니 마음에 든다, 안 든다 말할 수가 없습니다. 당신의 집은 훌륭합니다. 그러나 솔직히 말하면 저는 구속받는 걸 좋아하지 않아요. 제게는 괜찮은 연미복도 없고 장갑도 없습니다. 게다가 저는 당신의 그룹에 속해 있지도 않고요.」

「출신으로 보나 교육으로 보나 당신은 우리 그룹에 속해요, 미하일로 미하일리치! *Vous êtes des nôtres*(당신은 우리 그룹의 일원이에요).」

「출신이나 교육은 제쳐 놓고요, 다리야 미하일로브나! 문제는 그게 아니라 ──」

「사람은 사람들과 같이 살아야만 해요, 미하일로 미하일리치! 왜 통 안의 디오게네스[15]처럼 살려고 하나요?」

「첫째, 디오게네스는 통 안이 좋았습니다. 그리고 둘째, 내가 사람들과 같이 살지 않는다는 걸 어떻게 아셨죠?」

다리야 미하일로브나는 입술을 깨물었다.

「그건 다른 문제예요! 당신이 알고 지내는 사람들 속에 내가 끼지 못한다는 게 그저 유감스럽다는 말이에요.」

「레쥐뇨프 씨는……」 루진이 끼어들었다. 「자유에 대한 사랑이라는 아주 찬양할 만한 감정을 과장하고 있는 것 같군요.」

---

15 Diogenes(B.C.412?~B.C.323). 그리스의 철학자이다. 필요한 것이 적을수록 신에게 가까워진다고 생각하여 생애에 한 벌의 옷, 한 개의 지팡이, 자루 한 개를 가졌으며 통 안에서 살았다고 전한다.

레쥐뇨프는 아무 대답도 하지 않고 그저 루진을 힐끗 쳐다보았다. 잠시 침묵이 흘렀다.

「그럼.」 자리에서 일어서면서 레쥐뇨프가 말했다. 「우리 일이 끝난 것으로 생각하고, 제게 서류를 보내 달라고 당신의 영지 관리인에게 말하겠습니다.」

「그렇게 하세요……. 그러나 솔직히 말해 당신이 너무 무뚝뚝해서…… 거절하고 싶은 생각까지 드네요.」

「그러나 이번 경계선 획정은 저보다 당신에게 더 유리하지 않습니까?」

다리야 미하일로브나는 어깨를 으쓱했다.

「우리 집에서 아침 드시는 것도 싫으신가요?」 그녀가 물었다.

「대단히 감사합니다만, 저는 아침을 전혀 먹지 않습니다. 그리고 집에 빨리 가봐야 합니다.」

다리야 미하일로브나가 일어섰다.

「그럼 붙잡지 않겠어요.」 창가로 다가가면서 그녀가 말했다. 「어떻게 감히 붙잡겠어요.」

레쥐뇨프는 떠날 준비를 했다.

「안녕히 가세요, 레쥐뇨프 씨! 불편하게 해서 미안해요.」

「천만에요.」 이렇게 대꾸하고 레쥐뇨프는 밖으로 나갔다.

「어때요?」 다리야 미하일로브나가 루진에게 물었다. 「그가 괴짜라는 말을 들었지만, 이건 너무 도가 지나치죠!」

「그는 삐가소프와 같은 병에 걸려 있습니다.」 루진이 말했다. 「독특하게 보이려는 욕망이지요. 삐가소프가 메피스토펠

레스인 척한다면, 이 사람은 냉소주의자인 척합니다. 이들에게는 이기주의와 자존심이 많고, 진리와 사랑은 적습니다. 이것도 역시 일종의 타산이겠지요. 누군가가 무관심과 권태의 탈을 쓰고 있으면, 아마 〈저 사람은 스스로 얼마나 많은 재능을 망쳐 버렸을까〉 하고 생각하는 사람도 있겠죠. 그러나 자세히 살펴보면, 그런 사람에게는 아무런 재능도 없습니다.」

「*Et de deux*(벌써 두 번째네요!)!」 다리야 미하일로브나가 말했다. 「당신은 사람을 판단하는 데 무서운 사람이군요. 당신의 눈을 피해 숨을 수가 없겠어요.」

「그렇게 생각하십니까?」 루진이 말했다. 「그러나,」 그가 말을 이었다. 「사실은 레쥐뇨프에 대해 말하지 말았어야 했습니다. 저는 그를 친구로서 사랑했습니다……. 그러나 그 후 여러 가지 오해 때문에…….」

「서로 다투었나요?」

「아닙니다. 그러나 우리는 헤어졌습니다. 아마 영원히 헤어진 것 같아요.」

「그랬군요. 그 사람이 와 있는 동안 줄곧 기분이 안 좋아 보였어요……. 어쨌든 오늘 아침은 정말 고마워요. 아주 즐거웠어요. 이제 그만하지요. 아침 식사 때까지 자유롭게 보내세요. 나도 일을 보러 가야 해요. 내 비서가, 당신도 그를 보았지요 — *Constantin, c'est lui qui est mon secrétaire*(꼰스딴찐, 그 사람이 내 비서예요) — 벌써 나를 기다리고 있을 거예요. 나중에 그 사람을 소개하지요. 그는 아주 훌륭하고 아주 친절한 젊은이인데, 당신에게 완전히 열광하고 있답니

다. 다시 봐요, 소중한 드미뜨리 니꼴라이치! 당신을 소개해
준 남작에게 너무나 고마워하고 있어요!」

이렇게 말하고 다리야 미하일로브나는 루진에게 손을 내
밀었다. 그는 그녀의 손을 잡아서 키스하고는 홀을 지나 테
라스로 갔다. 테라스에서 그는 나딸리야를 발견했다.

5

다리야 미하일로브나의 딸 나딸리야 알렉세예브나는 얼핏 보면 마음에 안 들 수도 있었다. 아직 충분히 자라지 않았고, 마른 몸에 피부가 거무스레하고 등은 약간 굽어 있었다. 얼굴 생김새는 열일곱 살 처녀 치고는 지나치게 컸지만 아름답고 균형이 잡혀 있었다. 가운데가 꺾인 가느다란 눈썹 위의 투명하고 반듯한 이마가 특히 아름다웠다. 그녀는 말수가 적었고 남의 말을 귀담아들었으며 마치 모든 것을 분명하게 이해하고 싶어 하는 것처럼 모든 것을 주의 깊게, 거의 뚫어지게 바라보았다. 그리고 종종 꼼짝하지 않고 두 손을 내려뜨린 채 생각에 잠기곤 했다. 그럴 때 그녀의 내적 사고의 움직임이 얼굴에 그대로 드러났다. 보일 듯 말 듯한 미소가 갑자기 입술에 어렸다가 사라지고, 크고 까만 눈동자가 살며시 들린다……. 그러면 봉쿠르 양이 「*Qu'avez vous*(무슨 일이죠)?」라고 묻고는, 젊은 처녀가 생각에 잠겨 산만한 표정을 짓는 것은 꼴불견이라며 그녀를 꾸짖기 시작한다. 그러나 나딸리야는 산만하지 않았다. 오히려 반대로 부지런히 공부했고 즐겁게 독서하고 일도 열심히 했다. 그녀의 감수성은 심원하고 강했지만 비밀을 숨기듯 좀처럼 그것을 드러내지 않았다. 어렸을 때도 잘 울지 않았지만 요즘은 한숨도 잘 쉬지 않았다. 슬픈 일이 있을 때면 그저 얼굴이 창백해질 뿐이었다. 어머니는 그녀를 얌전하고 분별 있는 처녀라고 생각했고, 농담 삼아 〈mon honnête homme de fille(나의 귀엽고 정숙한 딸)〉이라고 불렀다. 하지만 그녀의 지적 능력에 대해서는 그다지 높게 평가하지 않았다. 「우리 나따샤[16]는 다행스럽게도 나를 닮지 않아서 차분해……. 그것이 오히려 낫지. 그 애는 행복할 거야.」 다리야 미하일로브나는 이렇게 말하곤 했지만, 사실은 잘못 생각하고 있었다. 자기 딸을 잘 알고 있는 어머니는 드문 법이다.

나딸리야는 다리야 미하일로브나를 사랑했지만 완전히 믿고 있지는 않았다.

「너는 나에게 아무것도 숨겨서는 안 된다.」 언젠가 다리야 미하일로브나가 딸에게 말했다. 「그래도 넌 엉큼해서 마음을 털어놓지 않을지 몰라…….」

나딸리야는 어머니의 얼굴을 바라보며 〈왜 엉큼하면 안 되는 거지?〉 하고 생각했다.

루진이 테라스에서 나딸리야를 보았을 때, 그녀는 모자를 쓰고 정원으로 나가기 위해 봉쿠르 양과 함께 방으로 들어가고 있었다. 그녀의 아침 공부는 벌써 끝났다. 이제 집안사람들은 나딸리야를 소녀로 대하지 않았고, 봉쿠르 양 역시 이

16 나딸리야의 애칭.

미 오래전부터 신화와 지리 수업을 하지 않았다. 그러나 나딸리야는 매일 아침 봉쿠르 앞에서 역사책, 여행기 그리고 다른 여러 교훈적인 책들을 읽어야만 했다. 다리야 미하일로브나는 자기만의 독특한 교육 방식을 지킨다고 하면서 나딸리야가 읽을 책들을 직접 골랐다. 그러나 실제로 그녀는 뻬쩨르부르그의 프랑스인 서적 판매상이 자기에게 보내 준 책을 모두 나딸리야에게 넘겨주기만 할 뿐이다. 물론 뒤마 2세[17] 같은 작가들의 소설은 빼놓았다. 그런 소설들은 다리야 미하일로브나 자신이 읽었다. 나딸리야가 역사책을 읽을 때면, 봉쿠르 양은 안경 너머로 특히 엄하고 날카로운 눈으로 쳐다보았다. 이 늙은 프랑스 여자의 견해에 따르면, 역사는 허용할 수 없는 일들로 가득 차 있는 것이다. 그러나 그녀는 고대의 위대한 영웅들 중에서 웬일인지 캄비세스[18]만을 알고 있었고, 근대에서는 루이14세와 나폴레옹을 알고 있었는데, 나폴레옹을 견딜 수 없이 미워했다. 나딸리야는 봉쿠르 양이 생각지도 못한 책들도 읽었다. 그녀는 뿌쉬낀의 시를 모두 암송하고 있었다……

나딸리야는 루진을 만났을 때 살짝 얼굴을 붉혔다.

「산책하러 가십니까?」 루진이 물었다.

「예, 정원으로 가는 길이에요.」

「같이 가도 될까요?」

17 Alexandre Dumas fils(1824~1895). 프랑스 소설가이자 극작가이다. 대표작으로 프랑스 매춘부의 사랑 이야기인 「춘희」(1848)가 있다.

18 Cambyses 2세(?~B.C. 522년경). 고대 페르시아의 왕으로 이집트를 침공했다.

나딸리야는 봉쿠르 양을 힐끗 쳐다보았다.

「*Mais certainement, monsieur, avec plaisir*(물론입니다, 좋고말고요).」노처녀는 황급히 말했다.

루진은 모자를 들고 그들과 함께 걸었다.

나딸리야는 루진과 나란히 걷는 것이 처음엔 거북했지만 시간이 좀 지나자 괜찮아졌다. 루진은 그녀에게 어떤 공부를 하고 있는지, 시골이 마음에 드는지 등 이것저것 물어보았다. 그녀는 다소 소심하게 대답했지만 사람들이 흔히 부끄럽게 여기는 수줍음이나 조급함은 없었다. 그녀의 심장이 콩콩 뛰었다.

「시골에서 심심하지 않나요?」곁눈으로 그녀를 바라보면서 루진이 물었다.

「어떻게 시골에서 심심할 수 있어요? 우리가 여기에 와 있는 게 무척 기뻐요. 아주 행복해요.」

「행복하다고요……. 멋진 말이군요. 그러나 이해합니다. 당신은 젊으니까.」

루진의 이 마지막 말의 어감이 어쩐지 묘했다. 그는 나딸리야를 부러워하는 것도 같고 가련해하는 것도 같았다.

「그래요! 청춘!」그는 덧붙여 말했다. 「과학의 목적은 청춘이 그냥 얻은 것을 의식적으로 달성하는 데 있죠.」

나딸리야는 루진을 유심히 쳐다보았다. 그 말을 이해하지 못했던 것이다.

「아침 내내 당신의 어머니와 이야기했습니다.」루진이 말을 이었다. 「어머니는 아주 훌륭한 분입니다. 저는 시인들이 왜 어머니와의 우정을 소중히 여겼는지 알 수 있겠더군요. 당신은 시를 좋아하나요?」 잠시 침묵하고 나서 그가 덧붙여 말했다.

〈이 사람은 날 시험하는구나.〉 나딸리야는 잠시 이렇게 생각하고 대답했다.

「예, 아주 좋아해요.」

「시는 신들의 언어죠. 나도 시를 좋아해요. 시는 시행에만 있는 것이 아닙니다. 시는 어디에나 흘러넘치고, 우리 주변에도 있어요……. 이 나무들, 저 하늘을 보세요. 어디서나 아름다움과 생명이 풍겨 납니다. 아름다움과 생명이 있는 곳에 시가 있지요.」

「여기 벤치에 앉읍시다.」 루진이 말을 이었다. 「그래요. 당신이 내게 익숙해지면(그는 미소를 띠고 나딸리야의 얼굴을 바라보았다), 어쩐지 우리는 친구가 될 것 같아요.」

〈이 사람은 날 소녀 대하듯 하는구나.〉 나딸리야는 다시 이렇게 생각하고 무슨 말을 해야 할지 몰라서 그에게 시골에 오래 머물 작정이냐고 물었다.

「여름 내내, 가을 그리고 겨울까지 머물지도 모릅니다. 당신도 알다시피 나는 그다지 부유한 사람이 아닙니다. 내 일은 틀어졌고, 게다가 여기저기 헤매고 다니는 것도 이제 싫증이 났어요. 쉴 때가 되었어요.」

나딸리야는 깜짝 놀랐다.

「정말로 쉴 때가 되었다고 생각하세요?」 그녀는 조심스럽게 물었다.

루진은 나딸리야 쪽으로 얼굴을 돌렸다.

「무슨 말을 하고 싶은 거죠?」

「제가 말하고 싶은 건,」 그녀는 약간 당황하면서 대답했다. 「다른 사람이라면 모르겠지만 당신은…… 당신은 일을 해야 하고, 유익한 사람이 되려고 노력해야만 한다는 거죠. 당신이 아니면 그 누가 ─」

「그렇게 호의적으로 말해 주니 참 고맙습니다.」 루진이 그녀의 말을 잘랐다. 「유익한 사람이 된다……. 말은 쉽죠!(그는 한 손으로 얼굴을 쓰다듬었다) 유익한 사람이 된다!」 그가 되뇌었다. 「유익한 사람이 될 수 있다는 확고한 신념이 내 안에 있다고 해도, 그리고 심지어 내가 자신의 힘을 믿는다고 해도, 내게 공감하는 진실한 영혼을 어디에서 찾을 수 있을까요?」

절망적으로 한 손을 내젓고 너무 슬프게 머리를 떨어뜨리는 루진을 보고 나딸리야는 저도 모르게 〈정말 이 사람이 어젯밤 그렇게 열광적으로 희망에 가득 찬 연설을 했던 그 사람인가?〉 하고 자문했다.

「그러나, 아닙니다.」 갑자기 사자 갈기 같은 머리를 흔들면서 루진이 덧붙여 말했다. 「이건 헛소리고, 당신 말이 맞아요. 고맙습니다, 나딸리야 알렉세예브나, 진심으로 고맙습니다(나딸리야는 그가 무엇을 고마워하는지 전혀 알 수 없었다). 당신의 한마디 말이 나의 의무를 상기시키고, 나의 길을 가리켜 주었습니다……. 그래요, 나는 행동해야만 합니다. 내 재능을 숨기지 말아야 합니다. 만약 내게 재능이 있다면 말이죠. 나는 공허하고 무익한 잡담에 더 이상 힘을 낭비해서는 안 됩니다……」

그의 말은 강물처럼 흘렀다. 그는 편협성과 태만의 부끄러움에 대해 그리고 일을 해야 할 필요성에 대해 훌륭하고 열렬하게 확신에 차서 말했다. 그는 스스로에게 비난을 퍼부었다. 그리고 하고 싶은 일을 미리 논의하는 것은 익어 가는 열매를 핀으로 뚫어 놓는 것과 마찬가지로 해로운 것이며, 이것은 힘과 활력을 허비하는 것에 불과하다고 논증했다. 그는 공감을 얻지 못하는 고결한 사상이란 없고, 원하는 게 뭔지 모르거나 남에게 납득시킬 만한 가치가 없는 사람들만이 이해받지 못한다고 단언했다. 그는 오랫동안 말을 했고, 다시 한 번 나딸리야 알렉세예브나에게 고맙다는 말로 이야기를 끝냈다. 그러더니 그는 전혀 예기치 않게 그녀의 한 손을 꼭 쥐고는 〈당신은 아름답고 고결한 존재입니다〉 하고 말했다.

이러한 파격적인 행동은 봉쿠르 양을 깜짝 놀라게 했다. 그녀는 러시아에서 40년이나 살았지만 러시아말을 간신히 알아들었으므로 루진의 입에서 나오는 말이 아름답고 빠르고 유창하다는 것에 그저 놀라기만 했다. 그러나 그녀가 볼 때, 루진은 음악가나 배우 같은 사람이었고 그녀의 개념에 따르면, 그런 사람한테는 예의범절을 지키라고 요구할 수가 없었다.

봉쿠르 양은 자리에서 일어나 히스테릭하게 옷매무새를 고치고, 이제 집에 갈 때가 되었다고 말했다. 게다가 볼린소프 씨 ─ 그녀는 볼린쩨프를 이렇게 불렀다 ─ 가 아침 식사

83

시간에 맞춰 오기로 했다며 다그쳤다.

「저기 그분이 있네요!」 그녀는 집으로 통하는 한 가로수 길을 힐끗 쳐다보고 나서 덧붙여 말했다.

정말로 볼린쩨프가 그리 멀지 않은 곳에서 걸어오는 것이 보였다.

그는 머뭇거리며 다가오더니 인사를 하고 괴로운 표정을 띤 얼굴로 나딸리야에게 말했다.

「아! 산책하십니까?」

「예.」 나딸리야가 대답했다. 「우린 벌써 집으로 돌아가는 중이에요.」

「아!」 볼린쩨프가 말했다. 「그래요, 그럼 같이 갑시다.」

모두가 집을 향해 걸었다.

「누님의 건강은 어떻습니까?」 루진이 유난히 상냥한 목소리로 볼린쩨프에게 물었다. 루진은 전날 밤에도 그에게 매우 상냥했다.

「네, 덕분에 건강합니다. 아마 오늘도 올지 모릅니다……. 두 분은 조금 전까지 뭔가에 대해 논의하고 있는 것 같더군요.」

「예. 나딸리야 알렉세예브나와 대화하고 있었습니다. 그녀의 한마디 말이 제게 진한 감동을 주었습니다…….」

볼린쩨프는 그것이 어떤 말인지는 묻지 않았다. 모두 무거운 침묵에 잠겨 다리야 미하일로브나의 집으로 돌아갔다.

. . . .

오찬 전에 다시 사교 모임이 열렸다. 그러나 삐가소프는 오지 않았다. 루진은 신이 나지 않았다. 그는 계속 빤달레프스끼에게 베토벤의 곡을 치게 했다. 볼린쩨프는 묵묵히 마루만 바라보았다. 나딸리야는 어머니 곁에서 때론 생각에 잠기기도 때론 자기 일을 하기도 했다. 바시스또프는 루진에게서 눈을 떼지 않고, 그가 무슨 명언을 말하지 않을까 하고 줄곧 기다렸다. 이렇게 세 시간 가량이 꽤 단조롭게 흘러갔다. 알렉산드라 빠블로브나는 오찬에 오지 않았다. 볼린쩨프는 사람들이 식탁에서 일어나자 즉시 자기 마차에 말을 매라고 이르고 아무와도 인사를 하지 않고 빠져나갔다.

볼린쩨프는 마음이 무거웠다. 그는 오래전부터 나딸리야를 사랑해 왔으며, 줄곧 그녀에게 청혼하려고 했다……. 그녀도 그에게 호의를 가지고 있었지만, 그 마음이 더 이상 움직이지는 않았다. 그도 분명히 알고 있었다. 따라서 그녀에게 굳이 정다운 감정이 싹트게끔 하기보다는, 그녀가 자기에게 완전히 익숙해져서 관계가 더 가까워질 순간만을 기다리고 있었다. 그런데 무엇이 그의 감정을 이렇게 치밀어 오르게 하는가? 그는 이 이틀 동안 어떤 변화를 느꼈던 것인가? 나딸리야는 전과 똑같이 그를 대하지 않았던가……

그는 나딸리야의 기질을 전혀 모르고 있었을 뿐만 아니라 자기가 생각했던 것보다 훨씬 더 낯선 존재라는 불안감을 느낀 것일까? 아니면 질투심이 그의 마음속에 싹튼 것일까, 혹은 그저 아득하게나마 불길한 예감이 든 것일까……. 그러나 아무리 자신을 설득하려고 애써도 그의 마음은 괴롭기만 했다.

그가 누나의 방에 들어가 보니 거기에 레쥐뇨프가 앉아 있었다.

「왜 이렇게 일찍 돌아왔어?」 알렉산드라 빠블로브나가 물었다.

「그냥 왔어요! 따분해서.」

「루진 씨는 거기 있어?」

「있어요.」

볼린쩨프는 챙이 달린 모자를 벗어던지고 자리에 앉았다.

알렉산드라 빠블로브나는 활기를 띠고 동생에게 말했다.

「제발, 세료자,[19] 이 완고한 사람에게(그녀는 레쥐뇨프를 가리켰다) 루진이 아주 똑똑한 웅변가라는 걸 납득시킬 수 있도록 도와 다오.」

볼린쩨프가 뭐라고 웅얼거렸다.

「결코 당신과 논쟁하려는 게 아닙니다.」 레쥐뇨프가 말문을 열었다. 「루진 씨가 똑똑한 웅변가라는 걸 의심하지 않아요. 그저 제 맘에 들지 않는다는 것뿐입니다.」

「자넨 그 사람을 보았나?」 볼린쩨프가 물었다.

「오늘 아침에 보았네, 다리야 미하일로브나 집에서. 지금 그는 그 여자의 집에서 재상이 아닌가. 때가 되면 그녀는 루진과 헤어지겠지만 ─ 빤달레프스끼와는 결코 헤어지지 않을 거네 ─ 어쨌든 지금은 루진이 왕처럼 군림하고 있어. 루진을 보았지, 어쩌겠나! 서재에 앉아 있더군. 그리고 그녀가 〈자, 우리 마을에 사는 괴짜들이 어떤지 한번 보세요〉 하고

19 세르게이의 애칭.

날 가리켰어. 나는 종마장의 말이 아니라서 끌려다니는 것에 익숙하지 않지. 그래서 금방 떠나왔다네.」

「왜 그 여자의 집에 갔었나?」

「영지의 경계선을 긋는 문제 때문에. 그러나 이건 괜한 구실이었지. 그 여자는 그저 내 면상을 보고 싶었던 거야. 귀부인들이야 뻔하지 않나!」

「루진의 남다른 면이 괜히 샘나시는 거죠, 그렇죠!」 알렉산드라 빠블로브나가 열렬히 말하기 시작했다. 「그래서 그를 용서할 수 없는 거예요. 그 사람은 머리만 좋은 게 아니라 분명 마음도 훌륭할 거라고 믿어요. 그의 눈을 봐요, 그가 —」

「고결한 성실성에 대해 말할 때…….」[20] 레쥐뇨프가 말을 받았다.

「계속 절 화나게 하면 울어 버릴 거예요. 오늘 다리야 미하일로브나의 집에 가지 않고 여기에 당신과 있었던 게 진심으로 후회돼요. 당신은 그럴만한 가치가 없어요. 절 그만 놀리세요.」 그녀는 애처로운 목소리로 덧붙여 말했다. 「차라리 그 사람의 젊은 시절에 대해 얘기나 해줘요.」

「루진의 젊은 시절에 대해서요?」

「그래요. 당신은 그 사람을 오래전부터 잘 알아 왔다고 말했잖아요.」

레쥐뇨프는 자리에서 일어나 방 안을 서성거렸다.

「그래요.」 그는 말문을 열었다. 「루진을 잘 알죠. 그의 젊은

20 알렉산드르 그리보예도프의 희곡 「지혜의 슬픔」 중 4막의 레뻬찔로프의 독백에서 인용했다.

시절에 대해 얘기해 달라고요? 좋습니다. 그는 T○○○에서 가난한 지주의 아들로 태어났습니다. 그의 아버지는 일찍 세상을 떠났고, 그는 어머니와 단둘이 남겨졌습니다. 어머니는 아주 선량한 분이었는데, 그를 정신없이 사랑했어요. 그녀는 귀리 가루만 먹으면서도 있는 돈을 몽땅 아들을 위해 썼습니다. 그는 모스끄바에서 교육을 받았는데, 처음엔 어떤 삼촌이라는 사람의 돈으로, 그 후 자라서 성인이 되었을 때는 어느 부유한 공작을 구워삶아서 — 아, 미안합니다, 이런 표현은 삼가죠 — 어느 부유한 공작과 친해져서 그 공작의 돈으로 공부를 했지요. 그 후 대학에 입학했습니다. 우리는 대학에서 알게 되었고, 아주 친하게 지냈어요. 그 당시 우리의 관계에 대해서는 앞으로 때가 되면 이야기하도록 하지요. 지금은 할 수 없습니다. 그 후 그는 외국으로 떠났습니다……」

레쥐뇨프는 계속 방 안을 서성거렸고, 알렉산드라 빠블로브나는 그를 지켜보았다.

「외국에서」 레쥐뇨프는 말을 이었다. 「루진은 자기 어머니에게 아주 드물게 편지를 썼고, 단 한 번 어머니를 찾아가 열흘가량 묵었습니다…… 루진의 어머니는 그가 없을 때 남이 보는 가운데 임종을 맞이했는데, 그 순간까지도 아들의 초상화에서 눈을 떼지 않았답니다. 제가 T○○○에서 살 때 루진의 어머니를 찾아뵙곤 했죠. 어질고 손님을 아주 좋아하는 분이었는데, 찾아뵐 때마다 버찌 잼을 꺼내 주셨어요. 그녀는 자기 아들 미짜[21]를 정신없이 사랑했습니다. 뻬초린[22]파에 속한 사람들은 〈우리는 스스로를 사랑할 능력이 없는 사람들을 사랑한다〉고 말합니다. 그러나 제가 보기에, 모든 어머니들은 자기 자식들, 특히 집에 없는 자식들을 사랑하는 것 같아요. 그 후 저는 외국에서 루진을 만났지요. 거기서 러시아인인 어떤 학자인 체하는 귀부인이 그에게 찰싹 달라붙어 있더군요. 그런 여자가 으레 그렇듯, 젊지도 아름답지도 않았죠. 루진은 꽤 오랫동안 그녀와 붙어 다녔지만 결국 그녀를 버렸습니다……. 아니, 실례했습니다. 그 여자가 루진을 버린 겁니다. 그때 저도 그를 버렸지요. 자, 이게 답니다.」

레쥐뇨프는 입을 다물고 한 손으로 이마를 쓰다듬더니 지치기라도 한 듯이 안락의자에 주저앉았다.

「저, 미하일로 미하일리치.」 알렉산드라 빠블로브나가 말문을 열었다. 「제가 보기에 당신은 고약한 사람이에요. 정말로 삐가소프 못지않아요. 당신이 말한 모든 것이 사실이고, 아무것도 꾸미거나 덧붙이지 않았다는 걸 믿어요. 그러나 당신은 이 모든 것을 어떤 불쾌한 빛에 비추어 보여 주었어요! 가련한 어머니, 어머니의 헌신, 어머니의 고독한 죽음, 그 귀부인……. 도대체 이게 다 뭐예요?…… 아시겠지만, 가장 훌륭한 사람의 인생이라도 멋들어진 말을 덧붙이지 않는다면 끔찍한 색채로 묘사될 수 있어요. 그것도 일종의 중상이에요!」

레쥐뇨프는 자리에서 일어나 다시 방 안을 서성거렸다.

「결코 당신을 놀라게 할 마음은 없었습니다, 알렉산드라

---

21 드미뜨리의 애칭.
22 미하일 레르몬또프Mikhail Lermontov(1814~1841)의 소설 「우리 시대의 영웅」에 나오는 무정하고 냉소적이고 회의적인 주인공이다.

빠블로브나.」 그가 마침내 말했다. 「저는 중상가가 아닙니다. 그러나 —」 그는 잠시 생각하고 나서 덧붙여 말했다. 「실제로 당신이 한 말에는 일말의 진실이 있습니다. 저는 루진을 중상하지 않았어요. 그러나 누가 알겠요! 그 이후로 그가 달라졌을지 모르고, 아마 제가 그를 불공정하게 대했는지도 모르죠.」

「아! 그것 보세요……. 그러면 그 사람과 교제를 다시 시작하여 그를 잘 알아보고 나서 당신의 최종 의견을 말해 주겠다고 약속하세요.」

「좋습니다……. 그런데 자넨 왜 말이 없나, 세르게이 빠블리치?」

볼린쩨프는 누가 잠을 깨운 것처럼 흠칫 몸을 떨고는 머리를 들었다.

「내가 무슨 말을 하겠나? 난 그 사람을 몰라. 게다가 오늘 머리가 아프네.」

「정말로 안색이 창백한 것 같구나.」 알렉산드라 빠블로브나가 말했다. 「몸이 안 좋은가?」

「머리가 아파요.」 볼린쩨프는 이렇게 말하고 밖으로 나갔다.

알렉산드라 빠블로브나와 레쥐뇨프는 그의 뒷모습을 바라보고 서로 눈길을 주고받았지만 아무 말도 하지 않았다. 볼린쩨프의 마음속에 일어난 일을 두 사람은 엿볼 수 있었던 것이다.

6

2개월 남짓한 시간이 지났다. 이 동안에 루진은 다리야 미하일로브나의 집에서 거의 밖으로 나오지 않았다. 다리야 미하일로브나는 루진 없이는 잘 지낼 수가 없었다. 루진에게 자기 얘기를 하거나 루진의 논의를 듣는 것이 그녀에게 필수 불가결한 일이 되었다. 어느 날 루진은 돈이 다 떨어졌다는 구실을 대고 떠나려고 했는데, 그녀가 그에게 5백 루블을 주었다. 루진은 볼린쩨프에게도 2백 루블가량 빌렸다. 삐가소프는 전보다 훨씬 드물게 다리야 미하일로브나의 집을 방문했다. 루진의 존재가 삐가소프를 압박한 것이다. 그러나 삐가소프 한 사람만이 압박을 느낀 것이 아니었다.

「영리한 체하는 그자가 싫어.」 이렇게 삐가소프는 말하곤 했다. 「부자연스럽게 말하는 게, 꼭 러시아의 고전에 나오는 인물 같아. 〈저는〉 하고 감동하는 듯 말을 멈췄다가…… 〈저는 말입니다, 저는……〉 하고 말하는 거야. 게다가 항상 아주 긴 말들을 사용하고. 누가 재치기를 하면 당장 왜 기침을 하지 않고 재치기를 했는지 증명하려 들어……. 누굴 칭찬하는 걸 보면 마치 승진이라도 시키는 것 같고…… 제 자신에게 욕을 해대기 시작하고 스스로를 비방하는 걸 보면, 이젠 이 세상에 얼굴조차 내밀지 못할 것 같아. 그러나 웬걸! 조금만 지나면 마치 독한 보드카를 마신 사람처럼 심지어 더 쾌활해진다니까.」

빤달례프스끼는 루진을 은근히 두려워하며 조심스럽게 그의 기분을 맞추어 주었다. 볼린쩨프는 루진과 이상한 사이였다. 루진은 그를 기사(騎士)라고 부르며, 그가 있건 없건 칭찬했다. 그러나 볼린쩨프는 루진을 좋아할 수 없었고, 자기 앞에서 루진이 자기의 장점을 말할 때마다 저도 모르게 초조해지고 화가 났다. 〈혹시 날 비웃는 게 아닐까?〉하고 볼린쩨프는 생각했다. 그러면서 마음속에 적의가 생겨났다. 볼린쩨프는 스스로를 억제하려고 애썼지만, 루진과 나딸리야의 관계를 질투했다. 사실은 루진도 항상 떠들썩하게 볼린쩨프를 환영하고 기사라고 부르며 스스럼없는 것처럼 돈도 빌렸지만, 그에게 호의를 가지고 있지는 않았다. 이 두 사람이 친구처럼 굳게 악수를 하고 서로의 눈을 바라볼 때마다, 그들이 실제로 무엇을 느꼈는지 단정 짓기는 어렵다.

바시스또프는 여전히 루진을 공경하고 그의 말 한마디 한마디를 그 자리에서 귀담아들었다. 하지만 루진은 그에게 별로 관심을 기울이지 않았다. 언젠가 한번 루진은 그와 함께 아침나절을 보내면서 중요한 세계적인 문제들과 과업에 대해 논의하면서 그의 마음속에 생생한 환희를 불러일으켰지만, 그 후로 그에게 아는 척도 하지 않았다. 이걸 보면 루진은 말로만 순수하고 헌신적인 영혼을 찾고 있는 것 같았다. 한편 루진은 다리야 미하일로브나의 집에 드나들기 시작한 레쥐뇨프와는 논쟁을 벌이지도 않았고, 마치 그를 피하는 것 같았다. 레쥐뇨프도 루진을 차갑게 대했다. 또한 루진에 대한 자기의 생각을 끝까지 털어놓지 않아서 알렉산드라 빠블로브나를 아주 당혹스럽게 했다. 그녀는 루진을 아주 존경했지만 레쥐뇨프도 신뢰하고 있었기 때문이다. 다리야 미하일로브나의 집에서는 모두가 루진의 변덕에 따르고 있었다. 루진이 원하는 것이라면 아무리 세세한 것이라도 다 실현되었다. 일과도 그의 뜻에 따라 좌우되었다. 아무리 즐거운 놀이라도 루진 없이는 이루어지지 않았다. 하지만 루진은 갑작스러운 소풍이나 놀이를 그다지 좋아하지 않았다. 혹 참여한다 해도 마치 어른이 아이들과 놀아 주듯, 상냥한 미소를 짓지만 다소 지루해하면서 시간을 보냈다. 그 대신 루진은 모든 일에 끼어들었다. 그는 다리야 미하일로브나와 영지 관리 문제, 아이들의 교육 문제, 집안 살림 문제 등 대체로 그녀의 모든 문제에 대해 의논했다. 그녀의 앞으로의 계획도 귀담아듣고 사소한 문제들도 귀찮아하지 않았으며 새로운 방안을 제안하기도 했다. 하지만 다리야 미하일로브나는 그런 제안에 말로만 감탄할 뿐이었고 실질적으로는 집사의 조언을 따르고 있었다. 애꾸눈에 중년의 소러시아인인 집사는 친절하지만 교활한 사기꾼이었다. 〈늙은 것이 기름지고, 젊은 것은 마른 법이지.〉 그는 조용히 코웃음을 치고 하나밖에 없는 눈을 깜박거리면서 이렇게 말하곤 했다.

다리야 미하일로브나 다음으로, 루진이 누구보다 자주 만나서 이야기를 나눈 사람은 나딸리야였다. 몰래 그녀에게 책을 주기도 하고, 자신의 계획을 말하기도 했으며, 쓰기 시작한 논문과 저작의 처음 몇 페이지를 읽어 주기도 했다. 나딸리야는 종종 그의 글들을 이해하지 못했다. 그러나 루진은 그녀에게 이해를 바라기보다는 그저 자기 말을 들어 주기만을 바라는 것 같았다. 한편 다리야 미하일로브나는 루진과 자신의 딸이 가까워지는 것이 별로 달갑지 않았다. 〈그러나……〉하고 그녀는 생각했다. 〈여기서는 저 사람과 맘대로 얘기하게 놔둬야지. 저 애의 소녀 같은 면이 저 사람을 즐겁게 해줄 거야. 큰 탈은 없겠지. 저 애도 똑똑해질 거고…… 뻬쩨르부르그에 가서는 이 모든 걸 바꿔 놓을 거야……〉

그러나 다리야 미하일로브나는 잘못 생각하고 있었다. 나딸리야는 소녀처럼 루진과 수다를 떤 것이 아니었다. 그녀는 루진의 말을 열심히 귀담아들었고, 그 말의 의미를 이해하려고 애썼다. 또한 자신의 생각과 의혹을 그의 판단에 맡기곤 했다. 그는 그녀의 스승이자 지도자였다. 아직은 그녀의 머리만 끓어오르고 있었다……. 그러나 젊은이는 언제까지나 머리만 끓어오르지는 않는 법이다. 엷게 깔리는 물푸레나무 그늘 아래 놓인 정원 벤치 위에서 루진이 괴테의 『파우스트』나 호프만, 베티나[23]의 『편지』나 노발리스를 그녀에게 읽어 주다가 애매하게 보이는 부분을 설명해 주었을 때, 나딸리야

23 Bettina von Arnim(1785~1859). 괴테와 주고받은 편지 모음집 『괴테의 어느 아이와의 서신 교환』(1835)으로 유명하다.

는 얼마나 달콤한 순간들을 맛보았던가! 나딸리야는 러시아 대부분의 아가씨들처럼 독일어를 잘하진 못했지만 이해는 했다. 루진은 독일의 시, 낭만주의와 철학 세계에 흠뻑 빠져 있었으므로 나딸리야도 그 매력적이고 비밀스러운 세계로 빠져들게 했다. 그 미지의 아름다운 세계가 그녀의 주의 깊은 시선 앞에 펼쳐졌고, 루진의 손에 있던 책에서 신기한 형상들과 새롭고 빛나는 사상들이 콸콸 흐르는 물줄기처럼 그녀의 마음속에 흘러들어 갔다. 그리고 거대한 감각의 고결한 기쁨으로 뒤흔들린 그녀의 가슴 속에서 환희의 성스러운 불꽃이 조용히 점화되어 활활 타오르기 시작했다……

「저, 드미뜨리 니꼴라이치.」 어느 날 창가에서 자수틀을 들고 앉아 있던 나딸리야가 루진에게 물었다. 「겨울이 되면 뻬제르부르그로 가시겠지요?」

「모르겠습니다.」 뒤적거리고 있던 책을 무릎 위에 내려놓으며 루진이 대꾸했다. 「경비가 마련되면 갈 겁니다.」

피곤해서 아침부터 아무 일도 하지 않았던 그가 맥없이 말했다.

「당신이 경비를 못 구할 리는 없을 것 같은데요?」

루진은 머리를 흔들었다.

「그건 당신 생각이죠!」

이렇게 말하고 의미심장하게 옆을 바라보았다.

나딸리야는 무슨 말을 하려다가 참았다.

「보세요.」 루진은 말문을 열고 한 손으로 창문을 가리켰다. 「저 사과나무를 보세요. 저 나무는 열매가 너무 많이 열려서 무게 때문에 부러졌습니다. 천재의 확실한 상징이죠…….」

「저 나무는 받침목이 없어서 부러진 거예요.」 나딸리야가 대꾸했다.

「압니다, 나딸리야 알렉세예브나. 그러나 사람은 그런 받침목을 찾아내기가 그리 쉽지 않습니다.」

「제 생각에 다른 사람들의 공감은……. 어쨌든 혼자…….」

나딸리야는 약간 당황해서 얼굴을 붉혔다.

「그럼 겨울에 이 시골에서 뭘 하실 거예요?」 그녀는 서둘러 덧붙여 말했다.

「뭘 할 거냐고요? 긴 논문을 끝낼 겁니다. 아시죠, 삶과 예술의 비극에 대하여……. 이틀 전에 그 논문 안에 대해 당신에게 얘기했었죠. 탈고하면 보내 드릴게요.」

「출판하나요?」

「안 합니다.」

「왜 안하죠? 그럼 누구를 위해 그런 고생을 하시는 거예요?」

「당신을 위해서라도.」

나딸리야는 두 눈을 내리떴다.

「제겐 너무 과분한 걸요, 드미뜨리 니꼴라이치!」

「실례지만 무엇에 관한 논문입니까?」 멀찍이 앉아 있던 바시스또프가 겸손하게 물었다.

「삶과 예술의 비극에 대한 논문입니다.」 루진은 되풀이해서 말했다. 「바시스또프 씨도 보세요. 그러나 기본 사상을 완전히 정리하지 못했어요. 아직까지도 사랑의 비극적인 의의를 충분하게 이해하지 못했거든요.」

루진은 사랑에 대해 즐겁게 자주 말하곤 했다. 처음에 봉쿠르 양은 사랑이란 말만 들어도 나팔 소리를 들은 늙은 군마처럼 몸을 부르르 떨고 귀를 바싹 기울이곤 했지만, 점점 익숙해져서 이제는 그저 입술을 오므리고 이따금 코담배를 맡곤 했다.

「제 생각엔,」 나딸리야가 소심하게 말했다. 「사랑에서 비극적인 것은 불행한 사랑인 것 같군요.」

「전혀 그렇지 않습니다!」 루진이 대꾸했다. 「그것은 오히려 희극적인 측면입니다……. 이 문제는 전혀 다르게 제기해야만 해요……. 더 깊이 파고들어야만 합니다……. 사랑!」 루진은 말을 이었다. 「사랑의 모든 것은 다 비밀입니다. 사랑이 어떻게 찾아오고, 어떻게 발전하고, 어떻게 사라지는지 다 비밀입니다. 때론 대낮처럼 뚜렷하고 기쁨에 넘치는 모습으로 갑자기 나타나기도 하고, 때론 재 밑의 불처럼 오랫동안 뭉근히 타다가 모든 것이 다 으스러지고 난 다음에야 확 타오르는 불길처럼 마음속에 솟아오르기도 하고, 때론 뱀처럼 가슴속에 슬그머니 기어들었다가 갑자기 빠져나가기도 합니다……. 그래요, 이건 중요한 문제입니다. 게다가 우리 시대에 누가 사랑을 합니까, 누가 감히 사랑을 합니까?」

이렇게 말하고 루진은 생각에 잠겼다.

「세르게이 빠블리치는 왜 이렇게 오랫동안 보이지 않을까요?」 루진이 갑자기 물었다.

나딸리야는 얼굴을 붉히고 자수틀 위로 머리를 숙였다.

「모르겠어요.」 그녀는 속삭이는 듯한 목소리로 말했다.

「그는 아주 훌륭하고 고결한 사람입니다!」자리에서 일어나면서 루진이 말했다. 「그는 진짜 러시아 귀족의 가장 훌륭한 전형 중의 한 사람이죠…….」

봉쿠르 양은 프랑스인다운 작은 눈으로 루진을 곁눈질해 보았다. 루진은 방 안을 왔다 갔다 했다.

「저, 나딸리야 알렉세예브나.」루진은 뒤꿈치로 휙 돌아서서 말했다. 「참나무는 단단한 나무이지만 새잎이 움트기 시작할 때에야 비로소 낡은 잎이 떨어진다는 것을 아십니까?」

「예.」나딸리야는 천천히 대답했다. 「보았어요.」

「강한 마음속의 낡은 사랑도 바로 이런 겁니다. 낡은 사랑은 이미 죽었는데도 여전히 붙어 있습니다. 오직 새로운 사랑만이 낡은 사랑을 몰아낼 수 있습니다.」

나딸리야는 아무 대답도 하지 않았다.

〈이건 무슨 뜻일까?〉하고 그녀는 생각했다.

루진은 잠시 서 있다가 머리칼을 흔들고 물러갔다.

나딸리야는 자기 방으로 갔다. 그녀는 오랫동안 갈피를 잡지 못하고 루진의 마지막 말을 오랫동안 생각하다가 갑자기 두 손을 꽉 쥐고 서럽게 울기 시작했다. 그녀가 왜 울었는지는 아무도 모른다! 그녀 자신도 왜 그렇게 갑자기 눈물이 쏟아졌는지 몰랐다. 그녀는 눈물을 훔쳤다. 그러나 눈물은 오랫동안 고였던 샘물에서 물이 흐르듯이 끊임없이 흘러내렸다.

····

바로 같은 날, 알렉산드라 빠블로브나의 집에서 그녀와 레쥐뇨프는 루진에 대해 이야기를 하고 있었다. 처음에 레쥐뇨프는 줄곧 대답을 회피했다. 그러나 알렉산드라 빠블로브나는 레쥐뇨프에게서 루진에 대한 정보를 알아내기로 결심했다.

「제가 보기에,」 그녀는 레쥐뇨프에게 말했다. 「당신은 여전히 드미뜨리 니꼴라이치가 마음에 안 드는 모양이에요. 지금까지는 일부러 당신에게 묻지 않았어요. 그러나 당신도 이제는 그가 변했는지 안 변했는지 확실히 말할 수 있겠죠. 왜 그 사람이 마음에 들지 않나요?」

「좋습니다.」 레쥐뇨프는 평소처럼 느릿느릿 대답했다. 「그렇게 못 참으시겠다면, 말해 드리죠. 단, 화는 내지 마십시오.」

「알았어요. 어서 시작해 보세요.」

「그리고 모든 걸 끝까지 말할 수 있게 해주세요.」

「좋아요, 어서요.」

「그럼 말씀드리죠.」 레쥐뇨프는 천천히 소파에 앉으면서 말하기 시작했다. 「당신에게 말하는데, 루진은 정말로 제 마음에 들지 않습니다. 영리한 사람입니다만…….」

「물론이죠!」

「그는 아주 영리한 사람이지만 실제로는 속이 텅 빈 사람입니다…….」

「그렇게 말하기는 쉽죠!」

「실제로는 속이 텅 빈 사람이지만……,」 레쥐뇨프는 되뇌었다. 「그다지 심각한 건 아닙니다. 우리도 역시 모두 텅 비어 있으니까요. 심지어 그가 속으로는 폭군이고 게으르고 그다지 박식하지 못한 것도 그의 잘못은 아닙니다…….」

알렉산드라 빠블로브나는 손뼉을 쳤다.

「그다지 박식하지 않다고요? 루진이!」 그녀가 외쳤다.

「그다지 박식하지도 못하고,」 레줴뇨프는 아주 똑같은 목소리로 되뇌었다. 「남의 돈으로 살기를 좋아하고, 광대처럼 연기를 하기도 하고, 이 밖에 여러 가지가 있지만…… 이런 것들은 다 예사로운 일이지요. 그러나 정말 나쁜 것은, 그가 얼음처럼 차다는 겁니다.」

「그처럼 정열적인 영혼을 가진 사람이 차갑다고요!」 알렉산드라 빠블로브나가 말을 가로챘다.

「예, 얼음처럼 차갑습니다. 그도 이걸 알고 정열적인 체하는 겁니다. 또 나쁜 것은……,」 레줴뇨프는 점점 활기를 띠며 말을 이었다. 「그가 위험한 도박을 하고 있다는 겁니다. 물론 그에게는 위험하지 않은 도박이죠. 자신은 동전 한 닢, 머리칼 한 오라기도 걸지 않으니까요. 그러나 다른 사람들은 영혼을 겁니다…….」

「누구를 염두에 두고 하는 말이죠? 정말 이해할 수가 없네요.」 알렉산드라 빠블로브나가 말했다.

「그가 성실하지 못한 것도 나쁩니다. 그는 현명하니 자기 말의 가치가 어느 정도인지 알고 있을 텐데, 사람들 앞에서 마치 자기 말이 무슨 커다란 가치라도 있는 것처럼 말을 합니다……. 말재주가 있다는 건 의심할 여지가 없지요. 그러나 그 말재주는 러시아적인 것이 아닙니다. 게다가 마지막으로, 젊은 사람이라면 모를까, 그 나이에 자기 말에 도취되는 것은 부끄러운 일입니다. 멋 부리며 말하는 것은 민망한 일이죠!」

「제가 보기엔, 미하일로 미하일리치, 그가 우쭐대든 우쭐
대지 않든 듣는 사람한테는 마찬가지 같은데요……」

「미안하지만, 알렉산드라 빠블로브나, 마찬가지가 아닙니
다. 한마디뿐이라도 강한 인상을 남기는 말이 있는가 하면,
같은 말이거나 미사여구가 더 붙은 말이라도 솔깃하지 않은
말이 있습니다. 왜 그럴까요?」

「당신의 귀니까 솔깃하지 않겠죠.」 알렉산드라 빠블로브
나가 말했다.

「예, 제 귀는 솔깃하지 않을 겁니다.」 레쥐뇨프가 대답했
다. 「아무리 제 귀가 크다고 해도 말입니다. 문제는 루진의
말은 그냥 말로 남기만 할 뿐 결코 행동으로 이어지지 않는
다는 데 있습니다. 그런데도 그의 말은 젊은이의 마음을 현
혹시켜 결국엔 해칠 수 있다는 겁니다.」

「아니, 당신은 누구에 대해, 대체 누구에 대해 말하는 거예
요, 미하일로 미하일리치?」

레쥐뇨프는 말을 멈추었다.

「누구에 대해 말하는지 알고 싶습니까? 나딸리야 알렉세
예브나를 두고 하는 말입니다.」

알렉산드라 빠블로브나는 순간적으로 당황했지만, 곧 쓴
웃음을 지었다.

「무슨 그런 말씀을 하세요.」 그녀가 말하기 시작했다. 「당
신은 늘 이상한 말만 하는군요! 나딸리야는 아직 어린애예
요. 그리고 무슨 일이 있다고 해도 다리야 미하일로브나가
그런 걸……」

「다리야 미하일로브나는 첫째, 에고이스트라서 자신밖에 모릅니다. 둘째, 그녀는 자신의 양육 능력을 너무 확신해서 아이들 걱정을 전혀 하지 않습니다. 하! 어쩜 그럴 수 있는지! 손짓 한 번, 위엄 있는 눈초리 한 번이면 모든 것이 다 잘될 줄 알지요. 그 부인은 자신을 자선가나 현명하고 지적인 여자로, 또는 그 밖의 별별 인물로 상상하고 있지만, 실제로 사교계의 노파에 불과합니다. 그리고 나딸리야는 어린애가 아닙니다. 사실 그녀는 당신이나 나보다 더 자주, 그리고 더 깊이 사색합니다. 그렇게 정직하고 열정적이고 열렬한 성격의 처녀가 그런 광대, 바람둥이에게 걸려들었으니! 그러나 이것도 예사로운 일이지요.」

「바람둥이! 그 사람을 바람둥이라고 불렀나요?」

「네 맞습니다. 글쎄, 직접 말씀 좀 해보세요, 알렉산드라 빠블로브나. 다리야 미하일로브나의 집에서 도대체 그 사람의 역할이 뭡니까? 집에서 우상이나 예언자가 되고, 영지 관리를 하거나 가정 내의 유언비어나 말다툼에 참견하는 것이 정말로 남자가 할 일인가요?」

알렉산드라 빠블로브나는 놀라서 레쥐뇨프의 얼굴을 쳐다보았다.

「이런 표정은 처음이군요, 미하일로 미하일리치.」 그녀가 말했다. 「얼굴이 붉어진 걸 보니 흥분하셨어요. 이렇게 동요하시는 걸 보니 정말로 다른 숨겨진 사연이 있는 게 틀림없어요…….」

「결국 이렇게 되는군요! 여자에게 신념대로 사실을 말하면 그냥 받아들이는 게 아니고, 다른 어떤 시시한 이유가 숨어 있는 게 아닌가 생각하지요.」

알렉산드라 빠블로브나는 벌컥 화를 냈다.

「대단하세요, 레쥐뇨프 씨! 당신은 삐가소프 씨에 못지않게 여자들을 괴롭히기 시작하는군요. 좋으실 대로 하세요. 당신이 아무리 통찰력이 있다 해도 그렇게 짧은 시간에 모든 사람들과 모든 것들을 이해할 수는 없겠죠. 제가 보기에 잘못 생각하시는 것 같아요. 당신 말에 따르면, 루진은 타르튀프[24] 같은 사람이군요.」

「문제는 그가 타르튀프가 아니라는 점입니다. 타르튀프는 적어도 자기가 추구하는 것이 뭔지 알고 있었죠. 그러나 이 루진이란 사람은 아무리 똑똑해도 ──」

「그럼 뭐예요, 그는 어떤 사람이죠? 말을 마무리 지으세요. 당신은 불공정하고 고약한 사람이에요!」

레쥐뇨프는 자리에서 일어났다.

「제 말을 들어 주세요, 알렉산드라 빠블로브나.」 그는 말하기 시작했다. 「불공정한 건 제가 아니라 당신입니다. 당신은 루진에 대한 저의 신랄한 판단에 대해 화를 내지만, 저는 그에 대해 신랄하게 말할 권리가 있습니다! 아마 저는 꽤 비싼 값을 치르고 이 권리를 샀는지도 모릅니다. 저는 그를 잘 압니다. 오랫동안 같이 살았으니까요. 기억하십니까, 우리들이 모스끄바에서 어떻게 살았는지 언젠가 얘기해 주겠다고

---

24 1644년에 발표된 몰리에르Molière(1622~1673)의 희극으로, 작품명과 동일한 이름의 주인공은 위선자의 전형이다.

약속했었지요. 아마 지금이 그때인 것 같군요. 인내심을 갖고 제 말을 끝까지 들어 줄 수 있나요?」

「말하세요, 어서요!」

「그럼, 좋습니다.」

레쥐뇨프는 천천히 방 안을 거닐다가도 이따금 걸음을 멈추고 머리를 앞으로 숙이곤 했다.

「당신에게 이야기했는지 아닌지 모르겠지만,」 그는 말하기 시작했다. 「저는 일찍 부모를 여의고 이미 열일곱 살에 손윗사람이 아무도 없었어요. 저는 모스끄바의 아주머니 집에서 살면서 하고 싶은 것을 했지요. 그리고 꽤나 공허하고 자존심이 강한 젊은이로 우쭐대고 자랑하기를 좋아했습니다. 대학에 들어가서도 고등학생처럼 행동해서 곧 어떤 일에 말려들고 말았지요. 그 얘긴 하지 않겠습니다. 얘기할 만한 일이 못 되니까요. 한번은 어떤 거짓말을 했는데, 꽤 추잡한 거짓말이었지요……. 그런데 그것이 세상에 드러나고 폭로되어 창피를 당했습니다……. 저는 당황해서 어린애처럼 울음을 터뜨렸지요. 이것은 어느 아는 사람의 집에서, 많은 친구들이 보는 앞에서 일어났던 일입니다. 모두가 큰 소리로 웃으면서 저를 비웃었지요. 한 대학생을 제외하고 모두가 말입니다. 그 학생은 제가 거짓말을 자백하기 전 완강하게 버틸 때까지는 누구보다도 심하게 날 공격했는데, 이내 불쌍했던지 저의 팔을 잡고 자기 집으로 데려갔습니다.」

「그 사람이 루진이었나요?」 알렉산드라 빠블로브나가 물었다.

「아뇨, 루진이 아닙니다……. 그 사람은…… 그 사람은 이미 죽었습니다……. 그는 비범한 사람이었어요. 성은 뽀꼬르스끼였습니다. 그는 몇 마디 말로 설명할 수 있는 인물이 아닙니다. 그리고 그 사람에 대해 말하기 시작하면 이미 다른 사람에 대해 말하고 싶은 생각이 없어집니다. 그는 고상하고 순결한 영혼의 소유자로, 저는 지금껏 그렇게 머리 좋은 사람을 만나 보지 못했습니다. 뽀꼬르스끼는 나무로 지은 낡은 집의, 천장이 낮고 작은 다락방에서 살았지요. 그는 아주 가난해서 학생들을 가르치면서 겨우겨우 살아갔습니다. 손님에게 차 한 잔도 대접 못 할 때가 종종 있었고, 그의 하나밖에 없는 소파는 가운데가 푹 꺼져서 마치 보트 같았어요. 생활이 그렇게 구차했지만, 많은 사람들이 그의 집에 드나들었어요. 모두가 그를 사랑했고, 그는 사람들의 마음을 끌었습니다. 그의 초라한 방에 앉아 있는 게 얼마나 달콤하고 즐거웠는지 당신은 믿을 수 없을 겁니다! 그의 방에서 루진을 알게 되었죠. 그때 루진은 늘 붙어 다니던 공작과 이미 헤어진 때였어요.」

「그 뽀꼬르스끼라는 사람은 무엇이 그렇게 특별했나요?」 알렉산드라 빠블로브나가 물었다.

「어떻게 말해야 좋을까요? 시와 진실, 바로 이런 것 때문에 우리 모두가 그에게 끌렸던 것이죠. 분명하고 박식한 두뇌를 지닌 그는 마치 어린애처럼 귀엽고 재미있었습니다. 지금까지도 귓전에 그의 밝은 웃음소리가 울립니다. 동시에 그는 이런 사람이었어요.

그대는 한밤중의 등불처럼 타올랐다

선(善)이라는 보배 앞에서……

우리 서클에 속해 있던 아주 상냥하지만 반미치광이였던 한 시인이 그에 대해 이렇게 노래했지요.」

「그의 말솜씨는 어땠나요?」 알렉산드라 빠블로브니가 다시 물었다.

「기분이 좋을 때면 말을 잘했지만, 놀랄 정도는 아니었습니다. 루진은 그 당시에도 그 사람보다 스무 배는 더 말을 잘했지요.」

레쥐뇨프는 걸음을 멈추고 팔짱을 꼈다.

「뽀꼬르스끼와 루진은 서로 닮지 않았습니다. 루진에게는 광채가 났고 평판도 좋았고, 말과 열정도 더 많았지요. 루진이 뽀꼬르스끼보다 훨씬 더 재능이 있어 보였지만, 실제로 루진은 뽀꼬르스끼에 비하면 빈약한 사람이었습니다. 루진은 어떤 사상도 탁월하게 전개시켰고 논쟁도 썩 잘했어요. 그러나 그의 사상은 자기 머리에서 생겨난 것이 아니라 다른 사람들한테서, 특히 뽀꼬르스끼한테서 빌린 것이었습니다. 뽀꼬르스끼는 겉으로 보기엔 조용하고 부드러워서 심지어 약하게 보이기까지 했습니다. 또 여자들을 정신없이 사랑하고, 마시며 놀기를 좋아했지만 그 누구에게서도 모욕을 당하지 않았어요. 루진은 열정과 용기와 생명으로 가득 차 있는 것 같았지만 마음속은 차가웠고 누가 자기의 자존심을 건드리기 전까지는 거의 소심하다 싶지만, 누가 자존심을 건드리면

미친 듯이 화를 냈습니다. 그는 사람들을 자기에게 굴복시키려고 갖은 애를 다 썼습니다. 그는 보편 원칙과 사상의 이름으로 사람들을 굴복시켰고, 실제로 많은 사람들에게 강한 영향력을 행사했지요. 사실은 아무도 그를 좋아하지 않았어요. 아마 저 혼자만 그를 좋아했을 겁니다. 사람들은 그의 압제를 참고 있었지요……. 그러나 뽀꼬르스끼에게는 모두들 자진해서 순종했습니다. 그리고 루진은 처음 만난 사람과도 토론하고 논쟁하기를 마다하지 않았죠. 그는 그다지 많은 책을 읽진 않았지만, 어쨌거나 뽀꼬르스끼나 우리들보다는 훨씬 많은 책을 읽었지요. 게다가 그는 체계적인 두뇌와 놀라운 기억력을 가지고 있었는데, 바로 이런 것이 젊은이들에게 영향을 주는 겁니다! 젊은이들에게는 결론과 결과를, 비록 그것이 불확실하더라도 결론을 제시해야 합니다! 정직한 사람은 그럴 수 없죠. 하지만 스스로가 진리를 모르기 때문에 완전한 진리를 제시할 수 없다고 젊은이들에게 말해 보세요……. 젊은이들은 당신 말을 들으려고 하지 않을 겁니다. 그러나 당신은 젊은이들을 속일 수도 없을 겁니다. 따라서 당신 스스로 진리를 알고 있다는 확신을 반이라도 가져야만 합니다……. 바로 이 때문에 루진은 우리 동료들에게 강한 영향력을 끼쳤습니다. 방금 당신에게 말한 것처럼, 루진은 그리 많은 책을 읽은 것은 아니지만 철학 책들은 꽤 읽었습니다. 그는 읽은 것에서 즉시 보편적인 모든 것을 뽑아내고 문제의 본질을 붙잡아 그 본질에서 명확하고 올바른 사상의 맥락을 사방으로 끌고 가 정신적인 전망을 열어 보일 만큼 두뇌가 잘 조직되어 있었습니다. 우리 모임은 그 당시, 솔직히 말해 충분한 교육을 받지 못한 이들로 이루어져 있었지요. 철학, 예술, 과학, 인생, 이 모두가 우리에겐 말뿐이었고 심지어 매혹적이고 아름답긴 해도 분산되고 분리된 개념들이었지요. 이 개념들의 일반적인 연계나 세계의 일반 법칙에 대해 막연하게 토론하고 이해하려고 애썼지만 그것을 의식하거나 감촉하지는 못했습니다……. 루진의 말을 들었을 때, 처음으로 우리는 마침내 그것을, 그 일반적인 연계를 이해한 것 같았고, 마침내 장막이 걷힌 것 같은 느낌이 들었지요! 그 자신의 말이 아니라 할지라도 그게 무슨 문제입니까! 우리가 알아 온 모든 것들 속에 정연한 질서가 잡히고, 뿔뿔이 흩어진 모든 것이 갑자기 이어지고 쌓여서 우리 앞에서 건물이 세워지듯 자라났고, 모든 것이 밝아지고 사방에서 생기가 돌았지요……. 무의미하거나 우연적인 것은 하나도 남지 않았고, 모든 것 속에 합리적인 필연성과 아름다움이 나타나서 분명하면서도 동시에 신비한 의미를 띠었습니다. 인생의 개별적인 현상들이 모두 조화롭게 울렸고, 우리 자신들은 어떤 숭고한 공포 같은 경건함과 달콤한 마음의 전율을 안고 스스로를 어떤 위대한 사명을 지닌, 마치 영원한 진리를 담은 살아 있는 그릇들로, 도구들로 느꼈습니다……. 당신에게는 이 모든 것이 우습겠지요?」

「전혀요!」 알렉산드라 빠블로브나는 천천히 대답했다. 「왜 그렇게 생각하세요? 완전히 이해하진 못하지만 우습지는 않아요.」

「그 후 우리는, 물론 현명해졌지요.」레쥐뇨프가 말을 이었다. 「이 모든 것은 지금 보면 아이들 장난같이 보일 수 있습니다……. 그러나 다시 말하건대, 그 당시 우리는 루진의 덕을 많이 봤습니다. 하지만 뽀꼬르스끼는 그보다 비할 나위 없이 대단했어요. 이건 의심할 여지가 없습니다. 뽀꼬르스끼는 우리 모두의 마음속에 열정과 힘을 불어넣어 주었어요. 그러나 이따금 활기를 잃고 침묵하곤 했습니다. 그는 신경질적이고 건강이 좋지 못한 사람이었어요. 그 대신 그가 날개를 펼칠 때면, 정말이지, 그가 날아오르지 못할 곳이 없었어요! 하늘의 푸르른 심연까지 날아올랐죠! 그러나 루진에게는, 그 멋지고 고상한 젊은이에게는 쩨쩨한 구석이 많았습니다. 심지어 유언비어를 퍼뜨리기까지 했으니까요. 그는 모든 일에 끼어들고 모든 것을 규정하고 설명하기를 몹시 좋아했어요. 그의 부산스러운 활동은 결코 줄어들지 않았습니다……. 정치가적인 본성이죠! 저는 그 당시 제가 알던 그에 대해 말할 뿐입니다. 그러나 유감스럽게도 그는 변하지 않았어요. 그리고 그의 신념도 변하지 않았습니다……. 서른다섯 살인데도 말이죠!…… 자기 자신에 대해 그러한 확신을 갖는다는 것은 누구나 할 수 있는 일이 아니죠.」

「앉으세요.」알렉산드라 빠블로브나가 말했다. 「왜 그렇게 방 안을 시계추처럼 왔다 갔다 하세요?」

「이러는 게 더 편합니다.」레쥐뇨프가 대답했다. 「그래서, 저는 뽀꼬르스끼의 서클에 들어간 후, 알렉산드라 빠블로브나, 단언컨대 완전히 딴사람이 되었습니다. 저는 이것저것 물어보며 배우고, 작은 것에도 기뻐했으며, 온순해졌고 경건해졌습니다. 한마디로 말해 마치 절에라도 들어간 것 같았지요. 실제로 우리의 모임을 회상해 보면, 정말 좋은 점이 많았고 심지어 감동적인 점도 많았지요. 상상해 보세요. 대여섯 명의 젊은이들이 모였는데, 비계로 만든 초 한 자루가 타고 있고, 쓰디쓴 차와 아주 오래된 건빵이 나옵니다. 그때 당신이 우리 모두의 얼굴을 보고, 우리의 말을 들을 수 있었다면 좋았을 텐데! 누구의 눈에나 환희의 빛이 어리고, 뺨은 화끈 달아오르고, 심장이 고동칩니다. 우리는 신에 대해, 진리에 대해, 인류의 미래에 대해, 시에 대해 말합니다. 이따금 우리는 실없는 소리를 하고, 별일 아닌 것에 감탄도 하지만, 그게 무슨 문제입니까!…… 뽀꼬르스끼는 가부좌를 틀고 앉아서 한 손으로 창백한 볼을 괴고 있는데, 그의 눈은 강렬하게 빛납니다. 루진은 방 한가운데 서서 멋지게 말하고 있는데, 일렁이는 바다 앞에서 연설하는 젊은 데모스테네스[25]와 똑같습니다. 머리칼을 흐트러뜨린 시인 수보찐은 이따금 꿈결에서처럼 단속적인 감탄사를 내지릅니다. 독일인 목사의 아들인 마흔 살 먹은 셸레르는 항상 그 무엇으로도 깨뜨릴 수 없는 침묵을 지키고 있어서 우리들 사이에서는 심오한 사상가로 이름이 났었는데 이럴 때일수록 유달리 더 엄숙하게 말이 없습니다. 우리 모임의 아리스토파네스인 명랑한 시치또프

25 Demosthenes(B.C. 384~B.C. 322). 그리스의 웅변가이다. 아마도 말더듬이 치료를 위해 자갈을 입에 물고 해변에서 웅변 연습을 한 것으로 추정된다.

도 조용해져서 그저 비죽이 웃기만 합니다. 두세 명의 신입 회원들은 환희에 찬 만족을 느끼며 듣고 있습니다……. 그러는 사이에 밤은 날개를 펴고 조용히 가볍게 지나갑니다. 어느새 희뿌연 아침이 찾아오고, 감격한 우리는 즐겁고 순결한 기분과 맑은 정신으로(당시 우리에겐 술 생각이 조금도 없었습니다) 상쾌한 피로를 느끼면서 헤어집니다……. 지금도 생각나는데, 가슴에 감격을 품고 텅 빈 거리를 걸어가노라면, 마치 별들도 더 가까워지고 더 잘 이해되는 것 같아서 왠지 믿음을 갖고 별들을 바라보게 됩니다. 아! 그땐 정말 좋은 시절이었지요! 저는 그 시절이 무의미했다고 믿고 싶지 않아요! 그래요, 그 시절은 헛되이 지나가지 않았어요. 심지어 삶의 고단함 때문에 속되게 변한 친구들에게조차도 헛되지 않았습니다……. 저는 그런 사람들, 옛날 친구들을 얼마나 많이 만났는지 모릅니다! 완전히 짐승이 되어 버린 것 같은 사람도 뽀꼬르스끼의 이름을 입에 올리기만 하면 아직도 마음속에 남아 있던 고상한 감정이 꿈틀거리기 시작합니다. 마치 더럽고 어두운 방에서 잊었던 향수병을 열기라도 한 것처럼 말이죠…….」

레쮜뇨프는 입을 다물었다. 그의 핏기 없는 얼굴이 새빨개져 있었다.

「그런데 루진과는 왜, 언제 다투었나요?」 레쮜뇨프를 놀란 표정으로 쳐다보면서 알렉산드라 빠블로브나가 말문을 열었다.

「다툰 건 아니었어요. 외국에서 그를 완전히 알게 된 뒤 헤어졌지요. 모스끄바에서 그와 다툴 뻔한 적도 있었습니다.
그때 이미 그는 저에게 나쁜 짓을 했었으니까요.」

「그게 뭐죠?」

「그건 이렇습니다. 저는…… 뭐라고 말해야 좋을까요?……
제 모습에 어울리진 않지만…… 저는 늘 아주 쉽게 사랑에 빠
지곤 했어요.」

「당신이요?」

「그래요. 어울리지 않지요? 그러나 정말 그랬습니다…….
그 당시 아주 귀여운 한 아가씨에게 홀딱 반했었지요…….
아니 왜 그렇게 절 바라보나요? 당신이 깜짝 놀랄 만한 일을
더 얘기해 줄 수도 있어요.」

「어떤 얘긴데요, 알고 싶군요.」

「이런 일만 해도 그렇지요. 저는 당시 모스끄바 시절에 밤
마다 밀회하러 다니곤 했지요…… 누구하고 만난 줄 아십니
까? 우리 집 정원 한구석에 있는 어린 피나무였습니다. 그 가
늘고 날씬한 줄기를 껴안으면 자연 전체를 껴안는 것 같았
고, 심장이 부풀어 올라 황홀감에 도취되어 자연 전체가 내
심장 속으로 흘러드는 것 같았지요. 저는 그런 사람이었습니
다!…… 정말 그랬어요! 당신은 제가 시 같은 건 쓰지 않았다
고 생각하겠죠? 그러나 썼습니다. 「맨프레드」[26]를 모방해서
완전한 시극 한 편을 썼지요. 등장인물들 중에는 가슴에 피

26 조지 고든 바이런George Gordon Byron(1788~1824)이 1817년에 지
은 시극이다. 시극의 제목이자 주인공인 맨프레드는 알프스 산맥에서 외톨
이로 지내며 비밀스러운 죄악에 대한 회한으로 고통받는 인물이다.

가 묻은 유령도 있었어요. 그러나 그 피는 자기 피가 아니라 전 인류의 피였습니다……. 그래요, 그렇습니다. 놀라지 마십시오. 자, 다시 저의 사랑 얘기로 돌아갑시다. 저는 어떤 여자와 사귀었는데 ―」

「피나무와의 밀회는 그만두었나요?」 알렉산드라 빠블로브나가 물었다.

「그만두었습니다. 어쨌든 그 여자는 명랑하고 밝은 눈에 낭랑하게 울리는 목소리를 가진 아주 착하고 귀여운 사람이었죠.」

「묘사를 잘하는군요.」 알렉산드라 빠블로브나가 쓴웃음을 지으며 말했다.

「당신은 매우 엄격한 비평가로군요.」 레쥐뇨프가 대꾸했다. 「그 여자는 늙은 아버지와 같이 살았어요……. 자세하게 얘기하진 않겠습니다. 단, 그 여자가 정말로 착했다는 말만 하죠. 차를 반 잔만 달라고 해도 항상 반 이상을 따라 주곤 했습니다!…… 그녀와 처음 만난 지 사흘째 되는 날에 저는 벌써 몸이 달아올랐고, 이레째 되는 날에 참지 못하고 루진에게 모든 것을 고백했지요. 사랑에 빠진 젊은이는 말하지 않고는 못 배기는 법입니다. 게다가 저는 루진에게 모든 걸 털어놓곤 했으니까요. 그때 저는 전적으로 루진의 영향 아래 있었습니다. 솔직히 말해, 루진의 영향은 많은 점에서 유익했지요. 그는 저를 싫어하지 않았으며, 절 매끈하게 다듬어 준 첫 번째 사람입니다. 저는 뽀꼬르스끼를 열렬히 사랑했지만 그의 정신적인 순결성 앞에서 약간 두려움을 느꼈고, 그래서인지 루진과는 더 가깝게 지냈습니다. 저의 사랑에 대해 알게 된 그는 말할 수 없이 기뻐했고, 덥썩 껴안고 축하해 주더니 즉시 저의 새로운 입장의 중요성에 대해 설명하기 시작했지요. 저는 그의 말에 귀를 기울였습니다……. 그런데, 당신도 알고 있듯이 그가 말을 얼마나 잘합니까. 그의 말은 제게 상당한 영향을 주었지요. 갑자기 대단한 자존감이 내 속에서 솟아나는 걸 느꼈고, 곧 미소를 멈추고 꽤 진지한 모습으로 변했습니다. 지금 생각해 보면 그때의 저는 걸음걸이조차도 조심스러웠어요. 마치 가슴속에 값비싼 액체를 가득 담은 그릇이라도 있어서 그것이 쏟아질까 봐 겁내는 것처럼 말이죠……. 저는 아주 행복했고, 게다가 사람들도 제게 분명히 호의를 보였습니다……. 루진은 제가 사귀는 아가씨와 인사하고 싶어 했습니다. 아니, 제가 먼저 그녀를 소개해 주겠다고 한 것이나 거의 다름없었죠.」

「아, 알겠어요, 문제가 뭐였는지 이제 알겠어요.」알렉산드라 빠블로브나가 그의 말을 가로챘다. 「루진이 당신의 애인을 빼앗아서 당신은 지금까지 그를 용서할 수 없는 거군요……. 내 말이 틀리지 않았다는 데에 내기를 걸겠어요!」

「내기를 했다면 당신은 졌어요, 알렉산드라 빠블로브나. 틀렸어요. 루진은 내 애인을 빼앗지 않았고, 빼앗으려고도 하지 않았습니다. 그럼에도 불구하고 그는 저의 행복을 깨뜨렸습니다. 그러나 냉정히 판단해 보면, 지금은 그렇게 해주어서 고맙다고 말할 용의도 있지요. 그러나 그 당시에는 정말 미칠 것만 같았어요. 루진은 해를 끼칠 생각이 전혀 없었습니다. 오히려 그 반대였지요! 그러나 자기 생활이나 남의 생활에서 모든 행동 하나하나를 핀으로 나비를 찔러 꽂듯 말로 꽂아 버리는 그 저주받을 습관 때문에 그는 그녀와 저에 대해, 우리의 관계에 대해, 우리가 어떻게 행동해야만 하는지에 대해 설명하기 시작했고, 자기에게 우리의 감정과 생각을 알리도록 무자비하게 강요하며, 칭찬도 했지만 책망하기도 했으며 심지어 편지로까지 그런 내용을 주고받았습니다. 상상해 보세요!…… 이렇게 그는 우리를 완전히 혼란에 빠뜨렸습니다. 저는 그 당시 그 여자와 결혼할 생각은 하지도 않았습니다 — 그 정도의 상식은 아직 제게 남아 있었죠 — 그러나 우리는 적어도 몇 달은 폴과 비르지니[27]처럼 잘 보냈을 겁니다. 그런데 그때 여러 가지 오해와 까다로운 일들이 생겼습니다. 한마디로 터무니없는 일이 생겼지요. 어느 화창한 아침에 루진은 모든 일을 여자의 늙은 아버지에게 알려서 친구로서 가장 성스러운 의무를 수행해야만 한다는 확신에 이르렀고, 그렇게 했던 겁니다.」

「정말이에요?」 알렉산드라 빠블로브니가 소리쳤다.

「그렇습니다. 그런데 아시겠어요, 루진은 저의 승낙을 받고서 그렇게 했습니다. 정말 놀라운 일이죠!…… 지금도 기억하는데, 당시 제 머리는 너무나 혼란스러웠죠. 그저 모든 것이 빙빙 돌고, 마치 사진기를 들여다보듯 거꾸로 보였습니다

---

27 베르나르댕 드 생피에르Bernardin de Saint-Pierre(1737~1814)가 1787년에 발표한 유명한 연애 소설 『폴과 비르지니』의 주인공들이다. 이들은 목가적인 우정과 사랑을 나누었다.

다. 즉, 흰 것이 검게 보이고, 검은 것이 희게 보이고, 거짓이 진실로 보이고, 망상이 의무로 보였습니다……. 아, 지금도 생각하면 부끄럽습니다! 그런데 루진은, 그 사람은 풀이 죽지 않았어요……. 조금도! 그는 제비가 연못 위를 날듯이 온갖 오해와 혼란 사이를 헤집고 돌아다니곤 했습니다.」

「그래서 당신은 그 여자와 헤어졌나요?」 알렉산드라 빠블로브나는 순진하게 머리를 옆으로 기울이고 눈썹을 추켜세우며 물었다.

「헤어졌습니다……. 그것도 나쁘게 헤어졌습니다. 모욕적이고도, 어설프게 그리고 모든 걸 쓸데없이 다 드러내 놓고 말입니다……. 저도 울었고, 그 여자도 울었습니다. 무슨 일이 일어났는지 아무도 몰랐어요……. 고르디우스의 매듭[28] 같은 것이 꼭 조여 있어 잘라 내야 했고, 마음이 아팠습니다! 그러나 세상만사는 더 좋은 방향으로 나가는 법이죠. 그 여자는 좋은 남자에게 시집가서 지금은 행복하게 살고 있습니다…….」

「솔직히 말하세요. 그래도 당신은 루진을 용서할 수 없었죠…….」 알렉산드라 빠블로브나가 말문을 열었다.

「용서라뇨!」 레쥐뇨프가 그녀의 말을 가로챘다. 「루진이 외국으로 떠날 때 저는 어린애처럼 울었습니다. 그러나 솔직히 말하면, 그때 내 마음속에는 이미 의문의 씨앗이 박혀 있었어요. 그 후 외국에서 그를 만났을 때…… 글쎄, 저도 그때

28 프리기아 왕 고르디우스가 엮은 매듭으로 도저히 풀 수 없는 어려운 문제를 뜻한다.

는 나이를 먹었으니까…… 루진의 진짜 모습이 보였지요.」

「정확히 그에게서 무엇을 봤다는 거죠?」

「한 시간 전쯤에 말했던 것들입니다. 그러나 그에 대해선 그만 말하죠. 아마 모든 것이 결국엔 잘될지도 모릅니다. 이렇게 루진을 엄격하게 판단하는 것은 그저 제가 그를 잘 모르는 게 아니라는 것을 증명하고 싶었을 뿐입니다……. 나딸리야 알렉세예브나에 대해서 쓸데없는 말은 그만하겠습니다. 그러나 당신 동생을 좀 보살펴 주세요.」

「제 동생이요! 왜요?」

「동생을 좀 보세요. 정말로 아무것도 눈치채지 못했나요?」

알렉산드라 빠블로브나가 눈을 내리떴다.

「당신 말이 맞아요.」 그녀가 말했다. 「정말…… 동생은…… 언제부턴가 동생이 좀 달라졌어요……. 그러나 정말로 당신 생각에 —」

「쉿! 오는 것 같네요.」 레쥐뇨프가 속삭였다. 「나딸리야는 어린애가 아닙니다. 제 말을 믿으세요. 불행히도 어린애처럼 경험은 없지만요. 두고 보세요, 우리 모두를 깜짝 놀라게 할 겁니다.」

「어떻게요?」

「자, 보세요……. 바로 그런 처녀들이 물에 몸을 던지거나 독약을 마시는 등의 일을 저지르는 걸 모르십니까? 나딸리야가 그렇게 얌전하다고만 보지 마세요. 아주 정열적이고 성격도 만만치 않아요!」

「아니, 당신은 벌써부터 시상에 잠긴 것 같군요. 당신같이 냉정한 사람에게는 저도 화산 같겠죠.」

「아니, 아닙니다!」 레쥐뇨프는 미소를 띠며 말했다…….
「성격에 대해 말하자면, 다행히도 당신에게는 전혀 특성이
없습니다.」

「이건 또 무슨 무례한 말이에요?」

「무례하다뇨. 이건 최대의 칭찬이죠, 정말입니다…….」

이때 볼린쩨프가 들어와서 레쥐뇨프와 알렉산드라 빠블
로브나를 의심쩍게 바라보았다. 그는 최근에 수척해졌다. 셋
은 얘기를 하기 시작했지만, 볼린쩨프는 두 사람의 농담에
살짝 미소만 지어 보였는데, 그 모습이 언젠가 삐가소프가
그에 대해 말한 슬픔에 잠긴 토끼처럼 보였다. 그러나 아마
이 세상 사람이라면 일생에 단 한 번이라도 이렇게 슬픈 시
선을 가져 보지 않은 사람은 없을 것이다. 볼린쩨프는 나딸
리야가 자기로부터 멀어져 가는 것을 느꼈고, 그녀와 함께
발밑의 땅까지도 쑥 꺼져 가는 것 같았다.

7

다음 날은 일요일이어서 나딸리야는 늦게 일어났다. 전날은 저녁때까지 거의 말이 없었고, 눈물 흘린 것을 남몰래 부끄러워했으며 잠도 잘 자지 못했다. 그녀는 반쯤 옷을 걸치고 작은 피아노 앞에 앉아서 봉쿠르 양이 깨지 않도록 들릴락 말락 하게 화음을 짚거나, 때론 차가운 건반에 이마를 박고 오랫동안 움직이지 않았다. 그녀는 루진에 대해서가 아니라 루진이 한 어떤 말에 대해 줄곧 생각하면서 골똘히 상념에 잠겨 있었다. 이따금 볼린쩨프도 머리에 떠오르곤 했다. 볼린쩨프가 자기를 사랑한다는 것을 알고 있었다. 그러나 그에 대한 생각은 금방 사라지곤 했다……. 그녀는 이상한 흥분을 느꼈다. 아침에 그녀는 서둘러 옷을 입고 아래층으로 내려가 어머니에게 인사를 하고 기회를 봐서 홀로 정원으로 나갔다……. 이따금 비가 내리고 무더웠지만 맑고 찬란한 날이었다. 맑은 하늘에 낮게 깔린 뿌연 먹구름이 태양을 가리지 않고 유유히 흘러가다가, 때때로 순식간에 들판에 소낙비를 흠뻑 쏟아붓곤 했다. 반짝이는 굵은 빗방울들이 꼭 다이 아몬드가 떨어지는 것같이 메마른 소리를 내며 빠르게 떨어졌다. 태양이 반짝이는 빗방울 사이로 어른거렸고, 얼마 전까지도 바람에 나부끼던 풀은 움직이지 않은 채 탐욕스럽게 수분을 빨아들였다. 비에 흠뻑 젖은 나무들의 잎사귀들은 힘없이 떨리고 있었다. 새들은 끊임없이 울어 댔다. 지나가는 비의 신선한 소리 사이로 새들의 수다스러운 지저귐을 듣는 것이 즐거웠다. 먼지투성이의 길은 잦은 빗방울이 세차게 내리쳐서 김이 피어오르고 군데군데 얼룩져 보였다. 그러나 먹구름이 지나가고 산들바람이 불자 풀밭은 에메랄드 빛과 황금빛으로 물결치기 시작했다……. 나뭇잎들이 서로서로 달라붙었고 그 사이로 햇빛이 비치기 시작했다……. 진한 향기가 사방에서 풍겨 났다…….

나딸리야가 정원으로 나갔을 때 하늘은 거의 다 개어 있었다. 정원에는 신선한 기운과 함께 정적이 감돌았다. 그것은 사람의 마음에 은밀한 공감과 막연한 기대의 달콤한 괴로움을 불러일으키는 부드럽고 행복한 정적이었다…….

나딸리야는 연못가에 늘어선 은빛의 긴 포플러나무 길을 따라 걷고 있었다. 그런데 갑자기 마치 땅속에서 솟아난 듯이 루진이 나타났다.

그녀는 당황했다. 루진이 그녀의 얼굴을 바라보았다.

「혼자입니까?」루진이 물었다.

「예, 혼자예요.」나딸리야가 대답했다. 「잠깐 나왔어요……. 이제 집에 갈 때가 되었어요.」

「바래다 드리지요.」

이렇게 말하고 루진은 그녀와 나란히 걸었다.

「슬퍼 보이는 것 같군요?」 루진이 말했다.

「제가요?…… 오히려 당신 기분이 좋지 않은 것 같다고 말하려고 했어요.」

「그런지도 모르죠……. 가끔씩 그렇습니다. 아마 당신에게보다는 내게 더 있을 법한 일이죠.」

「왜죠? 저에게는 슬퍼할 일이 없을 거라고 생각하시나요?」

「당신 나이에는 인생을 즐겨야만 합니다.」

나딸리야는 말없이 몇 걸음을 걸었다.

「드미뜨리 니꼴라예비치!」 그녀가 말했다.

「왜 그러십니까?」

「기억하시나요……, 어제 당신이 하신 비유 말이에요……. 기억하세요……, 그 참나무 얘기…….」

「그럼요, 기억합니다. 그게 왜?」

나딸리야는 슬쩍 루진을 쳐다보았다.

「당신은…… 그런 비유로 무슨 말을 하려고 하셨나요?」

루진은 머리를 기울이고 먼 곳을 바라보았다.

「나딸리야 알렉세예브나!」 루진은 특유의 침착하고 의미심장한 표정을 지으며 말하기 시작했다. 꼭 자신에게 밀어닥친 생각의 10분의 1도 입 밖으로 내지 않을 것 같은 얼굴 표정이었다. 「나딸리야 알렉세예브나! 당신도 느꼈겠지만 나는 내 과거에 대해 별로 말하지 않습니다. 거기엔 내가 절대 건드리지 않는 마음의 금선(琴線)이 몇 개 있습니다. 내 마음……, 그 속에서 무엇이 일어났는지 누가 알 필요를 느끼겠어요? 내 생각에, 그것을 드러내 보이는 것은 항상 신성 모독 같았어요. 그러나 당신에게만은 숨기지 않겠습니다. 당신은 신뢰감을 불러일으키니까요……. 나도 모든 사람들처럼 사랑하고 괴로워했다는 것을 당신에게 감출 수 없습니다……. 언제 어떻게? 그런 것들은 중요하지 않아요. 그러나 내 마음은 이미 많은 기쁨과 슬픔을 맛보았습니다…….」

루진은 잠시 침묵했다.

「내가 어제 당신에게 말한 것은,」 루진은 말을 이었다. 「어느 정도 내게, 지금의 나의 처지에 적용될 수 있습니다. 그러나 그것에 대해서도 역시 말할 필요는 없습니다. 내 인생의 그런 측면은 이미 사라졌으니까요. 이제 내가 해야 할 일은 덜커덕거리는 짐마차를 타고 무더운 먼지투성이의 길을 따라 이 역에서 저 역으로 돌아다니는 것뿐입니다……. 언제 도착하게 될지, 끝까지 가게 될지 어떨지는 아무도 모릅니다……. 차라리 당신에 대한 이야기나 합시다.」

「정말로, 드미뜨리 니꼴라예비치.」 나딸리야가 그의 말을 가로챘다. 「당신은 인생에서 아무것도 바라지 않으세요?」

「오, 아닙니다! 나는 많은 것을 기대하지만, 자신을 위해서가 아닙니다……. 나는 활동을, 활동의 희열을 결코 거부하지 않을 겁니다. 그러나 향락은 단념했습니다. 나의 희망, 꿈, 그리고 나 자신의 행복은 아무런 공통성도 없습니다. 사랑 (이 말을 하며 그는 어깨를 으쓱했다)……, 사랑은 날 위한 것이 아닙니다. 나는…… 사랑받을 가치가 없습니다. 사랑하는 여자는 남자의 모든 것을 요구할 권리가 있어요. 그런데 나는 이미 모든 걸 바칠 수가 없습니다. 게다가 누군가의 마음에 든다는 것은 젊을 때나 있는 일이고, 나는 이미 너무 늙었지요. 내가 어떻게 남의 머리를 빙빙 돌게 할 수 있겠어요? 내 머리도 어깨 위에 얹고 다니기가 쉽지 않은데!」

「전 이해해요.」 나딸리야가 말했다. 「원대한 목표를 지향하는 사람은 자신에 대해 생각하지 말아야 해요. 그러나 정말로 여자는 그런 남자의 가치를 잘 모르는 걸까요? 제 생각엔 반대로 여자는 오히려 이기주의자를 싫어하는 것 같아요……. 모든 젊은이들, 당신이 말하는 젊은이들은 모두 이기주의자예요. 그들은 사랑을 할 때조차도 자기 생각만 해요. 믿으세요, 여자는 자기희생을 이해할 수 있을 뿐만 아니라 스스로를 희생할 수도 있어요.」

나딸리야의 뺨이 살짝 붉어졌고, 눈이 반짝이기 시작했다. 루진을 알지 못했다면 결코 이렇게 열렬하게 말하지 않았을 것이다.

「당신은 여자의 사명에 대한 나의 생각을 여러 번 들었습니다.」 루진은 너그러운 미소를 띠고 대꾸했다. 「내가 보기에, 당신은 잔다르크만이 프랑스를 구할 수 있었다는 걸 알고 있습니다……. 그러나 문제는 이게 아닙니다. 나는 당신에 대해 말하고 싶습니다. 당신은 인생의 문턱에 서 있어요……. 당신의 미래에 대해서 논하는 것은 즐겁기도 하고 다소 유익하기도 하지요……. 자, 나는 당신의 친구지요? 거의 가까운 집안 식구처럼 당신에게 관심을 쏟고 있으니까요. 그러니 내 질문이 겸손치 못하다고 생각하지 않기를 바랍니다. 지금 당신의 마음은 평온합니까?」

나딸리야는 얼굴이 확 달아올라서 아무 말도 하지 않았다. 루진이 멈춰 서자 그녀도 멈춰 섰다.

「혹시 화가 났나요?」 루진이 물었다.

「아뇨.」 그녀가 말했다. 「전혀 예기치 못한 질문이라서……」

「하지만,」 루진이 말을 이었다. 「대답하지 않아도 좋습니다. 이미 당신의 비밀을 알고 있으니까요.」

나딸리야는 거의 놀란 표정으로 루진을 힐끗 쳐다보았다.

「예…… 그래요. 난 당신이 누구를 좋아하는지 압니다. 내가 말하고 싶은 것은, 그것보다 더 좋은 선택은 없다는 겁니다. 그는 아주 좋은 사람이죠. 그는 당신의 가치를 잘 알 겁니다. 그는 생활에 짓밟히지도 않은 데다 솔직하고 맑은 영혼을 가지고 있습니다……. 당신을 행복하게 해줄 겁니다.」

「누구에 대해 말씀하시나요, 드미뜨리 니꼴라이치?」

「정말 누구 이야기인지 모르겠어요? 물론, 볼린쩨프 얘깁니다. 그렇잖나요? 사실이 아닌가요?」

나딸리야는 루진에게서 살짝 얼굴을 돌렸다. 그녀는 완전히 당황하고 있었다.

「그 사람이 당신을 사랑하지 않는단 말인가요? 천만에요! 그는 눈을 떼지 않고 당신의 행동 하나하나를 눈여겨보고 있습니다. 어느 누가 사랑이란 감정을 숨길 수 있겠어요? 그리고 당신도 그에게 호감을 갖고 있지 않나요? 내가 알고 있는 한 당신 어머니도 그를 좋아하고 있어요……. 당신의 선택은 ―」

「드미뜨리 니꼴라이치!」 당황한 나머지 가까이에 있는 떨기나무에 손을 뻗으면서 나딸리야가 그의 말을 가로챘다. 「사실 이런 말을 하기가 아주 거북하지만, 당신에게 분명히 말해 두겠어요……. 당신은 잘못 생각하고 계세요.」

「내가 잘못 생각하고 있다고요?」 루진이 되뇌었다. 「그렇게 생각하지 않아요……. 우리는 최근에 알게 되었지만, 나는 이미 당신을 잘 알고 있습니다. 내가 당신에게서 분명히 보는 그 변화는 무엇을 의미합니까? 정말로 당신은 내가 6주 전에 보았던 그런 사람입니까?…… 아닙니다, 나딸리야 알렉세예브나. 지금 당신의 마음은 평온하지 않습니다.」

「그럴 수도 있겠죠.」 나딸리야는 겨우 알아들을 수 있는 목소리로 대답했다. 「그러나 여전히 당신은 잘못 생각하고 계세요.」

「내가 뭘 잘못 생각했죠?」 루진이 물었다.

「내버려 두세요, 묻지 마세요!」 이렇게 대꾸하고 나딸리야는 재빨리 집을 향해 걸어갔다.

나딸리야는 갑자기 자기 마음속에 느낀 모든 것이 무서워졌다.

루진은 그녀를 따라잡아 멈춰 세웠다.

「나딸리야 알렉세예브나!」 루진이 말문을 열었다. 「이렇게 얘기를 끝낼 순 없습니다. 이 얘기는 내게도 극히 중요합니다……. 당신의 말을 내가 어떻게 이해해야 합니까?」

「절 내버려 두세요!」 나딸리야가 다시 말했다.

「나딸리야 알렉세예브나, 제발!」

루진의 얼굴에 흥분의 빛이 어리며 곧 창백해졌다.

「당신처럼 모든 걸 알고 있는 사람이 제 말을 모를 리가 없어요!」 이렇게 말하고 나딸리야는 그의 손을 뿌리치고는 돌아보지도 않고 걸어갔다.

「단 한 마디 말이라도!」 루진이 그녀를 뒤따르며 소리쳤다.

나딸리야는 걸음을 멈추었지만 뒤돌아보지는 않았다.

「당신은 내가 어제 한 비유로 뭘 말하려고 했는지 물었지요. 당신을 속이고 싶지 않습니다. 그때 나는 나 자신, 내 과거 그리고 당신에 대해 말했던 겁니다.」

「뭐라고요? 저에 대해서요?」

「예, 당신에 대해 말했습니다. 다시 말하지만, 나는 당신을 속이고 싶지 않아요……. 이제 내가 그때 어떤 새로운 감정에 대해 말했는지 알겠지요……. 오늘까지도 결코 결심할 수가 없었습니다…….」

나딸리야는 갑자기 두 손으로 얼굴을 가리고 집을 향해 달려갔다.

그녀는 루진과의 대화에서 뜻하지 않은 결말에 너무나 놀라 볼린쩨프 옆을 지나가면서도 그를 알아보지 못했다. 볼린쩨프는 나무에 등을 기댄 채 꼼짝 않고 서 있었다. 그는 15분 전에 다리야 미하일로브나의 집에 와서 객실에 있던 그녀와 두서너 마디 이야기를 나눈 후, 슬그머니 객실에서 빠져나와 나딸리야를 찾으러 정원으로 향했던 것이다. 사랑에 빠진 사람들 특유의 육감에 이끌려서 그는 곧장 정원으로 왔다가 두 사람과 마주쳤던 것이다. 그것은 나딸리야가 루진의 손을 뿌리친 바로 그 순간이었다. 볼린쩨프는 눈앞이 캄캄했다. 나딸리야가 사라질 때까지 그녀를 바라보고 난 뒤 그는 나무에서 등을 떼고 자신도 어디로, 무엇 때문인지도 모른 채 두어 걸음을 내디뎠다. 루진은 그와 나란히 되고 나서야 그를 보았다. 두 사람은 마주 보고 인사를 하고는 말없이 헤어졌다.

〈이렇게 끝나진 않을 거야.〉 두 사람은 이렇게 생각했다.

볼린쩨프는 정원의 맨 끝까지 걸어갔다. 그는 속이 쓰리고 답답했다. 가슴속에 납덩어리가 들어앉은 것 같았고, 이따금 피가 사납게 치밀어 오르곤 했다. 다시 빗방울이 떨어지기 시작했다. 루진은 자기 방으로 돌아왔다. 그도 마음이 편하지 않았다. 머릿속에서 이런저런 상념들이 회오리바람처럼 소용돌이쳤다. 젊고 정직하고 진실한 영혼에 뜻하지 않게 건드려졌다면 그 누군들 마음이 뒤흔들리지 않겠는가.

식사 때의 분위기는 어쩐지 좋지 않았다. 얼굴이 온통 창백해진 나딸리야는 간신히 의자에 앉아서 눈도 들지 않았다. 볼린쩨프는 평소처럼 그녀 옆에 앉아서 때때로 부자연스럽게 말을 걸곤 했다. 마침 이날, 삐가소프도 자리에 있었다. 그는 식사 중에 누구보다도 말을 많이 했다. 이야기를 하다가, 그는 사람들도 개처럼 꼬리가 짧은 사람과 긴 사람으로 나눌 수 있다고 논증하기 시작했다. 「사람들은……」 그는 말했다. 「태어날 때부터 꼬리가 짧은 경우가 있고, 제 잘못으로 꼬리가 짧아진 경우가 있습니다. 꼬리가 짧은 사람들은 운이 나빠요. 그들은 무슨 일을 해도 잘되지 않습니다. 자신이 없기 때문이지요. 그러나 길고 북슬북슬한 꼬리를 가진 사람은 행운아입니다. 꼬리가 짧은 사람보다 못나고 약할 수도 있지만 자신감이 있어서 꼬리를 펼치면 모두가 그 모습에 반합니다. 그런데 이게 놀라운 겁니다. 꼬리는 전혀 쓸모없는 몸의 일부가 아닙니까. 꼬리를 무엇에 쓰겠어요? 그런데 모두가 꼬리를 보고 그 사람의 가치를 판단하는 겁니다.」

「나는…….」 그는 한숨을 내쉬며 덧붙여 말했다. 「꼬리가 짧은 사람에 속합니다. 그런데 무엇보다 화나는 것은 나 자신이 내 꼬리를 잘라 버렸다는 겁니다.」

「즉 당신이 말하고자 하는 것은…….」 루진이 건성으로 말했다. 「하긴, 당신보다 오래전에 이미 라로슈푸코[29]가 한 말이지만, 〈자신을 믿어라, 그러면 남들도 너를 믿을 것이다〉라는 말이겠죠. 그런데 무엇 때문에 여기에 꼬리를 끌어댔는지 저는 모르겠습니다.」

「누구에게든…….」 볼린쩨프는 날카롭게 말문을 열었다. 그의 눈은 불타오르기 시작했다. 「각자 생각나는 대로 말하도록 두십시오. 요새 독재다 뭐다 말들이 많은데…… 내 생각으론, 소위 똑똑한 사람들의 전횡보다 더 나쁜 건 없습니다. 악마가 그런 인간들을 잡아갔으면 좋겠군!」

모두가 볼린쩨프의 당돌한 언행에 깜짝 놀라 아무 말도 하지 않았다. 루진은 그를 바라보려고 했으나 그의 눈길을 감당하지 못해 외면하고는 미소를 지을 뿐 입을 열지 않았다.

〈아하! 너도 꼬리가 짧구나!〉 하고 루진을 바라보던 삐가소프는 생각했다. 나딸리야의 마음은 공포로 얼어붙는 것만

29 François de La Rochefoucauld(1613~1680). 프랑스 귀족으로 『잠언과 성찰』(1665)을 썼다.

같았다. 다리야 미하일로브나는 어쩔 줄 모르고 오랫동안 볼린쩨프를 쳐다보았다. 마침내 그녀는 맨 먼저 입을 열었다. 그녀는 자기의 친구인 모 장관의 어떤 이상한 개에 대해 이야기하기 시작했다.

볼린쩨프는 식사 후에 곧 자리를 떴다. 나딸리야와 작별 인사를 하면서 그는 참지 못하고 이렇게 말했다.

「왜 당신은 그렇게 당황해합니까, 마치 죄지은 사람처럼? 당신은 누구에게도 죄를 지을 만한 사람이 아니잖습니까!」

나딸리야는 어리둥절한 채 그저 그의 뒷모습만 바라보았다. 차가 나오기 전에 루진은 그녀에게 다가가 마치 신문을 고르는 것처럼 테이블 위에 몸을 굽히고 이렇게 속삭였다.

「이 모든 게 꿈만 같습니다. 그렇지 않나요? 단둘이 만나고 싶습니다. 단 1분이라도.」 그러고서 그는 봉쿠르 양에게 몸을 돌려 말했다. 「여기 있습니다, 당신이 찾으시던 칼럼이.」 그리고 나서 다시 나딸리야를 향해 몸을 굽혀 귓속말로 덧붙여 말했다. 「10시경에 테라스 근처의 라일락 정자에서 기다리겠습니다……」

그날 저녁의 주인공은 삐가소프였다. 루진은 그에게 싸움터를 양보했다. 그는 다리야 미하일로브나를 몹시 웃겼다. 처음에 그는 한 이웃에 대해 얘기했다. 그 이웃은 한 30년이나 마누라 궁둥이에 깔려 살면서 여자처럼 약해져서, 한번은 작은 물구덩이를 건널 때 삐가소프가 보는 앞에서 손을 뒤로 돌려 여자들이 치마를 들어 올리듯이 연미복의 뒷자락을 옆으로 들어 올렸다는 것이다. 그다음에 삐가소프는 다른 지주

에 대한 얘기로 화제를 옮겼다. 그 지주는 처음에 프리메이
슨 회원이었다가 우울증 환자가 되었고, 그 다음에 은행가가
되려고 했다는 것이다.

〈당신은 어떻게 프리메이슨 회원이 되었소, 필립 스쩨빠니
치?〉하고 삐가소프가 그 지주에게 물으니, 그 지주는 〈그거
야 다 아는 일이지. 나는 새끼손톱을 길게 기르고 있었소이
다〉[30] 하고 말했다고 한다.

그러나 그 무엇보다 다리야 미하일로브나를 웃긴 것은 삐
가소프가 사랑에 대해 논하면서 여자들이 자기에게 반해 한
숨을 지었으며, 어떤 열정적인 독일 여자는 심지어 자기를
〈꽉 깨물어 주고 싶은 작은 아프리깐〉이니 〈흐리뿐치끄〉[31]라
고 부르기까지 했다고 우겼을 때였다. 다리야 미하일로브나
는 웃었지만 삐가소프의 말은 거짓이 아니었다. 그는 자신에
게 홀딱 빠진 여자들에 대해 뽐낼 만했다. 그의 말에 따르면,
어떤 여자라도 자기한테 반하게 만드는 것보다 더 쉬운 일은
없다는 것이다. 그는 〈당신의 입술에 천국이 있고 눈에는 행
복이 있으며, 당신에 비하면 다른 여자들은 그저 걸레 조각
같다〉고 내리 열흘 동안 되풀이하기만 하면, 열하루 째에는
여자들이 스스로 자기 입술에는 천국이 있고 눈에는 행복이
있다고 말하며, 결국엔 사랑한다고 고백해 온다는 것이다.
세상에는 별일이 다 있는 법이니, 누가 알겠는가? 아마도 삐

---

30 초민족적, 초계급적 이상 사회를 꿈꾸던 프리메이슨 회원들은 다양
한 비밀 의식을 행했는데 새끼손톱을 기르는 것도 그중 하나였다.
31 〈쉰 목소리를 가진 귀여운 사람〉이란 뜻이다.

가소프의 말이 맞을지도 모른다.

9시 30분에 루진은 벌써 정자에 가 있었다. 멀리 파리하게 보이는 깊은 하늘에는 별들이 나타나기 시작했다. 서쪽은 아직도 붉어서 그쪽 지평선은 더 밝고 맑아 보였다. 늘어진 자작나무의 검은 가지들 사이에서 반달이 금빛으로 빛나고 있었다. 다른 나무들은 시커멓고 단단한 거대한 덩어리를 이루며 마치 반짝이는 수많은 눈을 가진 음울한 거인들처럼 서있었다. 나뭇잎 하나 움직이지 않았다. 라일락과 아카시아의 윗가지들은 마치 무언가에 귀라도 기울이듯이 따스한 대기속에 뻗어 있었다. 어렴풋이 집이 보였다. 불 켜진 긴 창문들이 불그스레한 반점들을 이루고 있었다. 아늑하고 고요한 밤이었다. 그러나 이 정적 속에서 열정적이면서도 억눌린 숨결이 느껴졌다.

루진은 팔짱을 끼고 서서 조심스레 귀를 기울였다. 심장이 세차게 뛰고 있었다. 그는 저도 모르게 숨을 죽였다. 마침내 가볍고 민첩한 걸음 소리가 들리더니 정자 안으로 나딸리야가 들어왔다.

루진은 그녀를 향해 달려가서 두 손을 잡았다. 손은 얼음처럼 차가웠다.

「나딸리야 알렉세예브나!」 루진은 떨리는 귓속말로 말하기 시작했다. 「당신을 보고 싶었습니다……. 내일까지 기다릴 수가 없었어요. 나는 생각지도 못했던 것을, 심지어 오늘 아침까지도 의식하지 못했던 것을 당신에게 말해야만 하겠습니다. 당신을 사랑합니다.」

나딸리야의 손이 그의 손안에서 바르르 떨렸다.

「사랑합니다.」 그가 되뇌었다. 「어떻게 이렇게 오래 자신을 속일 수 있었을까요. 어떻게 이렇게 오랫동안 당신을 사랑한다는 것을 알아차리지 못했을까요! 그런데 당신은 어떤가요? 나딸리야 알렉세예브나, 말해 주세요, 당신은요?」

나딸리야는 간신히 숨을 쉬었다.

「보시다시피, 이렇게 여기에 왔잖아요.」 마침내 그녀가 말했다.

「아니오, 말해 주세요. 당신도 날 사랑하나요?」

「그런 것 같아요……. 음…….」 그녀가 속삭였다.

루진은 그녀의 손을 더욱 꽉 쥐고 그녀를 자기 쪽으로 끌어당기려고 했다…….

나딸리야는 재빨리 주위를 둘러보았다.

「놔주세요. 무서워요. 누군가가 엿듣는 것 같아요……. 제발 조심하세요. 볼린쩨프가 눈치채고 있어요.」

「그냥 내버려 두세요! 당신도 보았지요. 저는 오늘 그에게 아무런 대답도 하지 않았습니다……. 아, 나딸리야 알렉세예브나, 정말 행복합니다! 이젠 그 무엇도 우리를 갈라놓지 못할 겁니다!」

나딸리야는 그의 눈을 바라보았다.

「놔주세요.」 그녀가 속삭였다. 「가야 해요.」

「잠시만요.」 루진이 말하기 시작했다…….

「안 돼요, 놔주세요, 절 놔주세요…….」

「제가 무서운가요?」

「아뇨. 그러나 가야 해요……」

「그렇다면 한 번만 더 말해 주세요……」

「당신은 행복하다고 말씀하셨지요?」 나딸리야가 물었다.

「저요? 세상에 저보다 더 행복한 사람은 없습니다! 의심하는 건가요?」

나딸리야는 약간 머리를 쳐들었다. 정자의 신비한 그늘 아래 밤하늘에서 떨어지는 옅은 빛을 받은 그녀의 고결하고 젊고, 흥분이 가득한 창백한 얼굴은 몹시 아름다웠다.

「꼭 알아 두세요.」 그녀가 말했다. 「저는 당신 거예요.」

「오, 신이시여!」 루진이 외쳤다…….

그러나 나딸리야는 그 자리를 피해 가버렸다. 루진은 잠시 서 있다가 천천히 정자에서 걸어 나왔다. 달이 그의 얼굴을 밝게 비추었다. 그의 입술에 미소가 어려 있었다.

「행복하다.」 그는 나직하게 말했다. 「그렇다, 나는 행복하다.」 그는 마치 자기 자신을 설득하려는 듯이 되뇌었다.

그는 몸을 쭉 펴고 고수머리를 흔들고 나서 씩씩하게 두 손을 흔들며 재빨리 정원으로 갔다.

한편 라일락 정자 뒤쪽의 떨기나무들이 살그머니 갈라지더니 빤달레프스끼가 나타났다. 그는 조심스럽게 주위를 둘러보고 나서 머리를 흔들며 입술을 꽉 다물었다. 그러고는 의미심장하게 〈이렇다니까. 다리야 미하일로브나에게 알려야지〉라고 말하고는 사라져 버렸다.

8

　집으로 돌아온 볼린쩨프는 얼마나 우울하고 침울했던지, 누나의 말에 대강대강 대답을 하고, 이내 자기 서재에 틀어박혔다. 이에 걱정이 된 알렉산드라 빠블로브나는 급사(急使)를 보내 레쥐뇨프를 부르기로 했다. 그녀는 곤란한 일이 생길 때마다 그에게 의지하곤 했다. 레쥐뇨프는 내일 오겠다는 답을 보내왔다.

　볼린쩨프의 기분은 다음 날 아침에도 나아지지 않았다. 그는 차를 마신 후 일터로 나가려다가 곧 마음을 바꾸고 소파에 누워 책을 읽기 시작했다. 이런 일은 그에게 보기 드문 일이었다. 볼린쩨프는 문학에 애착을 느끼지 않았고, 심지어 시는 두려워하기까지 했다. 「이것은 시처럼 이해할 수 없군.」 그는 이렇게 말하곤 했다. 그리고 자기 말을 증명하기 위해 시인 아이불라뜨[32]의 다음과 같은 시구를 인용하곤 했다.

---

32 아이불라뜨Aybulat는 이류 시인인 K. M. 로젠의 필명으로 보인다. 시구는 로젠의 「두 가지 질문」(1839)에서 인용된 것이다.

슬픈 나날이 끝날 때까지
자랑스러운 경험도, 지혜도
제 손으로 뭉개 버리진 않으리라
삶의 피어린 물망초를

알렉산드라 빠블로브나는 불안한 마음으로 자기 동생을 살펴보곤 했지만, 낱낱이 물어보며 괴롭히지는 않았다. 마차가 현관 계단 앞에 도착했다. 〈아, 잘 됐어. 레쥐뇨프 씨가 왔군……〉 하고 그녀는 생각했다. 그러나 하인은 루진이 왔다고 알렸다.

볼린쩨프는 책을 바닥에 내던지고 머리를 들었다.

「누가 왔어?」 그가 물었다.

「루진, 드미뜨리 니꼴라이치.」 하인이 되뇌었다.

볼린쩨프가 일어났다.

「모셔라.」 그가 말했다. 「그런데 누님.」 알렉산드라 빠블로브나를 바라보며 그가 덧붙여 말했다. 「자리 좀 비켜 주세요.」

「아니, 왜?」 그녀가 말문을 열었다.

「제발 좀,」 그가 거칠게 그녀의 말을 막았다. 「부탁해요.」

루진이 들어왔다. 볼린쩨프는 방 한가운데 서서 그를 향해 냉정하게 인사를 했지만 손은 내밀지 않았다.

「제가 오리라곤 생각도 하지 않았죠?」 루진이 말문을 열고 창턱에 모자를 놓았다.

루진의 입술은 가볍게 떨리고 있었다. 거북했지만 초조함을 감추려고 애썼다.

「정말 뜻밖이군요.」볼린쩨프가 대꾸했다. 「어제 이후, 누군가를 통해 메시지를 보내올 거라고 생각했습니다.」

「무슨 뜻인지 압니다.」자리에 앉으면서 루진이 말했다. 「그리고 솔직히 말해 줘서 기쁩니다. 그게 훨씬 더 좋습니다. 나도 당신이 고결한 사람이라고 생각하고 직접 찾아왔습니다.」

「말치레를 안 할 수는 없소?」볼린쩨프가 지적했다.

「제가 온 이유를 당신에게 설명하겠습니다.」

「우린 서로 아는 사인데, 꼭 이유가 있어야 옵니까? 게다가 처음 방문하는 것도 아니고요.」

「저는 고결한 사람이 고결한 사람을 방문하듯이 당신에게 왔습니다.」루진이 되뇌었다. 「그리고 이제 당신의 판단에 맡기려고 합니다…… . 저는 당신을 완전히 믿으니까요…… .」

「도대체 무슨 말이죠?」여전히 처음과 같은 자세로 이따금 콧수염 끝을 잡아당기면서 루진을 음울하게 바라보던 볼린쩨프가 말했다.

「좋습니다…… . 물론 저는 해명하기 위해 왔습니다. 그러나 한 번에 해명할 수는 없겠지요.」

「왜 그럴 수 없죠?」

「여기에는 제삼자가 관련되어 있어서…… .」

「제삼자라니 누구죠?」

「세르게이 빠블리치, 당신은 제 말을 알아들을 텐데요.」

「드미뜨리 니꼴라이치, 나는 전혀 모르겠는데요.」

「당신이 원하는 건…… .」

「내가 원하는 건 당신이 솔직하게 말하는 거요!」볼린쩨프가 말을 받아서 말했다.

그는 정말로 화를 내기 시작했다.

루진은 얼굴을 찌푸렸다.

「좋습니다……. 우리뿐이니까…… 당신에게 말하기로 하죠. 아마 당신은 벌써 짐작했겠지만(볼린쩨프는 초조하게 어깨를 으쓱였다), 제가 당신에게 꼭 말해야만 하는 것은 제가 나딸리야 알렉세예브나를 사랑하고 있고, 그녀도 저를 사랑한다고 짐작할 만한 근거를 가지고 있다는 겁니다.」

볼린쩨프는 창백해졌다. 그는 아무 대답도 하지 않고 창가로 물러서서 얼굴을 돌렸다.

「당신은 이해하겠죠, 세르게이 빠블리치.」 루진은 말을 이었다. 「만일 확신이 없었다면 ―」

「물론 그렇겠지요.」 볼린쩨프는 성급히 그의 말을 가로챘다. 「난 조금도 의심하지 않아요……. 좋습니다! 맘대로 하시오! 그저 놀라운 것은 왜 당신이 그따위 소식을 가지고 날 찾아왔느냐는 겁니다……. 그게 나랑 무슨 상관이라고. 당신이 누굴 사랑하든, 누구에게 사랑받든 그게 나와 무슨 상관이오? 도저히 이해할 수가 없소.」

볼린쩨프는 계속 창밖을 바라보았다. 그의 목소리가 공허하게 울렸다.

루진은 자리에서 일어났다.

「당신에게 말하죠, 세르게이 빠블리치. 왜 제가 당신을 찾아오기로 했는지, 왜 당신에게 우리의…… 우리가 서로에게 갖는 좋은 감정을 당신에게 감출 수가 없다고 생각했는지 말하기로 하죠. 저는 당신을 너무나 깊이 존경하고 있습니다. 바로 그렇기 때문에 여기에 왔습니다. 저는…… 우리 두 사람은 당신 앞에서 가식적으로 행동하고 싶지는 않았습니다. 나딸리야를 향한 당신의 감정을 저는 알고 있습니다……. 믿어 주세요……. 저는 저 스스로의 가치를 압니다. 그녀 마음속의 당신을 대신하기에는 제가 얼마나 가치가 없는지 알고 있습니다. 그러나 이것이 운명이라면, 꾀를 부리고 속이고 꾸미는 것이 정말로 더 나을까요? 오해를 불러일으키거나 어제 식사 중에 일어났던 것 같은 장면까지 생기게 하는 것이 정말로 더 낫겠습니까? 세르게이 빠블리치, 말씀해 보세요.」

볼린쩨프는 스스로를 진정시키려고 애쓰듯이 가슴 위로 팔짱을 꼈다.

「세르게이 빠블리치!」 루진이 말을 이었다. 「전 당신을 괴롭혔습니다. 알고 있습니다. 그러나 우리를 이해해 줘요. 당신을 향한 우리의 존경과 당신의 정직한 고결성을 높이 평가할 수 있다는 것을 증명할 다른 방법이 없음을 이해해 주십시오. 진실, 온전한 진실은 다른 이들에게는 어울리지 않겠지만 당신에게만큼은 그 진실을 알려야 한다고 여겨집니다. 우리의 비밀이 당신의 손안에 있다고 생각하니 기쁩니다…….」

볼린쩨프는 부자연스럽게 큰 소리로 웃기 시작했다.

「믿어 주시니 고맙소!」 그가 소리쳤다. 「그러나 알아 두시오. 나는 당신의 비밀을 알고 싶지도, 당신에게 내 비밀을 털어놓고 싶지도 않소. 그리고 그 비밀이 마치 자기만의 것인 양 마음대로 하는군요. 지금 당신은 두 사람의 입장을 대변하듯이 말하고 있는데…… 그렇다면, 나딸리야 알렉세예브나도 당신의 방문과 이 방문의 목적을 알고 있다고 생각해도 될까요?」

루진은 조금 당황했다.

「아닙니다. 나딸리야 알렉세예브나에게 제 의도를 알리지 않았습니다. 그러나 그녀도 저와 같은 생각일 것입니다.」

「훌륭하군요.」 잠시 말이 없다가 볼린쩨프는 이렇게 말하고 손가락으로 유리창을 두드리기 시작했다. 「그러나 솔직히 말해, 당신이 나를 덜 존경했다면 훨씬 더 나았을 거요. 사실, 당신의 존경은 눈곱만큼도 필요 없습니다. 내게서 대체 뭘 원하는 겁니까?」

「아무것도 원하지 않습니다……. 아니, 아닙니다! 한 가지 원하는 게 있어요. 절 간사하고 교활한 사람으로 생각하지 말고, 부디 이해해 주기를 바랍니다……. 이제 당신도 나의 성의를 의심할 수 없으리라고 생각합니다……. 원컨대, 세르게이 빠블리치, 우리가 평화롭게 헤어지기를 바랍니다……. 이전처럼 내 손을 잡아 주기를……..」

이렇게 말하고 루진은 볼린쩨프에게 다가갔다.

「용서하시오, 친애하는 선생.」 볼린쩨프는 몸을 돌리고 한 걸음 뒤로 물러서면서 이렇게 말했다. 「당신의 의도를 전적으로 공정하게 받아들일 용의가 있습니다. 이 모든 것은 다 훌륭하고, 심지어 고상하기까지 하다고 합시다. 그러나 나 같은 보통 사람들은 빵에 금을 발라 먹지는 않습니다. 우리는 당신과 같은 위대한 정신을 따라갈 수 없어요……. 당신에게 성실하게 보이는 것이 우리에겐 성가시고 무례하게 보입니다. 당신에겐 단순하고 명백한 것이 우리에겐 혼돈스럽고 어두운 것으로 보입니다……. 당신은 우리가 감춰야 한다고 여기는 것들을 〈진실〉이라며 자랑스레 이야기하고 있는데, 어떻게 우리가 당신을 이해할 수 있겠습니까! 날 용서하시오. 당신을 친구로 생각할 수 없고, 손도 내밀지 않겠소……. 아마 속이 좁은 탓이겠죠. 그래요, 난 속이 좁은 사람이니까.」

루진은 창턱에서 모자를 집어 들었다.

「세르게이 빠블리치!」 루진이 슬프게 말했다. 「안녕히 계세요. 제가 잘못 생각했습니다. 결국엔 매우 거북한 방문이 되었군요. 그러나 바라건대, 당신이…… (볼린쩨프는 초조한 동작을 했다) 미안합니다. 이제 이런 말은 더 이상 하지 않죠. 잘 생각해 보니 당신이 옳고, 더 이상 달리 행동할 수도 없다는 걸 알겠습니다. 안녕히 계세요. 그리고 적어도 다시 한 번, 마지막으로 제 의도의 순수함을 믿어 주시기 바랍니다……. 당신의 겸손함을 믿습니다…….」

「너무 지나치군!」 볼린쩨프가 소리치고 나서 분노로 몸을 떨었다. 「난 한 번도 당신의 신뢰를 바란 적이 없소. 그러니 당신은 나의 겸손에 대해 이러니저러니 말할 권리가 없소!」

루진은 뭐라고 말하려다가 그저 두 팔만 벌리고 인사를 하고는 나가 버렸다. 볼린쩨프는 소파에 몸을 던지고 벽 쪽으로 얼굴을 돌렸다.

「들어가도 괜찮아?」 문가에서 알렉산드라 빠블로브나의 목소리가 들렸다.

볼린쩨프는 이내 대답하지 않고 슬며시 한 손으로 얼굴을 쓰다듬었다.

「안 돼요. 누님.」 그는 약간 변한 목소리로 말했다. 「조금만 더 기다려요.」

반 시간 후에 알렉산드라 빠블로브나가 다시 문으로 다가왔다.

「미하일로 미하일리치가 왔다.」 그녀가 말했다. 「만나 보겠니?」

「만나고 싶어요.」 볼린쩨프가 대답했다. 「여기로 보내 줘요.」

「왜 그래, 몸이 안 좋은가?」 레쮜뇨프가 소파 곁에 있는 안락의자에 앉으면서 물었다.

볼린쩨프는 약간 몸을 일으켜 팔꿈치를 괴고 오랫동안 친구의 얼굴을 바라보고 나서, 즉시 루진과의 대화를 처음부터 끝까지 모두 전했다. 나딸리야에 대한 자신의 감정을 레쮜뇨프가 알고 있다고 짐작은 했었지만, 지금까지 나딸리야를 향한 자기의 감정에 대해 레쮜뇨프에게 암시한 적은 한 번도 없었다.

「거 참, 놀라울 따름이네.」 볼린쩨프가 이야기를 끝내자마자 레쮜뇨프가 말했다. 「별의별 이상한 짓을 다 예상했지만 이건 정말…… 역시 그답군.」

「무슨 소릴!」 흥분한 볼린쩨프가 말했다. 「진짜 뻔뻔스러운 작자야! 하마터면 그자를 창밖으로 내던질 뻔했다네. 내 앞에서 자랑할 생각이었는지, 혹은 지레 겁을 집어먹었는지, 도대체 무엇 때문에? 어떻게 날 찾아올 생각을 할 수 있어……」

볼린쩨프는 두 손을 머리 뒤로 얹고 입을 다물었다.

「아니, 이 사람아, 그건 그렇지 않네.」 레쉬뇨프가 침착하게 반박했다. 「내 말을 믿지 않을 테지만, 그는 좋은 뜻으로 그렇게 했던 거야. 정말이야…… 그건 고상하기도 하고 솔직하기도 하지 않나. 게다가 멋들어진 말을 해볼 기회도 되거든. 그런 사람에게는 바로 이런 것이 필요하고, 이런 것 없이는 살아갈 수가 없어. 아아, 그의 혀는 바로 스스로의 적이야…… 동시에 그의 하인이기도 하지.」

「그자가 얼마나 엄숙하게 들어와서 말을 했는지 자네는 상상할 수 없을 거야!……」

「그래, 그는 그렇게 하지 않고는 살아갈 수 없지. 그는 연미복 단추도 마치 신성한 의무를 수행하듯이 채운다네. 난 그를 무인도로 보내서 거기서 그가 어떻게 처신하는지 구석에 숨어서 몰래 엿보고 싶어. 그런데도 그는 늘 소박함에 대해 말한단 말이야!」

「여보게, 제발 말해 주게나.」 볼린쩨프가 물었다. 「도대체 그게 뭔가, 철학이란 건가?」

「뭐라고 말하면 좋을까? 한편으론 그건 정말 철학이고, 다른 한편으론 전혀 철학이 아니네. 모든 헛소리를 철학이라고 부를 순 없지.」

볼린쩨프는 그를 힐끗 쳐다보았다.

「그자가 거짓말을 하지 않았을까, 자넨 어떻게 생각하나?」

「아니야, 거짓말은 하지 않았어. 그런데 말이지, 이 얘긴 그만하지. 파이프나 한 대 피우고, 알렉산드라 빠블로브나를 여기로 불러오게나……. 그녀가 있으면 말하기도 더 좋고, 또 아무 말 하지 않아도 불편하지 않단 말이야. 우리에게 차도 대접해 줄 테고.」

「그렇게 하지.」 볼린쩨프가 이렇게 대답하고 소리쳤다. 「누님, 들어와요!」

알렉산드라 빠블로브나가 들어왔다. 볼린쩨프는 누나의 손을 잡아서 자기 입술에 꼭 갖다 댔다.

. . . .

루진은 혼란스럽고 이상한 기분으로 집에 돌아왔다. 그는 자신에게 화가 났고, 용서할 수 없는 경솔함과 어린애 같은 행동에 대해 자신을 비난했다. 누군가가 〈방금 저지른 어리석은 짓을 깨닫는 것보다 더 괴로운 것은 없다〉고 한 것은 괜한 말이 아니다.

루진은 후회로 몹시 괴로웠다.

「제기랄.」 루진은 입안에서 우물우물 말했다. 「어쩌자고 그런 지주한테 갔다 온 거야! 그따위 생각을 하다니! 그저 불손한 말이나 들으려고 갔지!」

한편 다리야 미하일로브나의 집에서도 뭔지 심상치 않은 일이 벌어지고 있었다. 여주인은 아침 내내 나타나지 않았고, 오찬에도 나오지 않았다. 그녀의 방에 드나들 수 있는 허가를 받은 유일한 사람인 빤달례프스끼의 확언에 의하면, 그녀의 머리가 아프다는 것이었다. 루진은 나딸리야도 거의 보지 못했다. 나딸리야는 봉쿠르 양과 함께 자기 방 안에 앉아 있었다……. 식당에서 루진과 만났을 때, 나딸리야가 너무나 슬프게 그를 바라보아서 그는 심장이 얼어붙는 것만 같았다. 그녀의 얼굴은 마치 어제부터 불행이 덮친 것처럼 변해 있었다. 막연한 예감에서 오는 근심과 걱정이 루진을 괴롭히기 시작했다. 루진은 어떻게 해서라도 시름을 잊으려고 바시스또프와 함께 많은 이야기를 했다. 루진은 바시스또프가 환희에 찬 희망과 아직 때 묻지 않은 믿음을 가진, 열정적이고 활달한 청년임을 알게 되었다. 저녁 무렵에 다리야 미하일로브나는 두어 시간쯤 객실에 모습을 나타냈다. 그녀는 루진을 다정하게 대했지만, 어쩐지 멀찍이 거리를 두면서 때론 웃고, 때론 얼굴을 찌푸리면서 콧소리를 섞거나 에둘러서 말하기도 했다……. 어쩐지 궁정의 귀부인 냄새가 물씬 풍겼다. 최근에 그녀는 루진에게 약간 흥미를 잃은 것 같았다. 〈도대체 무슨 수수께끼야!〉 그녀의 뒤로 젖혀진 머리를 옆으로 바라보면서 루진은 생각했다.

이 수수께끼가 풀리는 데는 그리 오래 걸리지 않았다. 밤 11시가 넘어 자기 방으로 돌아가는 길에 그는 어두운 복도를 지나갔다. 이때 갑자기 누군가 그의 손에 쪽지를 들이밀었다. 주위를 둘러보니 나딸리야의 하녀처럼 보이는 처녀가 그에게서 물러가고 있었다. 그는 자기 방으로 가서 하인을 내보내고 쪽지를 펼쳤다. 그는 나딸리야가 손으로 쓴 다음과 같은 글줄을 읽었다.

내일 아침 6시와 7시 사이에, 이보다 늦지 않게, 참나무

숲 뒤에 있는 아브쥐힌 연못으로 오세요. 다른 시간은 안 돼요. 이건 우리의 마지막 만남이 될 거고, 모든 게 끝날 거예요. 꼭…… 오세요. 결정해야만 해요…….

추신. 만약 제가 가지 않으면 그건 우리가 더 이상 만날 수 없다는 것을 의미해요. 그때는 미리 알려 드릴게요…….

루진은 생각에 잠겨서 쪽지를 잠시 손안에서 돌리다가 베개 밑에 넣고는 옷을 벗고 누웠다. 그러나 이내 잠들 수가 없었다. 그는 얕은 잠을 자다가 다음 날 5시도 되지 않아서 잠에서 깨어났다.

9

　나딸리야가 루진에게 밀회 장소로 지정한 아브쥬힌 연못은 오래전에 연못으로서의 기능을 잃어버렸다. 약 30년 전에 둑이 터졌는데, 그때부터 이 연못은 방치되어 있었다. 한때 기름진 진흙으로 뒤덮여 있던 골짜기의 평평하고 고른 밑바닥과 여기저기 남아 있는 둑의 흔적을 보고서야 여기가 연못이었다는 것을 짐작할 수 있었다. 여기에는 어떤 지주의 저택도 있었지만, 그것도 아주 오래전에 없어졌다. 커다란 소나무 두 그루만이 그 저택을 기억하고 있었다. 바람만 끊임없이 윙윙거리며 소나무의 높이 매달린 성긴 푸른 이파리 사이에서 음울하게 울어 대고 있었다……. 사람들 사이에서는 이 소나무 밑에서 일어났다는 무서운 범죄에 대한 기괴한 소문이 떠돌고 있었다. 또한 전에 여기에는 소나무가 한 그루 더 있었는데, 그 나무가 폭풍우 때 넘어지면서 한 소녀가 깔려 죽었다는 말이 있었다. 그때부터 어느 소나무나 넘어질 때면 반드시 누군가의 목숨을 앗아 가리라는 말들도 떠돌고 있었다. 이렇게 이 오래된 연못 근처의 모든 장소는 불길한 곳으로 알려져 있었다. 텅 비고 벌거벗은 땅인 데다가 맑은 날에도 쓸쓸하고 음산했다. 게다가 오래전에 죽어서 말라비틀어진 노쇠한 참나무 숲이 가까이 있어서 더욱 쓸쓸하고 음산해보였다. 듬성듬성 서 있는 잿빛의 거대한 나무들이 음울한 유령들처럼 낮게 자란 어린 관목림 위에 높이 솟아 있었다. 그 나무들을 보고 있으면 무서웠다. 악한 노인들이 모여서 뭔가 좋지 않은 일을 꾸미고 있는 것 같았다. 사람들이 밟아서 겨우 다져진 비좁은 오솔길이 옆으로 꼬불꼬불 나 있었다. 특별한 용무가 없으면 아무도 아브쥬힌 연못 옆을 지나다니지 않았다. 나딸리야는 일부러 이렇게 외진 장소를 골랐다. 여기에서 다리야 미하일로브나의 집까지는 채 5백 미터도 되지 않았다.

루진이 아브쥬힌 연못에 도착했을 때, 해는 이미 오래전에 떠 있었다. 그러나 아침은 음산했다. 쭉 늘어선 우윳빛 비구름이 하늘 전체를 뒤덮고 있었다. 바람은 쉭쉭 휘파람 소리를 내며 빠르게 비구름을 몰아가고 있었다. 루진은 끈적끈적한 우엉과 거무스름한 쐐기풀이 뒤덮인 둑 위를 이리저리 어슬렁거렸다. 그의 마음은 편치 않았다. 이런 새로운 느낌의 밀회가 그의 마음을 사로잡았지만 불안하게도 했다. 특히 어제 쪽지를 받아 본 뒤로 더 불안해졌다. 그는 결말이 다가오고 있음을 알았다. 그래서 마음속으로 은근히 당황하고 있었다. 그러나 굳은 결심을 한 듯이 팔짱을 끼고 주위를 둘러보고 있는 그의 모습을 본다면, 아무도 그가 당황하고 있다고 생각하지 않았을 것이다. 언젠가 삐가소프가 그에 대해

작은 중국 인형처럼 머리통만 크다고 한 것은 괜한 말이 아니었다. 그러나 사람은 머리가 아무리 우수할지라도 머리만으론 자기 내부에서 일어나는 세세한 일까지 알아내기 어려운 법이다……. 루진도, 똑똑하고 통찰력 있는 루진도 자기 자신이 얼마나 나딸리야를 사랑하는지, 자신이 지금 얼마나 괴로운지, 그녀와 헤어지고 나면 얼마나 고통스러울지 확실히 말할 수가 없었다. 러블레이스[33]인 체하지도 않았는데 — 이것에 대해서는 그를 정당하게 평가해 줘야 한다 — 어째서 그는 가련한 처녀의 마음을 흔들어 놓았는가? 왜 그는 은근히 떨리는 마음으로 그녀를 기다리고 있었는가? 이에 대해서는 단 한 가지 대답이 있을 뿐이다. 냉정한 사람들처럼 아주 쉽게 사랑에 빠지는 사람들도 없다.

루진은 둑 위를 거닐고 있었고, 나딸리야는 곧장 들판을 지나 축축한 풀을 밟으며 그가 있는 쪽으로 걸음을 재촉했다.

「아씨! 아씨! 발이 젖겠어요.」 나딸리야의 몸종인 마샤가 간신히 뒤쫓아 오면서 말했다.

나딸리야는 하녀의 말을 듣지 않고, 뒤돌아보지도 않고 달렸다.

「아아, 들키지 말아야 할 텐데!」 마샤가 되뇌었다. 「이렇게 집에서 빠져나온 것만 해도 놀라운 일이에요. 봉쿠르 양이 깨면 안 되는데……. 멀지 않아서 다행이에요……. 저기 벌써

---

33 영국의 소설가 새뮤얼 리처드슨Samuel Richardson(1689~1761)의 1748년에 발표된 소설 『클라리사할로』의 주인공으로 여자를 유혹하는 인물이다.

기다리고 계시네요.」 갑자기 둑 위에 그림처럼 서 있는 루진의 날씬한 모습을 보고 몸종이 덧붙여 말했다. 「괜히 저렇게 잘 보이는 곳에 서 계시네. 둑 밑으로 내려가 계시면 더 나을 텐데.」

나딸리야는 걸음을 멈추었다.

「여기서 기다려, 마샤. 소나무 옆에서.」 이렇게 말하고 나딸리야는 연못 쪽으로 내려갔다.

루진은 그녀가 다가가자 깜짝 놀랐다. 한 번도 본 적 없는 그녀의 얼굴 표정 때문이었다. 그녀는 양미간을 찌푸리고 입술을 꽉 다문 채 엄하게 정면을 바라보고 있었다.

「드미뜨리 니꼴라이치.」 그녀가 말문을 열었다. 「허비할 시간이 없어요. 5분밖에 시간이 없어요. 어머니가 모든 것을 아셨어요. 빤달레프스끼 씨가 그저께 우릴 보고 어머니에게 얘기했어요. 그는 항상 어머니의 스파이였어요. 어제 어머니가 절 불렀어요.」

「오, 맙소사!」 루진이 외쳤다. 「이거 큰일 났군……. 어머니가 뭐라고 하셨나요?」

「어머니는 저에게 화를 내거나 욕하지 않고 그저 경솔하다고 탓하셨어요.」

「그뿐인가요?」

「예. 그리고 제가 당신의 아내가 되는 것을 보느니 차라리 제 죽은 모습을 보겠다고 말씀하셨어요.」

「정말로 그렇게 말씀하셨어요?」

「예. 그리고 이렇게 덧붙여 말했어요. 그 사람은 너하고 결

149

혼할 생각이 전혀 없다, 그저 심심해서 네 뒤를 쫓아다녔다, 그 사람이 그럴 줄은 미처 몰랐다. 하긴, 내 잘못이다, 내가 왜 널 자주 그 사람과 만나게 했는지……. 네 분별력을 믿었는데 넌 날 몹시 놀라게 했다……. 어머니가 한 말이 다 생각나지 않아요.」

나딸리야는 이 모든 말을 거의 들리지 않지만 고른 목소리로 말했다.

「그럼, 나딸리야 알렉세예브나, 어머니에게 뭐라고 대답했나요?」 루진이 물었다.

「뭐라고 대답했냐고요?」 나딸리야가 되물었다. 「당신은 이제 어떻게 하실 작정이에요?」

「아아! 오, 맙소사!」 루진이 대답했다. 「이건 가혹해요! 이렇게 빨리!…… 너무나 갑작스러운 타격이오!…… 어머니는 몹시 격분하셨나요?」

「예…… 예, 당신 얘기는 듣고 싶어 하지 않아요.」

「무서운 일이오! 그렇다면, 아무런 희망도 없나요?」

「없어요.」

「왜 우리는 이렇게 불행할까! 비열한 빤달레프스끼!…… 나딸리야 알렉세예브나, 어떻게 할 작정이냐고 내게 물었죠? 머리가 빙빙 돌아서 아무것도 생각할 수가 없어요……. 전 그저 자신의 불행만을 느낍니다……. 당신이 어찌 이렇게 냉정할 수 있는지 놀랍군요!」

「당신은 제 마음이 가벼울 거라고 생각하세요?」 나딸리야가 말했다.

루진은 둑 위를 거닐기 시작했다. 나딸리야는 그에게서 눈을 떼지 않았다.

「어머니는 당신에게 이것저것 캐물었겠지요?」 마침내 루진이 말했다.

「당신을 사랑하느냐고 물어보았어요.」

「그래서…… 당신은?」

나딸리야는 잠시 말이 없었다.

「거짓말은 하지 않았어요.」

루진은 그녀의 한 손을 잡았다.

「당신은 언제나 모든 점에서 고결하고 너그럽군요! 아, 처녀의 심장은 순금입니다! 그런데 정말로 어머님은 우리의 결혼이 불가능하다고 그렇게 단호하게 말씀하셨나요?」

「예, 단호하게 말씀하셨어요. 이미 말했듯 어머니는 당신이 저와 결혼할 생각이 없다고 확신하고 계세요.」

「그렇다면, 어머니는 나를 사기꾼으로 생각하는군요! 내가 무슨 짓을 했다고 그렇게 말씀하셨을까?」

이렇게 말하고 루진은 자기 머리를 부둥켜 잡았다.

「드미뜨리 니꼴라이치!」 나딸리야가 말했다. 「우린 시간을 허비하고 있어요. 이게 마지막 만남이라는 걸 기억하세요. 울거나 불평하려고 여기에 온 게 아녜요. 보시다시피 저는 울지 않아요. 저는 조언을 들으려고 왔어요.」

「내가 무슨 조언을 할 수 있겠어요, 나딸리야 알렉세예브나?」

「무슨 조언이냐고요? 당신은 남자예요. 전 당신의 말을 믿

151

어 왔고 끝까지 당신을 믿을 거예요……. 당신의 계획이 뭔지 말해 주세요.」

「내 계획요? 아마 당신 어머니는 나를 집안으로 들이지 않을 겁니다.」

「그럴 거예요. 어제 벌써 어머니는 당신과의 교제를 끊어야겠다고 말씀하셨어요……. 제 물음에 대답하지 않는군요.」

「어떤 물음이죠?」

「이제 우리는 어떻게 해야 한다고 생각하세요?」

「우리가 어떻게 해야 하느냐고요?」 루진이 대꾸했다. 「물론 순종해야지요.」

「순종해야 한다.」 나딸리야가 파리해진 입술로 천천히 되뇌었다.

「운명에 순종해야 합니다.」 루진이 말을 이었다. 「달리 무엇을 할 수 있겠어요! 이것이 얼마나 쓰라리고 괴롭고 참을 수 없는 것인지 나는 너무나 잘 압니다. 그러나 나딸리야 알렉세예브나, 스스로 판단해 보세요. 나는 가난합니다……. 물론, 일할 수 있습니다. 그러나 내가 부자라고 해도 당신은 가족과 강제로 인연을 끊고 어머니의 분노를 견뎌 낼 수 있습니까?…… 아뇨, 나딸리야 알렉세예브나! 이에 대해서는 생각할 여지도 없습니다. 아마, 우리는 함께 살 운명이 아닌가 봅니다. 그리고 내가 꿈꾸어 온 행복은 절 위한 것이 아닙니다!」

나딸리야는 갑자기 두 손으로 얼굴을 가리고 울기 시작했다. 루진은 그녀에게 다가갔다.

「나딸리야 알렉세예브나! 사랑하는 나딸리야!」루진은 열렬히 말하기 시작했다. 「울지 말아요, 제발, 날 괴롭히지 말아요, 진정하세요……」

나딸리야는 머리를 쳐들었다.

「당신은 저더러 진정하라고 말하시는군요.」나딸리야가 말하기 시작했다. 그녀의 눈이 눈물 속에서 빛나기 시작했다. 「저는 당신이 생각하는 것 때문에 우는 게 아니에요……. 저는 그것이 괴로운 게 아니라 당신을 잘못 본 것이 괴로워요……. 어떻게 그런 말씀을! 조언을 들으려고 당신에게 왔는데, 그것도 이런 어려운 순간에 왔는데, 첫마디가 순종해야 한다……. 순종이라고요! 당신은 자유나 희생에 대한 자신의 해석을 실제로는 이렇게 적용하는군요……」

그녀의 목소리가 끊어졌다.

「그러나, 나딸리야 알렉세예브나.」당황한 루진이 말문을 열었다. 「잘 생각해 보세요……. 내가 한 말을 부인하는 게 아니고…… 단지……」

「당신은 저에게 물었어요.」나딸리야는 새로 힘을 내어 말을 이었다. 「어머니가 당신과의 결혼에 동의하기보다는 차라리 제가 죽는 꼴을 보는 게 낫다고 말했을 때, 제가 뭐라고 대답했느냐고 물었지요? 저는 다른 남자에게 시집가느니 차라리 죽겠다고 어머니에게 대답했어요……. 그런데 당신은 순종하라고 말하는군요! 그러고 보니 어머니 말씀이 옳아요. 당신은 정말로 할 일이 없어서, 심심해서 저를 놀린 거군요……」

「맹세하건대, 나딸리야 알렉세예브나…… 단언하건대……」

루진이 되뇌었다.

　그러나 그녀는 그의 말을 듣고 있지 않았다.

　「왜 당신은 저를 멈춰 세우지 않았나요? 왜 당신 자신이……
혹은 이런 장애가 있으리라고 예상치 못했나요? 이런 얘기를
하는 게 부끄러워요……. 이젠 모든 게 끝났어요.」

　「진정해요. 나딸리야 알렉세예브나. 우리 둘이서 생각해야
만 해요, 어떤 대책이 있는지 ─」 루진이 말하려고 했다.

　「당신은 자주 자기희생에 대해 말하셨어요.」 나딸리야가
그의 말을 가로챘다. 「그러나 만일 당신이 오늘, 지금 이 순
간에 〈나는 당신을 사랑하지만 결혼할 수 없다, 나는 미래에
대해 책임질 수 없다. 그러나 내게 손을 다오, 나를 따라와
다오〉 하고 말했다면, 아시겠어요, 저는 당신을 따랐을 거예
요. 그러나 당신의 말과 행동은 거리가 먼 것 같아요. 당신은
사흘 전 식사 중에 볼린쩨프 앞에서 겁을 낸 것과 똑같이 지
금 겁을 내고 있어요!」

　루진의 얼굴이 화끈 달아올랐다. 나딸리야의 뜻하지 않은
열변이 그를 깜짝 놀라게 했다. 그러나 그녀의 마지막 말은
그의 자존심을 상하게 했다.

　「당신은 지금 너무 흥분했습니다, 나딸리야 알렉세예브
나.」 그가 말문을 열었다. 「당신이 나를 얼마나 잔인하게 모
욕했는지 당신은 모릅니다. 때가 되면 당신이 나를 정당하게
봐주리라 믿습니다. 당신 자신이 말한 대로, 내게 아무 의무
도 부과하지 않는 이 행복을 포기하기가 얼마나 괴로웠는지
당신은 이해하게 될 겁니다. 당신의 안정은 세상의 그 무엇

보다도 내게 더 중요합니다. 만일 내가 이 행복을 이용했다면, 나는 가장 비열한 인간이 되었을 겁니다…….」

「그럴지도 몰라요, 그럴지도 몰라요.」 나딸리야가 그의 말을 가로챘다. 「아마 당신이 옳을지도 몰라요. 저는 제가 무슨 말을 하는지도 잘 모르겠어요. 그러나 저는 지금껏 당신의 모든 말을 다 믿었어요……. 제발, 앞으로는 잘 따져 보고 말하세요. 되는대로 말하지 마세요. 제가 당신에게 사랑한다고 말했을 때, 저는 그 말이 무엇을 의미하는지 알았어요. 저는 뭐든지 할 준비가 되어 있었어요……. 이제 제게 남은 것은 깨달음을 준 당신에게 고마움을 표하고 헤어지는 것밖에 없군요.」

「제발, 그만하세요, 나딸리야 알렉세예브나, 부탁합니다. 나는 당신의 멸시를 받을 만한 일을 하지 않았습니다. 당신도 내 입장에 서보세요. 나는 당신과 나 자신에 대해 책임이 있습니다. 만일 내가 가장 헌신적인 사랑으로 당신을 사랑하지 않았다면, 아, 정말이지 나는 당장 함께 도망치자고 당신에게 제안했을 거요……. 조만간 당신의 어머니는 우리를 용서하겠지요……. 그렇지만…… 그러나 자기 자신의 행복에 대해 생각하기 전에…….」

루진은 말을 멈추었다. 자기를 똑바로 쳐다보는 나딸리야의 눈길이 그를 당혹스럽게 했던 것이다.

「당신이 정직한 사람이라는 것을 증명하려고 애쓰시는군요, 드미뜨리 니꼴라이치.」 그녀가 말했다. 「저는 그것을 의심하지 않아요. 당신은 타산 때문에 행동하지는 않으니까요. 그러나 제가 확인하고자 했던 것은 그게 아니고, 여기 온 것도 그것 때문이 아니에요……」

「예상치 못했습니다, 나딸리야 알렉세예브나……」

「아! 이제야 실토하시는군요! 그래요, 당신은 이 모든 걸 예상치 못했어요. 당신은 저를 모르셨어요. 걱정하지 마세요……. 당신은 저를 사랑하지 않아요. 그리고 저는 누구한테도 귀찮게 매달리지 않아요.」

「당신을 사랑합니다!」루진이 외쳤다.

나딸리야는 몸을 꼿꼿이 폈다.

「그럴지도 몰라요. 그러나 저를 어떻게 사랑하시나요? 저는 당신의 말을 모두 기억하고 있어요, 드미뜨리 니꼴라이치. 완전한 평등이 없이는 사랑도 없다…… 고 저에게 하신 말씀 기억하세요? 당신은 저에게 너무나 고상한 분입니다. 저는 당신의 짝이 아니에요……. 제가 벌을 받는 건 당연해요. 당신에게 더 잘 어울리는 일이 있어요. 오늘을 잊지 않겠어요……. 안녕히 계세요…….」

「나딸리야 알렉세예브나, 가시는 겁니까? 정말로 우리는 이렇게 헤어지는 건가요?」

루진은 그녀에게 두 팔을 내밀었다. 나딸리야는 멈춰 섰다. 그의 애원하는 목소리가 그녀를 망설이게 한 것 같았다.

「아니에요.」마침내 그녀가 말했다. 「내 안에서 무언가가 꺾인 것 같아요……. 저는 여기에 와서 마치 열병에 걸린 사람처럼 당신과 얘기했어요. 이제 정신을 차려야 해요. 그래선 안 된다고 당신이 말씀하셨죠. 그래선 안 되겠지요. 아아,

여기에 올 때, 저는 마음속으로 집뿐만 아니라 저의 모든 과거와 이별했어요. 그런데 어떻게 됐죠? 제가 여기서 누굴 만났나요? 한 소심한 사람을 만났어요……. 왜 당신은 제가 가족과의 이별을 견뎌 낼 수 없을 거라고 생각했나요? 〈당신의 어머니가 동의하지 않으니…… 큰일이군요!〉 당신한테 들은 말은 이것뿐이에요. 당신은 정말 이런 사람인가요, 이런 사람인가요, 루진 씨? 아니에요! 안녕히 계세요……. 아아! 만약 당신이 저를 사랑한다면, 이 순간에도 그 사랑을 느낄 수 있었겠죠……. 아니에요, 아니에요, 안녕히 계세요!……」

그녀는 재빨리 돌아서서 벌써부터 불안해하며 신호를 보내고 있던 마샤를 향해 달려갔다.

「겁쟁이는 당신이지 내가 아니야!」 루진이 나딸리야 뒤에서 이렇게 외쳤다.

나딸리야는 벌써 그의 말은 듣지도 않고 들판을 가로질러 바삐 집으로 걸어갔다. 그리고 무사히 자기 침실로 돌아왔지만, 침실 문턱을 넘어서자마자 정신을 잃고 마샤의 팔에 쓰러지고 말았다.

루진은 오랫동안 둑 위에 서 있었다. 마침내 그는 부르르 몸을 떨고 천천히 오솔길까지 나와서 조용히 길을 따라 걸었다. 그는 몹시 부끄러웠고…… 괴로웠다. 〈무슨 여자가 저럴까?〉 하고 그는 생각했다. 〈열여덟 살에!…… 아니, 전혀 그녀를 몰랐어……. 훌륭한 처녀야. 정말로 의지가 강해!…… 그녀가 옳아. 그녀는 내가 느낀 사랑에는 어울리지 않아. 그런데 난 뭘 느꼈지?……〉 그는 자기 자신에게 물었다. 〈정말

157

로 나는 더 이상 사랑을 느낄 수 없는 걸까? 그래서 모든 것
이 이렇게 끝나야만 했는가? 그녀 앞에서 나는 너무나 초라
하고 보잘것없었어!〉

루진은 경주 마차의 가벼운 바퀴 소리에 눈을 들었다. 레
쥐뇨프가 항상 몰고 다니는 경주마를 몰고 루진 쪽을 향해
오고 있었다. 루진은 말없이 그와 인사를 나누었다. 그러고
서 갑자기 떠오른 생각에 깜짝 놀란 사람처럼 길에서 벗어나
다리야 미하일로브나의 집 쪽으로 재빨리 걸어갔다. 레쥐뇨
프는 자기 길을 가고 있는 루진의 뒷모습을 바라보았다. 그
러고는 잠시 생각에 잠겼다가 자기도 말을 돌려서 다시 볼린
쩨프의 집으로 되돌아갔다. 그는 어젯밤을 볼린쩨프의 집에
서 보냈던 것이다. 볼린쩨프는 아직 자고 있었다. 그는 볼린
쩨프를 깨우지 말라고 이르고는 차가 나오기를 기다리면서
발코니에 앉아 파이프를 피우기 시작했다.

10

볼린쩨프는 9시가 넘어서야 일어났고, 레쥐뇨프가 자기 집 발코니에 앉아 있다는 것을 알고는 깜짝 놀라서 자기 방으로 모시라고 일렀다.

「무슨 일이 있었나?」 볼린쩨프가 레쥐뇨프에게 물었다. 「집으로 돌아간다고 했잖아.」

「돌아가는 길에, 루진을 만났네……. 혼자 들판을 걷고 있었는데 몹시 낙담한 표정이었어. 그래서 다시 되돌아왔네.」

「루진을 만났기 때문에 돌아왔다고?」

「그러고 보면, 솔직히 말해 왜 돌아왔는지 나도 모르겠네. 아마 자네 생각이 떠올라서 그랬겠지. 자네하고 잠시 같이 앉아 있고 싶어서. 집에는 조금 늦게 돌아가면 되지.」

볼린쩨프는 쓴웃음을 지었다.

「그래, 이제 루진에 대해 생각하면 으레 내 생각도 하게 되겠지……. 이봐!」 그는 큰 소리로 외쳤다. 「여기 차 좀 내와.」

두 친구는 차를 마시기 시작했다. 레쥐뇨프는 영지 경영이나 곡물 창고의 지붕을 종이로 이는 새로운 방법에 대해 말하려고 했다…….

이때 갑자기 볼린쩨프가 안락의자에서 벌떡 일어나서 찻잔과 접시가 울릴 정도로 세게 탁자를 내리쳤다.

「안 되겠어!」 볼린쩨프가 소리쳤다. 「더 이상 참을 수 없어! 그 맹랑한 자를 결투에 불러내서 그자가 날 쏴죽이게 하던지 내가 그 박식한 이마에 총알을 박아 넣던지 해야겠어.」

「아니, 그게 무슨 소린가!」 레쮜뇨프가 중얼거렸다. 「어찌 그렇게 큰 소리를 치나! 파이프까지 떨어뜨리지 않았나……. 어떻게 하겠다는 건가?」

「그자의 이름을 무심히 듣고만 있을 수 없네. 온몸의 피가 끓어올라서.」

「됐네, 이 사람아, 됐어! 자넨 부끄럽지도 않은가!」 바닥에서 파이프를 집어 올리면서 레쮜뇨프가 대꾸했다. 「내버려 둬! 그런 자는 그냥 내버려 둬…….」

「그자는 날 모욕했어.」 방 안을 왔다 갔다 하면서 볼린쩨프가 말을 이었다……. 「그래! 그자는 날 모욕했어. 자네도 이 말에 동의하지 않을 수 없겠지. 처음 얼마 동안 어찌해야 할지 몰랐네. 날 어리둥절하게 했지. 게다가 누가 그런 일을 짐작이나 했겠나? 그러나 날 갖고 놀아서는 안 된다는 것을 그자에게 입증해 주겠어……. 그 망할 놈의 철학자를 자고새 쏘듯이 쏴 죽일 거야.」

「그렇게 해서 많은 이익을 보겠네그려! 누님에 대해선 말하지 않겠네. 자넨 분노에 사로잡혔으니까……. 그래서 누님 생각은 할 수도 없겠지! 그리고 또 다른 여자에 대해서도 그래.

그 철학자를 죽이면, 자네 형편이 나아지리라고 생각하나?」

볼린쩨프가 안락의자에 털썩 몸을 던졌다.

「그렇다면 나는 어딘가로 떠나겠네! 여기에 있으면 근심과 걱정으로 가슴이 찢어질 것 같아. 정말이지 아무 데도 몸둘 곳이 없어.」

「떠나겠다……. 그건 다른 문제지! 그 말에는 찬성이네. 그런데 내가 자네에게 뭘 제안할지 알겠나? 같이 떠나세. 까프까스나 그냥 소러시아로 가서 갈루쉬끼[34]나 먹고 오자고. 이 사람아, 얼마나 좋아!」

「좋아, 그런데 누님은 누구에게 맡기지?」

「우리와 함께 가면 되지 않나? 분명 멋질 거야. 누님의 시중은 내가 맡도록 하지! 누님은 아무것도 부족함을 느끼지 않을 거야. 누님이 원하면 저녁마다 창 밑에서 세레나데를 부르고, 마부들에겐 향수를 뿌리게 하고, 길에 꽃을 꽂아 놓겠어. 그리고 자네와 나는 완전히 달라지는 거야. 마음껏 즐기고 배가 잔뜩 나와서 돌아오면 그 어떤 사랑도 우릴 건드리지 못할 거야.」

「자넨 내내 농담만 하는군, 미샤![35]」

「절대 농담이 아니네. 이 멋진 생각은 자네가 먼저 떠올렸잖나.」

「아니야! 헛소리야!」 볼린쩨프가 다시 소리쳤다. 「싸우고

---

34 소러시아(우끄라이나)의 요리로 수프나 우유를 쉬어 만든 보리 푸딩. 우리나라의 수제비와 비슷하다.

35 미하일로의 애칭.

싶어. 그자와 싸우고 싶어!」

「또 그래! 이보게, 자넨 오늘 제정신이 아니야!……」

이때 하인이 편지를 들고 들어왔다.

「누구한테 온 건가?」 레쥐뇨프가 물었다.

「드미뜨리 니꼴라예비치 루진이 보낸 겁니다. 라순스까야
네 하인이 가져왔습니다.」

「루진한테서?」 볼린쩨프가 되물었다. 「누구에게 보낸 거
야?」

「나리께 보낸 겁니다.」

「나에게…… 이리 다오.」

볼린쩨프는 편지를 움켜쥐고 재빨리 봉투를 뜯어 읽기 시
작했다. 레쥐뇨프는 그를 유심히 바라보았다. 볼린쩨프의 얼
굴에는 이상한, 거의 기쁨에 가까운 놀란 기색이 떠올랐다.
그는 두 손을 내려뜨렸다.

「도대체 뭔가?」 레쥐뇨프가 물었다.

「읽어 보게.」 볼린쩨프가 나직한 목소리로 말하며 그에게
편지를 내밀었다.

레쥐뇨프는 편지를 읽기 시작했다. 루진이 쓴 편지의 내용
은 이렇다.

친애하는 세르게이 볼린쩨프!

오늘 다리야 미하일로브나의 집을 떠납니다. 영영 떠납
니다. 특히 어제 일도 있고 하니, 이 소식에 아마 당신은 놀
라겠지요. 무엇 때문에 제가 떠나야만 하는지 당신에게 설

명할 수는 없지만, 왠지 당신에게 알려야 할 것만 같습니다. 당신은 저를 좋아하기는커녕 심지어 나쁜 사람으로 보고 있습니다. 변명할 의도는 없습니다. 시간이 절 해명해 줄 테니까요. 편견을 가진 사람에게 그의 편견이 부당하다고 증명하는 것은 불필요한 일인 동시에 남자의 할 일이 아니라고 봅니다. 저를 이해하고자 하는 사람은 저를 용서할 것이고, 절 이해하려 하지 않거나 이해할 수 없는 사람, 그런 사람의 비난은 별로 신경 쓰지 않습니다. 저는 당신을 잘못 이해했습니다. 여전히 당신을 고결하고 정직한 사람이라고 봅니다. 그러나 저는 당신이 자란 환경보다 더 높이 설 수 있으리라고 생각했습니다……. 제가 잘못 생각했습니다. 어쩌겠습니까? 이런 일은 처음도 아니고 마지막도 아닙니다. 다시 말하건대, 저는 떠납니다. 당신의 행복을 바랍니다. 저의 바람이 전혀 사심이 없다는 걸 믿어 주세요. 이제 당신이 행복해지길 바랍니다. 아마 시간이 지나면 당신은 저에 대한 생각을 바꿀지도 모릅니다. 우리가 언제 다시 만날지 모르지만, 당신을 깊이 존경하는 마음은 변치 않을 겁니다.

D. R.

추신. 당신에게 갚아야 할 2백 루블은 내 고향인 T 현에 도착하자마자 보내겠습니다. 또한 다리야 미하일로브나가 있는 곳에서는 이 편지에 대해 말하지 말기를 부탁합니다.

추신 2. 또 한 가지 마지막으로 중요한 부탁이 있습니다. 이제 제가 떠나가는 만큼, 제가 당신을 방문한 것을 나딸리야 알렉세예브나 앞에서 말하지 말기를 바랍니다.

「그래, 자넨 뭐라고 말하겠나?」 레쥐뇨프가 편지를 다 읽자마자 볼린쩨프가 물었다.

「내가 무슨 말을 하겠나?」 레쥐뇨프가 대꾸했다. 「동양식으로 〈알라여! 알라여!〉 하고 외치며 놀라서 손가락을 입속에 넣는 수밖에 없지, 더 뭘 할 수 있겠나. 그가 떠난다……. 그래! 잘 가라지. 그러나 재미있는 것은, 그가 이 편지를 쓴 것도, 자네를 찾아왔었던 것도 다 의무감 때문이라는 거야……. 그런 작자들은 매 걸음마다 의무야. 항상 의무지. 자, 여기에도 채무[36]가 있군.」 레쥐뇨프는 쓴웃음을 짓고 추신을 가리키며 덧붙여 말했다.

「그런데 그자는 무슨 말을 하는 거야!」 볼린쩨프가 소리쳤다. 「나를 잘못 보았다고, 내가 무슨 환경보다 더 높이 설 줄 기대했다고…… 젠장, 이게 웬 허튼소리야! 시보다도 더 까다롭군!」

레쥐뇨프는 아무 대답도 하지 않고 눈웃음만 지었다.

볼린쩨프가 자리에서 일어났다.

「다리야 미하일로브나에게 갔다 오고 싶네.」 볼린쩨프가 말했다. 「이게 다 뭘 의미하는지 알고 싶어…….」

「이 사람아, 좀 기다려. 그가 떠나가게 두게나. 뭣 때문에

---

36 러시아어로 〈의무〉와 〈채무〉는 같은 단어(〈dolk〉)이다. 여기에서 레쥐뇨프는 말장난을 하며 루진을 살짝 비꼬고 있다.

그 사람과 다시 부딪치려고 하나? 그가 사라진다는데 자네에게 뭐가 더 필요한가? 차라리 누워서 잠이나 자게. 아마 자넨 밤새 몸을 이리저리 뒤척였을 테니까. 이제 자네 일도 슬슬 정리가 되는 듯하네.」

「뭘 보고 그런 결론을 내리나?」

「그저 그렇게 보여. 정말, 한잠 자게나. 난 자네 누님에게 가서 잠시 앉아 있겠네.」

「잠이 오질 않는데 어떻게 자란 말인가? 차라리 나가서 밭이나 돌아보겠네.」 볼린쩨프는 외투 자락을 잡아당기면서 말했다.

「그것도 좋지. 어서 가서 밭이나 돌아보게나…….」

이렇게 말하고 레쥐뇨프는 알렉산드라 빠블로브나의 방으로 향했다.

객실에 있던 알렉산드라 빠블로브나가 그를 상냥하게 맞이했다. 그녀는 항상 레쥐뇨프의 방문을 즐거워했지만 오늘 그녀의 얼굴은 수심이 가득했다. 어제 루진의 방문이 그녀를 불안케 했던 것이다.

「동생한테서 오는 길인가요?」 그녀가 물었다. 「오늘 동생은 어때요?」

「괜찮습니다. 밭을 돌아보러 나갔어요.」

알렉산드라 빠블로브나는 잠시 말이 없었다.

「어서 말해 주세요.」 손수건을 물끄러미 바라보면서 그녀가 말하기 시작했다. 「혹시 모르시나요? 왜 —」

「왜 루진이 왔느냐 말이죠?」 레쥐뇨프가 말을 받았다. 「알죠. 작별 인사를 하러 왔었습니다.」

알렉산드라 빠블로브나는 머리를 들었다.

「뭐라고요, 작별 인사요?」

「예. 못 들으셨나요? 그는 다리야 미하일로브나의 집을 떠납니다.」

「떠나요?」

「예, 영원히. 적어도 그가 한 말로는 말입니다.」

「아니, 그걸 어떻게 이해해야 하지요, 그렇게 모두와 잘 지내던 분이…….」

「그건 다른 문제죠! 이해할 수는 없지만 그건 사실입니다. 분명히 무슨 일이 있었을 겁니다. 줄을 너무 팽팽하게 당겨서, 아마 끊어진 것일 테죠.」

「미하일로 미하일리치!」 알렉산드라 빠블로브나가 말문을 열었다. 「저는 아무것도 모르겠어요. 절 놀리는 것 같군요…….」

「절대로 그렇지 않습니다……. 그는 떠나는 겁니다. 심지어 지인들에게 이에 대해 편지로 알리고 있습니다. 어떤 점에서 보면, 오히려 잘된거죠. 그러나 그가 떠남으로 해서 어떤 놀라운 계획이 무산되었습니다. 볼린쩨프와 그 계획에 대해 의논하려고 했었죠.」

「그게 뭔데요? 어떤 계획이죠?」

「이런 계획입니다. 볼린쩨프에게 기분 전환 삼아 여행을 가자고 제의했죠. 당신도 함께요. 당신은 제가 보살피겠다고 나섰습니다.」

「멋진 생각이군요!」알렉산드라 빠블로브나가 외쳤다. 「절 어떻게 보살펴 주실지 상상이 가요. 아마 절 굶어 죽게 하겠지요.」

「알렉산드라 빠블로브나, 절 모르니까 그렇게 말하시는 겁니다. 당신은 제가 바싹 마른 나무토막, 그러니까 목석같은 사람이라고 생각합니다. 그런데 저도 설탕처럼 녹을 줄도 알고 며칠 동안 무릎을 꿇고 있을 수도 있다는 것을 아시는지요?」

「솔직히 말해 그런 모습을 보고 싶군요!」

레쥐뇨프가 갑자기 일어섰다.

「그러면 저와 결혼해 주세요, 알렉산드라 빠블로브나. 그럼 모든 걸 보게 될 겁니다.」

알렉산드라 빠블로브나는 귀까지 빨개졌다.

「도대체 무슨 말이에요, 미하일로 미하일리치?」그녀는 당황하며 물었다.

「내가 한 말은……」레쥐뇨프가 대답했다. 「벌써 아주 오래전부터 천 번 이상 내 입속에서 맴돌았던 겁니다. 마침내 입 밖에 냈으니, 이제 당신 차례입니다. 거북하시지 않도록 이제 저는 나가겠습니다. 만약 당신이 제 아내가 되고 싶지 않다면…… 이대로 물러갑니다. 만약 싫지 않으시면, 불러 주십시오. 그럼 알아듣겠습니다……」

알렉산드라 빠블로브나는 레쥐뇨프를 붙잡으려고 했지만, 그는 모자도 쓰지 않고 재빨리 정원으로 향했다. 그리고는 울타리 문에 기대어 서서 어딘가를 바라보기 시작했다.

「미하일로 미하일리치!」 그의 뒤에서 하녀의 목소리가 들렸다. 「마님께 가보세요. 나리를 불러오라고 하셨어요.」

미하일로 미하일리치는 돌아서서 두 손으로 하녀의 머리를 붙잡아 이마에 키스를 하고는 — 하녀는 소스라치게 놀랐다 — 알렉산드라 빠블로브나한테 갔다.

11

레쥐뇨프와 만난 후 곧장 집으로 돌아온 루진은 자기 방에 틀어박혀서 두 통의 편지를 썼다. 한 통은 볼린쩨프에게 썼고 — 이 편지는 이미 독자들이 알고 있다 — 다른 한 통은 나딸리야에게 썼다. 그가 이 두 번째 편지를 쓰는 데는 꽤 오랜 시간이 걸렸다. 그는 편지의 내용을 여러 번 고쳐 썼다. 그런 다음 얇은 편지지에 정성 들여 옮겨 쓰고는 가능한 한 작게 접어서 주머니에 넣었다. 그는 얼굴에 슬픈 빛을 띠고 방 안을 몇 번 왔다 갔다 하다가 창문 앞에 있는 안락의자에 앉아 한 손으로 턱을 괴었다. 그의 속눈썹에 살짝 눈물이 맺혀 있었다……. 그는 의자에서 일어나 외투의 단추를 다 채우고 하인을 불러서 다리야 미하일로브나를 뵐 수 있는지 여쭤보라고 일렀다.

하인이 곧 돌아와서 다리야 미하일로브나가 그를 모시라고 했다고 알렸다. 루진은 그녀에게로 갔다.

다리야 미하일로브나는 두 달 전에 처음 루진을 맞이했을 때처럼 자기 서재에서 그를 맞이했다. 그러나 이번에는 혼자가 아니었다. 여느 때처럼 겸손하고 신선하고 말쑥한, 감격 어린 표정을 한 빤달례프스끼가 그녀 옆에 앉아 있었다.

다리야 미하일로브나는 루진을 친절히 맞이했고, 루진도 상냥하게 그녀에게 인사했다. 그러나 조금이라도 인생의 경험이 있는 사람이라면, 두 사람의 미소 띤 얼굴을 보자마자 입 밖에 낼 수 없는, 즉 그들 사이에 좋지 않은 어떤 일이 숨어 있음을 알 수 있을 것이다. 루진은 다리야 미하일로브나가 자기에게 화를 내고 있다는 것을 알았다. 다리야 미하일로브나도 루진이 벌써 모든 것을 다 알고 있다고 생각했다.

빤달례프스끼가 밀고를 했던 날, 그녀는 몹시 속상했다. 상류 사회층의 교만이 그녀의 마음속에서 꿈틀거리기 시작한 것이다. 가난하고 관직도 없고 아직 이름도 없는 루진이 자기 딸, 다리야 미하일로브나 라순스까야의 딸과 감히 밀회를 약속하다니!

「그가 아무리 똑똑한 천재라고 해도 그렇지!」 그녀는 말했었다. 「그게 뭐가 어떻다는 거지? 그렇다면 아무나 내 사위가 될 수 있다는 건가?」

「오랫동안 제 눈을 믿을 수가 없었습니다.」 빤달례프스끼가 말을 받았다. 「어떻게 저렇게도 자기 분수를 모르는지 정말 놀라울 뿐입니다!」

다리야 미하일로브나는 몹시 흥분했었고, 나딸리야는 혼쭐이 났다.

다리야 미하일로브나는 루진에게 앉으라고 권했다. 그는 자리에 앉았지만, 거의 집주인이나 다름없었던 이전의 루진이 아니었다. 심지어 정다운 지인도 아니고 손님, 그것도 가까운 손님이 아닌 평범한 손님과 같은 느낌이었다. 이 모든 것은 한순간에 일어난 변화였다. 물이 단단한 얼음으로 변할 때 그렇게 갑자기 변한다.

「다리야 미하일로브나.」 루진이 말문을 열었다. 「지금까지의 후한 대접에 감사를 표하기 위해 왔습니다. 시골 영지에서 소식을 받았는데, 오늘 꼭 거기로 떠나야만 합니다.」

다리야 미하일로브나가 루진을 유심히 바라보았다.

〈이 사람이 선수를 치는군. 역시 짐작하고 있었어〉 하고 그녀는 생각했다. 〈덕분에 불쾌한 해명을 안 하게 되었네. 차라리 잘됐어. 똑똑한 사람들 만세!〉

「정말이에요?」 그녀가 큰 목소리로 말했다. 「아, 참 서운하군요! 그러나 어쩔 수 없지요! 올겨울 모스끄바에서 만날 수 있길 바라요. 우리도 곧 여길 떠날 거예요.」

「모스끄바에 가게 될지 모르겠습니다, 다리야 미하일로브나. 그러나 여비만 생기면 꼭 찾아뵙도록 하겠습니다.」

〈아하, 꼴좋다!〉 빤달레프스끼는 속으로 생각했다. 〈여기서 오랫동안 나리 행세를 하더니, 꼬리를 내리는 모습 좀 보게!〉

「그런데, 시골 영지에서 좋지 못한 소식을 받으셨나 봅니다?」 빤달레프스끼는 보통 때처럼 띄엄띄엄 말했다.

「예.」 루진은 무뚝뚝하게 말했다.

「흉작인가요?」

「아니……, 다른 일입니다……. 믿어 주세요, 다리야 미하일로브나.」 루진이 덧붙여 말했다. 「댁에서 보낸 시간을 결코 잊지 않을 겁니다.」

「드미뜨리 니꼴라이치, 나도 당신과의 교제를 항상 만족스럽게 회상할 거예요……. 그런데 언제 떠나시죠?」

「오늘 식사를 하고 떠납니다.」

「그렇게 빨리요!…… 그럼, 좋은 여행길이 되길 바라요. 그러나 그 일이 오래 걸리지 않으면, 여기로 다시 돌아와 만나기로 해요.」

「그건 어려울 겁니다.」 이렇게 대꾸하고 루진이 일어섰다. 「죄송합니다.」 그는 덧붙여 말했다. 「당장 당신에게 빌린 돈을 갚을 수는 없습니다. 그러나 시골에 도착하자마자 ─」

「됐어요, 드미뜨리 니꼴라이치!」 다리야 미하일로브나가 그의 말을 끊었다. 「그런 말은 굳이 안 해도 돼요!…… 그런데 몇 시나 됐을까?」

빤달례프스끼는 조끼 주머니에서 칠보로 장식된 금시계를 꺼내더니 장밋빛 볼로 빳빳한 하얀 칼라를 조심스럽게 누르면서 그 시계를 들여다보았다.

「2시 33분입니다.」 그가 말했다.

「옷 갈아입을 시간이군.」 다리야 미하일로브나가 말했다. 「안녕히 가세요, 드미뜨리 니꼴라이치!」

루진은 일어섰다. 그와 다리야 미하일로브나 사이에 벌어진 대화는 마치 배우들의 대본 연습이나, 외교관들이 회의에서 미리 약속된 말을 주고받는 것 같은 느낌을 자아냈다…….

루진은 밖으로 나왔다. 그는 이제까지의 경험을 통해 사교계 사람들이 필요 없게 된 사람들을 어떻게 내치는지 알고 있었다. 그것은 마치 무도회 후의 장갑, 과자를 쌌던 종이, 당첨되지 않은 복권을 슬쩍 버리는 것처럼, 그저 버리는 게 아닌 슬며시 떨어뜨리는 것과 비슷했다.

그는 재빨리 짐을 꾸려 놓고 떠날 순간을 초조하게 기다리고 있었다. 집안사람들은 모두 루진의 계획을 알고 나서 깜짝 놀랐다. 심지어 하인들도 어리둥절해서 그를 쳐다보았다. 바시스또프는 슬픔을 감추지 않았다. 나딸리야는 분명히 루진을 피하고 있었다. 루진과 시선을 마주치지 않으려고 애썼다. 그러나 루진은 그녀의 손에 편지를 밀어 넣을 수 있었다. 식사 중에 다리야 미하일로브나는 모스끄바로 떠나기 전에 그를 볼 수 있기를 바란다고 다시 한 번 말했다. 그러나 루진은 아무 대답도 하지 않았다. 빤달레프스끼는 누구보다도 더 자주 루진에게 말을 걸었다. 루진은 그에게 달려들어 그의 활기 넘치는 불그레한 얼굴을 때려 주고 싶은 생각이 여러 번 들었다. 봉쿠르 양은 교활하고 이상한 표정으로 루진을 자주 바라보곤 했다. 그런 표정은 아주 영리한 늙은 개에게서 이따금 볼 수 있다……. 〈아하! 그것 봐라!〉 하고 그녀는 생각했다.

마침내 시계가 6시를 쳤고, 루진이 탈 여행 마차가 준비되었다. 그는 급히 모든 사람들과 작별 인사를 나누기 시작했다. 그는 기분이 몹시 나빴다. 이 집에서 이렇게 쫓겨나듯 떠나게 되리라고는 생각지도 못했던 것이다. 〈어떻게 일이 이렇게 됐지! 난 왜 이렇게 서두르는 거야? 하긴 결국은 마찬가지지.〉 그는 억지로 미소를 띠고 사방에 인사를 하면서 이렇게 생각했다. 마지막으로 그는 나딸리야를 힐끗 쳐다보았다. 그는 순간 주저했다. 루진을 향한 그녀의 눈길에 작별을 책망하는 마음이 슬프게 어려 있었기 때문이었다.

그는 재빨리 계단을 뛰어 내려가 단숨에 마차에 올랐다. 바시스또프는 가까운 역까지 데려다 주겠다고 자청하면서 그와 함께 마차에 올랐다.

「기억합니까?」 마차가 마당에서 나와 전나무를 심은 넓은 길로 들어서자 루진이 말문을 열었다. 「돈키호테가 공작 부인의 궁전을 떠날 때 자기 부하에게 뭐라고 말했는지 기억합니까? 〈산쵸, 자유란 인간의 가장 귀중한 재산 중 하나다. 따라서 하늘로부터 일용할 양식을 얻으므로 남에게 신세를 질 필요가 없는 자는 행복하다!〉고 말했지요. 그때 돈키호테가 느낀 것을 나는 지금 느낍니다……. 나의 친애하는 바시스또프, 당신도 언젠가 이런 기분을 느끼기를 바라오!」

바시스또프는 루진의 손을 꽉 쥐었다. 정직한 청년의 심장은 감격에 넘친 가슴속에서 세차게 고동치기 시작했다. 역에 도착할 때까지 루진은 인간의 가치와 진실한 자유의 의미에 대해 말했다. 그것도 열렬하고 고상하고 진실하게 말했다. 그래서 작별의 순간이 닥쳤을 때, 바시스또프는 참지 못하고 루진의 목에 매달려 흐느껴 울기 시작했다. 루진 자신도 눈물을 흘렸다. 그러나 그가 운 것은 바시스또프와의 이별 때문이 아니었다. 그 눈물은 자존심의 눈물이었다.

한편, 나딸리야는 자기 방으로 가서 루진의 편지를 읽었다.

친애하는 나딸리야 알렉세예브나

나는 떠납니다. 내겐 다른 출구가 없습니다. 떠나 달라는 말을 듣기 전에 떠나기로 결심했습니다. 내가 떠나면 모든 오해가 끝날 겁니다. 무엇을 더 기다리겠습니까?…… 모든 게 다 그렇지요. 그런데 무엇 때문에 나는 당신에게 편지를 쓰는 걸까요?

아마도 당신과 영원히 헤어지게 될 겁니다. 그리고 내가 받아야 하는 것보다 더 나쁜 기억을 당신에게 남긴다는 것이 너무나 괴롭습니다. 바로 이 때문에 나는 당신에게 편지를 씁니다. 변명하고 싶지도 않고, 다른 누구를 비난하고 싶지도 않습니다. 하지만 나는 가능한 한 해명하고 싶습니다……. 요 며칠 사이에 일어난 일들은 너무나 뜻밖이고 갑작스러운 것이었습니다…….

오늘의 만남은 나에게 잊을 수 없는 교훈을 주었습니다. 그래요, 당신의 말이 맞습니다. 나는 당신을 몰랐습니다. 그런데 나는 당신을 안다고 생각했어요! 살아오는 동안에 나는 온갖 사람들과 관계를 맺고 많은 부인들, 아가씨들과 가깝게 지냈습니다. 그러나 당신처럼 온전히 정직하고 솔직한 영혼은 처음입니다. 이런 영혼에 익숙하지 않았던 나는 당신을 올바로 평가할 수 없었지요. 우리가 알게 된 첫날부터 당신에게 마음이 끌렸습니다. 당신도 알아챘을 겁니다. 하지만 당신과 몇 시간씩 보내면서도 나는 당신을 알아보지 못했습니다. 심지어 당신을 알려고 애쓰지도 않았습니다……. 그런데도 나는 감히 당신을 사랑한다고 생각했던 것입니다! 이 죄 때문에 나는 지금 벌을 받고 있습니다.

나는 전에 한 여자를 사랑했고, 그 여자도 나를 사랑했습니다……. 그녀에 대한 나의 감정은, 나에 대한 그녀의 감정처럼 복잡했습니다. 그러나 그녀 스스로가 복잡한 사람이었기 때문에 그런 상황은 자연스러웠습니다. 그때 진실은 내게 나타나지 않았습니다. 이번에 진실이 내 앞에 나타났을 때, 나는 그 진실을 알아보지 못했습니다……. 마침내 그 진실을 깨달았지만 너무 늦었습니다……. 지나간 것을 되돌릴 수는 없지요……. 우리의 삶은 하나로 합쳐질 수 있었지만, 이제는 늦었습니다. 상상이 아닌, 마음 속에서 우러나온 진실한 마음으로 당신을 사랑했었다고 어떻게 내가 증명할 수 있겠습니까? 나조차도 내가 진실한 사랑을 했는지 확신할 수 없는 상태에서 말입니다.

자연은 내게 많은 것을 주었습니다. 나 스스로도 잘 알고 있습니다. 수치심 때문에 당신 앞에서 거짓 겸손을 떨지는 않으렵니다. 특히 지금, 너무 괴롭고 수치스러운 이 순간에 말입니다……. 그렇습니다, 자연은 내게 많은 것을 주었습니다. 그러나 내 힘에 걸맞은 일을 아무것도 못하고, 어떠한 유익한 흔적도 남기지 못하고 죽을 겁니다. 모든 풍부한 재능은 헛되이 사라지고, 나는 내가 뿌린 씨앗의 열매를 보지 못할 겁니다. 내게 부족한 것은 — 스스로도 그게 뭔지 확언할 수는 없지만 — 사람의 마음을 움직이는 뭔가가, 또한 여자의 마음을 사로잡는 데 필요한 무언가가 부족한 것 같습니다. 역시 사람의 마음이 아닌 생각만을 지배하는 것은 견고하지도 못하고 유익하지도 않습니다. 나의 운명은 이상하기도 하고 한심스럽기도 합니다. 나는 온몸으로 아주 열중하곤 하지만, 끝까지 몰두할수는 없습니다. 나는 스스로도 믿지 않는 그 어떤 보잘것없는 것을 위해 자신을 희생함으로써 일생을 마치게 될 겁니다……. 아아! 서른다섯 살이 되어서까지도 계속할 일을 찾고만 있다니!……

나는 아직 누구 앞에서도 이렇게 솔직히 말해 본 적이 없습니다. 이것은 나의 고백입니다.

그러나 나에 대한 이야기는 이제 됐습니다. 나는 당신에 대해 말하고 싶고, 당신에게 몇 가지 조언을 하고 싶습니다. 나는 더 이상 어디에도 쓸모가 없습니다……. 당신은 아직 젊습니다. 얼마를 살든지 간에 항상 당신의 마음이 불러일으키는 것을 따르십시오. 자신만의 생각에 갇히거나 남의 견해를 따르지 마십시오. 인생이 흘러가는 범위는 단순할수록, 좁을수록 더 좋습니다. 중요한 것은 인생에서 새로운 측면을 찾아내는 게 아니라 인생의 모든 변화가 제때에 이루어지게 하는 것입니다. 〈젊은 시절에 젊었던 자는 행복하여라〉[37] 그러나 이 조언은 당신보다 차라리 나를 위한 것임을 압니다.

고백합니다만, 나딸리야 알렉세예브나, 나는 몹시 괴롭습니다. 내가 당신의 어머니께 불러일으킨 감정에 대해 결

37 뿌쉬낀의 운문소설 『예브게니 오네긴』의 8장 10연.

177

코 환상을 가진 적이 없습니다. 그러나 잠시 안식처를 발견했다고는 믿었습니다……. 이제 다시 정처 없이 떠돌아다녀야만 합니다. 대체 무엇이 당신의 존재, 당신과의 대화, 당신의 주의 깊고 현명한 시선을 대신할 수 있을까요?…… 내 잘못입니다. 그러나 운명이 일부러 우리를 조롱한 것 같지 않습니까? 일주일 전만 해도 나는 당신을 사랑하고 있다는 걸 거의 몰랐습니다. 그저께 저녁 정원에서 처음으로 당신의 말을 들었죠……. 그러나 그 말을 지금 떠올려 봐야 무슨 소용이 있겠어요. 오늘 이렇게 나는 떠납니다. 당신에게 고통스럽게 변명하고 나서 아무런 희망도 없이 수치심을 느끼며 떠나갑니다……. 그러나 당신은 내가 당신 앞에서 얼마나 죄가 많은지 아직 모릅니다……. 내 안에는 어리석은 솔직함과 수다스러운 습성이 있습니다……. 그러나 이런 말을 해야 무슨 소용이 있나요! 나는 영원히 떠납니다.

(여기서 루진은 볼린쩨프를 방문한 얘기를 하려고 했다. 그러나 잠시 생각하고 나서 그 부분을 다 지워 버리고 볼린쩨프에게 보내는 편지에 두 번째 추신을 덧붙였다)

당신이 오늘 아침에 가혹하게 쓴웃음을 지으며 말한 것처럼 나에게 더 잘 맞는 일에 헌신하기 위해 이 지상에 홀로 남으렵니다. 아! 만일 실제로 그런 일에 몰두해서 마침내 나의 게으름을 극복할 수 있다면……. 그러나 불가능합니다. 지금까지 그랬던 것처럼 나는 미완성의 존재로 남을 겁니다……. 첫 번째 벽에 부딪혀 나는 산산조각이 나고 말았습니다. 당신과 있었던 모든 일이 이것을 증명했습니다. 만약 내가 이 사랑을 최소한 미래를 위해, 또는 나의 사명을 위해 희생했다면 몰라도, 나는 그저 내가 지게 될 책임을 두려워했던 겁니다. 그러므로 나는 정말로 당신과 어울릴 수 없는 사람입니다. 당신더러 날 위해 당신의 지금까지의 생활을 버리라고 말할 만큼 나는 가치 있는 존재가 아닙니다……. 그러나 이 모든 것이 최선인지도 모릅니다. 이 시련을 겪고 나면 나는 아마 더 순수하고 강해질 것입니다.

당신에게 행복이 충만하길 빕니다. 안녕히 계세요! 이따금 나를 회상해 주세요. 당신이 나에 대한 소식을 더 들을 수 있기를 바랍니다.

루진

나딸리야는 루진의 편지를 무릎 위에 놓고, 오랫동안 꼼짝 않고 방바닥만 물끄러미 바라보았다. 아침에 루진과 헤어지면서 그가 자기를 사랑하지 않는다고 저도 모르게 소리친 그 말이 얼마나 옳았는지 이 편지는 어떠한 논거보다도 더 분명하게 보여 주었다! 그러나 그렇다고 해서 그녀의 마음이 더 편해지지는 않았다. 나딸리야는 꼼짝 않고 앉아 있었다. 그녀는 시커먼 파도가 소리 없이 머리 위에서 맞붙고, 자기 몸은 싸늘하게 굳어지고 마비되어 바닥으로 가라앉는 것만 같았다. 누구에게나 첫 번째 환멸은 괴로운 법이다. 그러나 성실하고 자기기만을 원치 않으며, 경솔이나 과장을 모르는 영혼에게 첫 번째 환멸은 더욱더 견딜 수 없는 법이다. 나딸리야는 자신의 어린 시절을 떠올렸다. 어린 시절에 산책을 할 때, 그녀는 언제나 하늘이 밝은 쪽으로, 즉 어두운 쪽이 아닌 놀이 불타는 쪽으로 걸어가려고 애썼다. 그러나 지금 그녀는 빛을 등지고 서 있었고, 그녀 앞의 생은 어둡기만 할 뿐이다.

나딸리야의 눈에 눈물이 핑 돌았다. 눈물이 언제나 도움이 안 되는 건 아니다. 오랫동안 가슴속에 쌓였다가 마침내 흐르는 눈물, 처음엔 괴롭게 흐르다가 점점 가볍고 더 달콤하게 흐르는 눈물은 마음에 위안을 주는 효험이 있다. 그런 눈물은 말 못 하는 우수의 번민을 풀어 준다. 그러나 차가운 눈물, 찔끔찔끔 흐르는 눈물도 있다. 무거운 짐과 같은 슬픔이 심장을 짓누르면 심장에서는 한 방울씩 눈물이 짜여 나온다. 그런 눈물은 기쁨도 위안도 가져다주지 않는다. 궁핍에 빠졌을 때 그런 눈물을 흘리곤 한다. 그런 눈물을 흘려 보지 못한 사람은 아직 불행한 사람이라고 말할 수 없다.

두 시간가량 지났다. 나딸리야는 마음을 가다듬고 자리에서 일어나 눈물을 훔치고 초를 켰다. 그리고 촛불에 루진의 편지를 끝까지 태워서 재를 창밖으로 내던졌다. 그러고 나서 그녀는 뿌쉬낀의 시집을 펼쳐서 처음 눈에 띄는 시구를 읽었다(그녀는 종종 이렇게 점을 치곤했다). 바로 이런 시구였다.

느낌이 있는 사람이라면
되돌아오지 않는 세월의 환영에 전율하기 마련.
이미 아무것도 그를 사로잡지 못하고

회상과 회한만이

뱀처럼 그를 물어뜯는 법.[38]

나딸리야는 잠시 서서 차가운 미소를 짓고 거울에 비친 자기 모습을 바라보다가 머리를 위아래로 약간 움직이고는 객실로 내려갔다.

다리야 미하일로브나는 나딸리야를 보자마자 서재로 데려가서 자기 곁에 앉히고 뺨을 상냥하게 어루만지면서 유심히, 거의 호기심이 어린 눈으로 그녀의 눈을 들여다보았다. 다리야 미하일로브나는 이상한 의혹을 느꼈다. 처음으로 자기 딸을 사실상 몰랐다는 생각이 머릿속에 떠올랐다. 자기 딸이 루진과 밀회를 했다는 얘기를 빤달레프스끼한테서 들었을 때, 그녀는 화가 났다기보다는 어찌 분별력 있는 나딸리야가 그런 행동을 할 수 있었는지 깜짝 놀랐었다. 그러나 나딸리야를 자기 방에 불러 놓고 욕설을 퍼부었을 때 — 유럽의 여자한테서 기대할 수 있는 것과는 전혀 다르게 아주 요란스럽고 거칠게 욕설을 퍼부었다 — 나딸리야의 확고한 대답과 시선 그리고 동작에 나타난 결단성은 다리야 미하일로브나를 당황스럽게 했고 심지어 두려움까지 느끼게 했다.

루진의 갑작스럽고 전혀 이해할 수 없는 떠남은 그녀의 마음에서 커다란 부담을 덜어 주었지만 한편으로 딸의 눈물과 히스테릭한 발작을 예상하고 있었다……. 하지만 나딸리야의 침착성은 다시 그녀를 당황스럽게 했다.

38 뿌쉬낀의 운문소설『예브게니 오네긴』의 1장 46연.

「그래, 애야.」 다리야 미하일로브나는 말문을 열었다. 「오늘 기분이 어떠냐?」

나딸리야는 어머니를 쳐다보았다.

「그 사람이 떠나갔으니…… 네가 좋아하던 사람 말이야. 그가 왜 그렇게 빨리 떠났는지 모르느냐?」

「어머니!」 나딸리야는 나직한 목소리로 말했다. 「어머니가 그 사람에 대해 언급하지 않는다면, 저도 결코 그에 대해서 말하지 않으리라 약속하겠어요.」

「그러니까 너는 내 앞에서 잘못했다고 자인하느냐?」

나딸리야는 머리를 숙이고 같은 말을 되풀이했다.

「아무 말도 안 하겠어요.」

「그래, 명심해라!」 다리야 미하일로브나는 미소를 지으며 대꾸했다. 「네 말을 믿는다. 그러나 그저께 일을 기억하니……, 그래, 말하지 않으마. 다 끝났고 해결되었고 묻혀 버렸으니까. 그렇지 않니? 난 다시 널 알게 되었다. 난 완전히 궁지에 빠졌었지. 자, 내게 키스해 다오. 내 똑똑한 딸아!……」

나딸리야는 다리야 미하일로브나의 손을 자기 입술에 가져다 댔고, 다리야 미하일로브나는 나딸리야의 숙인 머리에 입을 맞추었다.

「언제나 내 충고를 명심하고, 네가 라순스까야고 내 딸이라는 것을 잊지 말아라.」 그녀는 덧붙여 말했다. 「그러면 너는 행복해질 거야. 자, 이제 가거라.」

나딸리야는 말없이 밖으로 나왔다. 다리야 미하일로브나는 딸의 뒷모습을 바라보면서 생각했다. 〈저 애는 날 닮아서 역시 다시 사랑에 빠지곤 할 거야. 그러나 나보단 덜 경솔할 거야.〉다리야 미하일로브나는 과거에 대한, 까마득한 과거에 대한 회상에 잠겼다…….

그 뒤 그녀는 봉쿠르 양을 불러오게 해서 문을 닫고 단 둘이 오랫동안 앉아 있은 다음, 그녀를 내보내고 빤달레프스끼를 불렀다. 그녀는 루진이 떠난 진짜 이유를 알고 싶어 불안했던 것이다……. 그러나 빤달레프스끼는 그녀의 마음을 완전히 진정시켰다. 이것은 그의 전문 분야였다.

．．．．

다음 날 볼린쩨프가 누이와 함께 오찬 시간에 맞추어 왔다. 다리야 미하일로브나는 언제나 그를 상냥하게 대했지만, 이번에는 특히나 더 상냥했다. 나딸리야는 견딜 수 없이 괴로웠다. 그러나 볼린쩨프가 어찌나 공손하고 조심스럽게 말을 걸어왔던지 그녀는 마음속으로 고맙게 여기지 않을 수 없었다.

하루가 꽤 조용하고, 지루하게 지나갔다. 이들은 헤어지면서 모두들 이전의 궤도로 다시 들어섰다고 느꼈다. 이것은 많은 것을, 아주 많은 것을 의미했다.

그렇다. 나딸리야를 제외하고 모두가 이전의 궤도로 들어섰다……. 마침내 혼자 남게 된 그녀는 지치고 맥이 빠져서 침대까지 간신히 가 베개에 얼굴을 파묻었다. 그녀는 산다는 것이 너무나 괴롭고 역겹고 저속한 것만 같았다. 자기 자신과 자신의 사랑과 슬픔이 너무나 수치스러워서 그 순간, 당장 죽는다 해도 마땅히 받아들일 수 있을 것 같았다······. 그녀 앞에는 아직도 많은 괴로운 나날들, 잠 못 이루며 고통스러워할 흥분의 밤들이 가로놓여 있었다. 그러나 그녀는 젊었다. 그녀의 삶은 방금 시작되었고, 조만간에 그 목적을 달성할 것이다. 사람은 아무리 심한 타격을 받아도 그날 중으로, 늦어도 — 거친 표현을 용서해 달라 — 다음 날에는 먹을 것을 먹게 되고, 이것이 바로 첫 번째 위로가 되는 것이다······.

나딸리야는 심하게 고통을 당했다. 처음으로 당한 고통이었다······. 그러나 다행스럽게도 첫 고통은 첫사랑처럼 되풀이 되지 않는 법이다!

12

근 2년의 세월이 흐른 5월 초순의 어느 날이었다. 알렉산드라 빠블로브나가 자기 집의 발코니에 앉아 있었다. 그녀의 성은 이미 리삐나가 아니라 레쥐뇨바[39]였다. 그녀가 미하일로 미하일리치에게 시집간 지 1년이 넘었고, 최근에 약간 살이 쪘을 뿐 여전히 아름다웠다. 정원으로 통하는 계단이 있는 발코니 앞에서는 유모가 하얀 외투에 하얀 구슬이 달린 모자를 쓴 붉은 뺨의 아이를 안고 이리저리 거닐고 있었다. 알렉산드라 빠블로브나는 끊임없이 아이를 바라보고 있었다. 아이는 칭얼대지도 않고 의젓하게 손가락을 빨면서 조용히 사방을 둘러보고 있었다. 미하일로 미하일리치의 훌륭한 아들로서의 모습이 이미 나타나고 있었다.

알렉산드라 빠블로브나 곁에 우리의 오랜 친구인 삐가소프가 앉아 있었다. 우리와 헤어지고 나서 그는 눈에 띄게 머리가 세었고, 등도 굽고 비쩍 말랐으며, 앞니 하나가 빠져서

39 러시아에서 결혼을 하고 나면 아내는 보통 남편의 성을 따른다. 레쥐뇨바는 〈레쥐뇨프의 아내〉를 의미한다.

말할 때 쉭쉭 바람이 새어 나왔다. 이 바람 새는 소리 때문에 그의 이야기는 더욱더 독살스럽게 들렸다……. 그의 악의는 여전했지만 세월이 흐르면서 날카로움은 무뎌졌고 전보다 자주 말을 되풀이하곤 했다. 미하일로 미하일리치는 집에 없었다. 두 사람은 그가 오면 같이 차를 마시려고 기다리고 있다. 해는 벌써 졌다. 서쪽 하늘에는 연한 금빛과 레몬 빛 줄이 지평선을 따라 길게 늘어져 있었다. 반대편 하늘에도 하늘빛 줄이 좀 낮게 뻗어 있었고 좀 높은 곳에는 불그스레한 보랏빛 줄이 뻗어 있었다. 가벼운 비구름이 중천에서 물러가고 있었다. 이 모든 것이 좋은 날씨가 계속되리라고 약속해 주고 있었다. 갑자기 삐가소프가 웃기 시작했다.

「왜 웃으세요, 아프리깐 세묘니치?」 알렉산드라 빠블로브나가 물었다.

「아니, 그저……. 어제 어떤 농군이 자기 마누라에게 하는 말을 들었는데, 마누라가 너무 지껄여 대자 〈삐걱거리지 말어!……〉 하고 소리쳤어요. 그 말이 무척 맘에 들었지요. 〈삐걱거리지 말어!〉 정말이지 어떻게 여자가 이러쿵저러쿵 논할 수 있단 말입니까? 당신도 아시다시피 나는 면전에 있는 사람들에 대해서는 말하지 않으니 편안하게 들어 보시죠. 옛날 어른들은 우리보다 더 현명했어요. 옛이야기에는 항상 이런 말이 나오죠. 〈미녀는 이마에 별을 달고 창가에 앉은 채 아무 말도 하지 않는다.〉 바로 그래야 합니다. 그런데 잘 생각해 보세요. 그저께 우리 마을의 귀족 단장 부인이 마치 내 이마에 권총을 쏘듯이 〈당신의 경향이 맘에 들지 않아요!〉

라고 말했어요. 경향이라니요! 어떤 고마우신 자연의 섭리로 그 여자가 갑자기 혀를 사용하지 못하게 된다면 그녀를 위해서나 다른 모든 사람들을 위해서도 더 낫지 않겠습니까?」

「여전하시네요, 아프리깐 세묘니치. 언제나 우리 불쌍한 여자들을 공격하는군요……. 그런데, 그것은 정말로 일종의 불행이에요. 당신이 가여워요.」

「불행이라뇨? 무슨 말씀을 그렇게 하십니까! 첫째로, 내가 생각하기에 세상에 불행이란 세 가지만 있을 뿐입니다. 즉, 겨울에 추운 집에서 사는 것과 여름에 꼭 끼는 장화를 신는 것 그리고 살충제를 뿌려 대고 싶을 정도로 빽빽 울어 대는 어린애와 한방에서 자는 겁니다. 둘째로, 죄송스러운 말이지만, 나도 이제 아주 얌전한 사람이 되었습니다. 모두가 나를 모범으로 삼을 만하죠! 이렇게 나는 도덕적으로 행동하고 있습니다.」

「훌륭하게 행동하신다니, 할 말이 없네요! 바로 어제만 해도 옐레나 안또노브나가 제게 와서 당신에 대해 불평을 했어요.」

「아, 그래요! 도대체 뭐라고 말했는지 알고 싶군요.」

「당신은 아침 내내 그녀가 뭘 물어봐도 〈뭐라고요? 뭐라고요?〉라고만 대답했다고 하더군요. 그것도 찢어지는 듯한 목소리로요.」

삐가소프가 웃음을 터뜨렸다.

「그거야 좋은 생각이 아닙니까, 알렉산드라 빠블로브나…… 안 그래요?」

「놀라운 생각이군요! 어떻게 여자를 그렇게 무례하게 대할 수 있어요, 아프리깐 세묘니치.」

「뭐라고요? 당신은 옐레나 안또노브나가 여자라고 생각하십니까?」

「그럼, 당신은 그녀가 뭐라고 생각하세요?」

「북입니다, 정말이지 흔한 북입니다. 막대기로 치는 —」

「아, 그렇지!」 알렉산드라 빠블로브나는 화제를 바꾸려고 말을 가로챘다. 「듣자 하니 당신에게 축하할 일이 있더군요.」

「뭔데요?」

「소송이 끝난 거요. 글리노프 초원이 당신의 소유로 남았다지요…….」

「예, 내 소유로 남았습니다.」 삐가소프가 우울하게 말했다.

「여러 해 동안 애쓰셨는데, 여전히 불만족스러워 하시는 것 같네요.」

「당신에게 알려 드리는데, 알렉산드라 빠블로브나.」 삐가소프가 천천히 말했다. 「너무 늦게 찾아온 행복보다 더 나쁘고 모욕적인 것은 없답니다. 그것은 만족도 주지 못하면서, 운명을 욕하고 저주할 권리마저 빼앗아 버립니다. 그렇습니다. 부인, 때늦은 행복이란 씁쓸하고 모욕적인 겁니다.」

알렉산드라 빠블로브나는 그저 어깨만 으쓱했다.

「유모.」 그녀가 말문을 열었다. 「미샤[40]가 잘 때가 됐어. 애를 이리 줘요.」

이렇게 말하고 알렉산드라 빠블로브나는 아들을 돌보기 시작했다. 삐가소프는 투덜거리면서 발코니의 다른 쪽 구석

40 미하일로, 미하일의 애칭.

으로 물러갔다.

갑자기 정원 옆으로 나 있는 가까운 길 위에 경주 마차를 탄 미하일로 미하일리치가 나타났다. 그의 말 앞에서 커다란 마당 개 두 마리가 달리고 있었다. 한 마리는 누렇고, 다른 한 마리는 잿빛이었다. 최근에 그가 데려온 개들이었다. 개들은 끊임없이 서로를 물어뜯으면서도 늘 붙어 다니며 다정하게 지냈다. 늙은 삽살개 한 마리가 그 개들을 향해 대문에서 걸어 나와 마치 짖기라도 하려는 듯이 입을 벌렸지만, 결국 하품을 하고 다정하게 꼬리를 흔들면서 되돌아왔다.

「여기 봐요, 사샤.[41]」 레쥐뇨프가 멀리서 자기 아내에게 소리쳤다. 「내가 누굴 데려오는지…….」

알렉산드라 빠블로브나는 남편의 등 뒤에 앉아 있는 사람을 금방 알아보지 못했다.

「아! 바시스또프 씨!」 마침내 그녀가 외쳤다.

「그래그래.」 레쥐뇨프가 대답했다. 「그런데 이 친구가 아주 좋은 소식을 가져왔다오. 잠깐 기다려요. 이제 알게 될 거요.」

이렇게 말하고 레쥐뇨프는 경주 마차를 몰고 마당 안으로 들어왔다.

잠시 후에 그는 바시스또프와 함께 발코니에 나타났다.

「만세!」 이렇게 외치고 그는 아내를 끌어안았다. 「세료자가 결혼한대!」

「누구하고요?」 알렉산드라 빠블로브나가 흥분하면서 물

41 알렉산드라의 애칭.

189

었다.

「물론 나딸리야하고지⋯⋯. 바로 이 친구가 모스끄바에서 소식을 가져왔어. 당신한테 온 편지도 있고⋯⋯ 듣고 있니, 미슈끄?[42]」 아들의 두 손을 붙잡고 그가 덧붙여 말했다. 「네 외삼촌이 결혼한대!⋯⋯ 이 무덤덤한 녀석 같으니! 이런 소식을 듣고도 그저 눈만 껌뻑거리는구나!」

「잠이 와서 그러십니다.」 유모가 말했다.

「그렇습니다.」 알렉산드라 빠블로브나에게 다가가면서 바시스또프가 말했다. 「저는 오늘 모스끄바에서 왔습니다. 다리야 미하일로브나의 위임을 받아 영지의 회계를 검사하려고요. 그리고 여기 편지가 있습니다.」

알렉산드라 빠블로브나는 서둘러 동생의 편지를 뜯었다. 편지는 간단했다. 동생은 자기가 나딸리야에게 구혼하였고 나딸리야뿐만 아니라 다리야 미하일로브나의 동의까지 얻었음을 누나에게 알리고 있었다. 자세한 소식은 다음 편지로 보내겠다고 약속하며 모두에게 포옹과 키스를 보낸다고 적혀 있었다. 기쁨과 황홀감에 사로잡혀 쓴 편지임이 분명했다.

차가 나오고, 바시스또프도 자리에 앉았다. 이런저런 질문이 우박처럼 그에게 쏟아졌다. 그가 가져온 소식은 모두를, 심지어 삐가소프까지도 기쁘게 했다.

「좀, 말해 주시오.」 이야기 도중에 레쥐뇨프가 말했다. 「꼬르차긴이라는 사람에 대한 소문이 우리에게까지 들려왔는데, 그게 헛소리였소?」

42 미하일의 또 다른 애칭.

(꼬르차긴은 잘생긴 젊은이로 몹시 거만하고 점잔을 빼는 사교계의 유명 인사였다. 그는 너무 거드름을 피워서 마치 산 사람이 아니라 세상 사람들의 기부금으로 세워진 그 자신의 동상 같았다.)

「아닙니다, 전혀 헛소리는 아닙니다.」 바시스또프가 미소를 띠며 대답했다. 「다리야 미하일로브나는 그에게 매우 호의적이었지만 나딸리야 알렉세예브나는 그에 대한 얘기는 들으려고도 하지 않았어요.」

「그 사람은 나도 알고 있지요.」 삐가소프가 말을 받았다. 「그 사람은 굉장한 바보고, 아주 변변치 못한 작자입니다……. 정말입니다! 만약 모든 사람들이 그 사람 같다면, 누군가가 큰돈을 쥐여 주지 않는 한 어디 살맛이 날까요? 정말입니다!」

「그럴지도 모르죠.」 바시스또프가 대꾸했다. 「그러나 사교계에서는 꽤 비중 있는 사람입니다.」

「그런 건 어찌되든 내 알 바가 아니에요.」 알렉산드라 빠블로브나가 외쳤다. 「아, 그저 나는 동생 일이 너무나 기뻐요!…… 나딸리야도 명랑하고 행복한가요?」

「예. 나딸리야는 언제나 그렇듯이 침착합니다. 그녀를 아시잖아요. 그러나 만족해하는 것 같습니다.」

모두들 저녁 식탁에 앉았다. 저녁은 유쾌하고 활기찬 대화 속에서 지나갔다.

「그런데……」 레쥐뇨프가 라피트[43]를 따라 주면서 바시스또프에게 물었다. 「루진이 어디 있는지는 모르나요?」

43 프랑스 남부에서 생산되는 붉은 포도주의 일종이다.

「지금은 모릅니다. 지난겨울에 잠시 모스끄바에 왔다가 그 후 어떤 가족과 함께 심비르스끄로 떠났습니다. 우리는 얼마 동안 편지를 주고받았죠. 마지막 편지에서 그는 심비르스끄를 떠난다고 알려 왔는데, 어디로 간다는 말은 없었습니다. 그 뒤로 그에 대한 소식을 전혀 듣지 못했습니다.」

「그자는 사라지지 않을 거요!」 삐가소프가 말을 받았다. 「어딘가에서 자리를 잡고 앉아 설교를 하고 있겠지. 그 사람은 입을 쩍 벌리고 자기 말을 들어 주고 돈까지도 빌려 줄 서너 명의 숭배자들을 항상 찾아낼 테니까. 두고 보시오. 그는 짜료보꼬끄샤이스끄나 추흘로마[44] 같은 데서 가발을 쓴 아주 늙은 처녀의 두 손에 안겨서 죽을 겁니다. 그 노파는 그를 세계에서 제일가는 천재라고 생각할 거고……」

「그를 너무 신랄하게 평가하시는군요.」 바시스또프가 나직한 목소리로 말했다.

「전혀 신랄하지 않소!」 삐가소프가 대꾸했다. 「그야말로 공정한 평가요. 내 생각에, 그는 그저 아첨꾼에 지나지 않아요. 잊어버리고 당신에게 말을 못 했는데……」 그는 레쥐뇨프를 돌아보면서 말을 이었다. 「나는 루진과 함께 외국에 갔다 온 쩨를라호프라는 사람을 알게 되었습니다. 정말입니다! 정말이에요! 그 사람이 루진에 대해 무슨 말을 했는지 당신은 상상도 못 할 겁니다. 정말 우습기 짝이 없지요. 루진의 친구들과 추종자들은 모두 시간이 흐르면 그의 적이 된다

---

44 짜료보꼬끄샤이스끄는 러시아 마리 자치 공화국의 수도이고, 추흘로마는 코스트로마주의 도시이다.

는 것은 주목할 만합니다.」

　「저는 그런 친구들에게서 빼주기 바랍니다.」 바시스또프가 열을 내며 그의 말을 가로챘다.

　「글쎄, 당신은 문제가 다르지요! 당신을 두고 한 말이 아니오.」

　「쩨를라호프가 뭐라고 말했나요?」 알렉산드라 빠블로브나가 물었다.

　「많은 얘기를 했는데 다 기억할 수야 없지요. 그러나 그 중 최고는 루진에게 있었던 이런 일화입니다. 끊임없이 발전을 하다가 — 그런 신사들은 항상 발전합니다. 예컨대 다른 사람들은 단순히 잠을 자거나 먹지만, 그들은 수면이나 식사의 순간에도 발전이 있습니다. 그렇지 않습니까, 바시스또프씨? (바시스또프는 아무 대답도 하지 않았다) — 이렇게 항상 발전하다가 루진은 철학적 고찰을 통해 사랑에 빠져 봐야겠다는 결론에 도달했지요. 그는 이 놀랄 만한 결론에 어울릴 대상을 찾기 시작했습니다. 행운의 여신이 그에게 미소를 지었고, 그는 여성용 모자를 전문으로 만드는 아주 아름다운 프랑스 여자와 사귀게 되었습니다. 라인 강변의 어떤 독일 도시에서 말이죠. 그는 이 여자의 집에 드나들면서 여러 가지 책을 가져다주었고, 자연과 헤겔에 대해 얘기하기 시작했습니다. 그 프랑스 여자의 입장을 상상해 볼 수 있겠습니까? 그녀는 그를 천문학자로 생각했지요. 그러나 아시다시피, 그는 꽤 괜찮은 남자죠. 그녀는 외국에 살고 있는 러시아인인 그가 맘에 들었습니다. 마침내 그는 밀회를, 그것도 아주 시적인 밀회를 제안했습니다. 강에서 곤돌라를 타는 거였죠. 프랑스 여자도 동의해 멋지게 옷을 차려입고는 그와 함께 곤돌라를 탔습니다. 이렇게 그들은 두 시간쯤 곤돌라를 탔지요. 이 두 시간 동안 줄곧 그가 무엇을 했다고 생각하십니까? 그는 프랑스 여자의 머리를 쓰다듬는가 하면 생각에 잠겨 하늘을 쳐다보면서 뜬금없이 아버지로서의 정을 느낀다고 몇 번이나 되뇌었다는 겁니다. 프랑스 여자는 격분해서 집으로 돌아왔고, 그 후 모든 것을 쩨를라호프에게 얘기했지요. 그는 바로 이런 사람입니다!」

이렇게 말하고 삐가소프는 웃음을 터뜨렸다.

「당신은 늙은 냉소주의자군요!」 알렉산드라 빠블로브나가 화를 내며 말했다. 「그런 이야기를 들을수록 점점 더 확신하게 되는 것은 루진을 욕하는 사람들조차도 그에 대해 아무런 나쁜 얘기를 할 수 없다는 거예요.」

「아무런 나쁜 얘기를 할 수 없다고요? 당치 않아요! 그는 항상 남의 돈으로 살고, 빚도……, 미하일로 미하일리치? 아마 당신한테서도 돈을 빌렸지요?」

「잠깐만요, 아프리깐 세묘니치!」 레쥐뇨프가 진지한 표정을 띠고 말하기 시작했다. 「들어 보세요. 저는 최근에 루진에게 특별한 호의를 느끼지 않습니다. 심지어 자주 그를 비난하기까지 했다는 것을 당신도 알고 제 아내도 알고 있습니다. 그럼에도 불구하고(레쥐뇨프는 잔마다 샴페인을 따랐다) 이렇게 제안합니다. 우리는 금방 우리의 친애하는 동생과 그의 신부의 건강을 위해 마셨습니다. 이제 저는 드미뜨리 루진의 건강을 위해 마시자고 제안합니다!」

알렉산드라 빠블로브나와 뻬가소프는 놀라서 레쥐뇨프를 바라보았고, 바시스또프는 기쁜 나머지 얼굴을 붉히고 온몸을 떨며 눈을 크게 떴다.

「저는 그를 잘 압니다.」 레쥐뇨프가 말을 이었다. 「그의 결점도 잘 알고 있습니다. 그가 소인이 아니기 때문에 그의 결점이 더 잘 드러나죠.」

「루진은 천재적인 사람입니다!」 바시스또프가 말을 받았다.

「물론 그에게는 천재성이 있습니다.」 레쥐뇨프가 대꾸했다. 「그러나 성격이…… 그의 모든 불행은 정말이지 강단이 없기 때문입니다. 그러나 문제는 여기에 있는 게 아닙니다. 저는 그에게 좀처럼 보기 드문 좋은 점이 있다는 걸 말하고 싶습니다. 그에게는 열의가 있지요. 이것은 우리 시대에 가장 고귀한 자질입니다. 저처럼 냉정한 사람이 말하는 거니까 믿어 주세요. 우리 모두는 지나치게 조심스럽고 무심하고 기력이 없습니다. 우리는 잠들었고 얼어붙었습니다. 그러니 한순간이라도 우리를 뒤흔들어 주고 따스하게 덥혀 주는 사람에게 고마워해야 합니다! 때가 되었어요! 생각나요, 사샤? 언젠가 당신하고 그 사람 얘기를 하다가 내가 그를 냉담한 사람이라고 비난한 적이 있었지요. 그때 나는 옳기도 하고 틀리기도 했소. 그의 냉담함은 머릿속이 아니라 타고난 것이니 그의 잘못이 아니오. 그때 내가 말한 것처럼 그는 연기를 하는 것도 아니고 사기꾼이나 협잡꾼도 아닙니다. 그가 남의 돈으로 살아가는 것도 약삭빠르고 수단이 좋아서가 아니라 어린애 같아서죠……. 그래요, 정말로 그는 가난과 빈궁 속에서 처참하게 죽을지도 몰라요. 그러나 그렇다고 그에게 돌을 던져야만 할까요? 그는 바로 강단과 열정이 없기 때문에 아무것도 하지 못할 겁니다. 그러나 그가 지금까지 이익을 가져오지 못했다거나 앞으로도 그럴 수 없을 거라고 그 누가 말할 수 있을까요? 그와는 달리 나면서부터 활동력과 자기 계획을 실행할 능력을 가진 젊은이들의 마음속에 그의 말이 좋은 씨앗이 되지 않았다고 그 누가 말할 수 있습니까? 그래요, 제 자신이, 제가 맨 먼저 이 모든 것을 체험했습니다……. 사샤는 젊은 날의 저에게 루진이 어떤 존재였는지 압니다. 또한 저는 루진의 말이 사람들에게 영향을 줄 수 없다고 단언했는데 그때는 지금의 내 나이 정도의 사람들, 이미 살아오면서 생활에 시달린 사람들에 대해 말했던 겁니다. 말 속에 틀린 구석이 하나라도 있으면, 우리 같은 사람들에겐 그 말의 화음이 다 깨져 들립니다. 그러나 다행히도 젊은이의 청각은 틀린 화음을 발견할 만큼 아직 그렇게 발달되지 않았고, 그렇게 나빠지지도 않았어요. 만일 젊은이가 듣고 있는 말의 본질만 훌륭하다 싶으면 그들에게 더 이상 어조 같은 것은 문제가 안 됩니다! 젊은이는 자기 마음속에서 어조를 발견하니까요.」

「브라보! 브라보!」 바시스또프가 외쳤다. 「정말로 공정한 말입니다! 루진의 영향에 대해 말하자면, 맹세컨대, 그는 사람을 흔들어 놓을 뿐만 아니라 움직이게 하고 멈추지 않게 했습니다. 그는 사람을 송두리째 뒤집어 놓고 사람의 마음에 불을 질렀습니다!」

「제 말을 듣고 계십니까?」레쥐뇨프가 삐가소프를 돌아보면서 말을 이었다. 「당신에게 어떤 증거가 더 필요하죠? 당신은 철학을 공격하고, 철학에 대해 말하면서 아주 경멸적인 말들을 찾아내려고 애쓰십니다. 저 자신도 철학을 그다지 좋아하지 않고 잘 모릅니다. 그러나 우리의 불행이 철학 때문은 아닙니다! 러시아인은 철학적인 복잡한 담론과 헛소리에 결코 익숙해지지 않을 겁니다. 너무 상식적이기 때문이죠. 그러나 철학이라는 이름 아래 진리와 의식을 향한 모든 지향을 공격해서는 안 됩니다. 루진의 불행은 그가 러시아를 모른다는 데 있고, 이것은 정말로 큰 불행입니다. 러시아는 우리들 중 누가 없어도 별일 없겠지만, 우리들 중 그 누구도 러시아 없이는 살아갈 수 없습니다. 러시아 없이 살아갈 수 있다고 생각하는 사람은 불행하고, 실제로 러시아 없이 살아가는 사람은 두 배로 불행합니다! 세계주의란 헛된 수작이고, 세계주의자란 무가치한 것입니다, 아니 무가치한 것보다 더 나쁩니다. 민중성을 떠나서는 예술도, 진리도, 생활도, 아무것도 없습니다. 얼굴 표정이 없으면 이상적인 얼굴은커녕 오직 저속한 얼굴만이 있을 뿐인 것처럼 말이죠. 그러나 다시 말하지만, 이것은 루진의 죄가 아닙니다. 이것은 그의 운명입니다. 괴롭고 쓰디쓴 운명이지요. 그 운명 때문에 그를 비난하지는 않을 겁니다. 왜 이 나라에 루진 같은 사람들이 출현하는지 분석하려고 한다면 말이 아주 길어질 겁니다. 그러나 그에게 좋은 점이 있는 것에 대해 고마워합시다. 이것이 그를 불공평하게 대하는 것보다 더 쉬울 겁니다. 우리는 그에게 불공평했습니다. 그를 벌하는 것은 우리의 일이 아니고, 그럴 필요도 없습니다. 그 자신이 자기가 받아야 할 벌보다 더 가혹하게 스스로를 벌했으니까요……. 제발 불행이 그에게서 모든 나쁜 것들을 몰아내고 그 안에 훌륭한 것만을 남겨 주기를 바랄 뿐입니다! 루진의 건강을 위해 마십시다! 저의 가장 좋았던 시절의 동료들의 건강을 위해, 청춘을 위해, 청춘의 희망과 갈망을 위해, 청춘의 고지식함과 정직성을 위해, 스무 살 때 우리들의 심장을 뛰게 했던 모든 것, 인생에서 이보다 더 좋은 것을 알지 못했고, 또 알지 못할 모든 것을 위해 마십시다……. 황금시대여, 난 너를 위해 마시노라, 자, 루진의 건강을 위해 마십시다!」

모두 레쥐뇨프와 잔을 부딪쳤다. 바시스또프는 열광해서 하마터면 잔을 깰 뻔했다. 그는 단번에 잔을 비웠고, 알렉산드라 빠블로브나는 레쥐뇨프의 손을 꼭 쥐었다.

「미하일로 미하일리치, 난 당신이 이렇게 훌륭한 웅변가라곤 상상도 못 했습니다.」 삐가소프가 말했다. 「정말이지 루진 씨보다 못하지 않아요. 나 같은 사람도 감동했으니 말입니다.」

「전혀 그렇지 않습니다.」 레쥐뇨프는 다소 언짢아하며 대꾸했다. 「그리고 당신을 감동시키기란 거의 불가능하다고 생각하는데요. 어쨌든 루진에 대해선 충분히 말했으니, 이제 다른 얘기를 합시다. 그런데…… 이름이 뭐였더라?…… 아, 빤달레프스끼는 여전히 다리야 미하일로브나의 집에서 살고 있나요?」 레쥐뇨프는 바시스또프를 바라보며 덧붙여 말했다.

「물론입니다. 여전히 그 집에서 살고 있습니다. 게다가 다리야 미하일로브나는 그에게 아주 좋은 일자리까지 마련해 주었습니다.」

레쥐뇨프는 쓴웃음을 지었다.

「그자는 굶어 죽지는 않을 거야. 내 장담하지.」

저녁 식사가 끝났고, 손님들도 뿔뿔이 흩어졌다. 남편과 단 둘이 남게 되자 알렉산드라 빠블로브나가 미소를 띠고 그의 얼굴을 바라보았다.

「오늘 당신 너무 훌륭했어요, 미샤!」 레쥐뇨프의 이마를 한 손으로 쓰다듬으면서 그녀가 말했다. 「당신은 아주 지혜롭고 고결하게 말했어요! 그러나 그거 아세요? 당신이 전에 루진을 열심히 비난했던 것처럼 오늘은 그 반대로 열심히 편들었어요…….」

「쓰러진 사람을 때리지 말라고 하잖소……. 그때는 그가 당신을 현혹할까 봐 두려웠지.」

「아뇨.」 알렉산드라 빠블로브나는 순진하게 대답했다. 「그 사람은 언제나 너무 유식해서 그 앞에서 무슨 말을 해야 할지 몰랐어요. 그런데 삐가소프는 오늘 너무 독살스럽게 그를 조롱하지 않았나요?」

「삐가소프가?」 레쥐뇨프가 말을 이었다. 「내가 그렇게 열렬히 루진 편을 든 것은 삐가소프가 그 자리에 있었기 때문이오. 감히 루진을 아첨꾼이라고 부르다니! 내 생각엔 삐가소프가 백배는 더 나쁘오. 자립할 만한 재산을 갖고 있는 그는 누구나 다 조롱하지만, 유명 인사들과 부자들에겐 얼마나 아부하는지! 그렇게 분개하면서 모든 것과 모든 사람들을 욕하고, 철학을 공격하고, 여자들을 공격하는 바로 그 삐가 소프가 관청에서 근무할 때 뇌물을 받았다는 걸 당신은 아오? 그것도 얼마나 많이 받았다고! 이건 정말 사실이오!」

「정말이에요?」 알렉산드라 빠블로브느가 외쳤다. 「그랬으리라곤 전혀 짐작도 못했어요!…… 저, 미샤.」 그녀는 잠시 침묵했다가 덧붙여 말했다. 「내가 뭘 물어보려는지 알아요?」

「무얼?」

「당신은 어떻게 생각해요? 동생이 나딸리야하고 행복할까요?」

「뭐라고 말해야 할까……, 그럴 가능성이 충분히 있지……. 그러나 나딸리야가 주도권을 잡을 거야. 우리 사이에 숨길 게 뭐 있겠소. 그녀가 동생보다 더 똑똑한 건 사실이잖소. 그러나 볼린쩨프는 훌륭한 남자고, 그녀를 진심으로 사랑하고 있어요. 그러니 뭐가 더 필요하겠소? 우리도 서로 사랑하니까 행복하잖아, 그렇지 않소?」

알렉산드라 빠블로브나는 미소를 짓고 미하일로 미하일리치의 손을 꼭 쥐었다.

····

이 모든 일이 알렉산드라 빠블로브나의 집에서 일어난 날, 가장 더운 한낮의 멀리 떨어진 한 지방에서 그 지역 농민의 말 세 필이 끄는, 거적을 덮은 초라한 마차가 큰 길을 따라 굴러가고 있었다. 마부석에는 구멍이 숭숭 뚫린 농민용 외투에 머리칼이 하얀 농군이 말의 배에 댄 가름대를 두 발로 비스듬히 디디고 앉아서 쉴 새 없이 노끈으로 꼰 고삐를 잡아당기며 채찍을 휘둘러 댔다. 이 마차 안에는 챙 모자에 먼지 투성이의 낡은 비옷을 입은 키 큰 사람이 앉아 있었다. 바로 루진이었다. 그는 챙이 눈을 가릴 정도로 모자를 푹 눌러쓴 채 고개를 숙이고 앉아 있었다. 마차가 덜컹거릴 때마다 졸고 있기라도 한 듯 그의 몸이 좌우로 몹시 흔들렸다. 마침내 그가 몸을 폈다.

「도대체 우린 언제 역참에 도착하는가?」 그가 마부석에 앉아 있는 농군에게 물었다.

「곧 도착해유, 나리.」 이렇게 말하고 농군은 고삐를 더 강하게 잡아당겼다. 「저 언덕 위에 올라서면 5리 정도밖에 안 남지유. 에이, 이놈의 말이 왜 이려! 매운맛을 보여 주마.」 그는 오른쪽 곁마에 채찍질을 하며 가느다란 목소리로 덧붙여 말했다.

「자넨 말을 잘 몰지 못하는 것 같군.」 루진이 말했다. 「이른 아침부터 마차를 타고 왔는데 아직도 역참에 도착할 수가 없으니. 무슨 노래라도 불러 보게.」

「어쩔 수 없슈, 나리! 보시다시피 말들은 기진맥진하고⋯⋯ 다시 날씨는 찌고. 우린 노래를 못 해유. 역마차 마부가 아니라서⋯⋯. 야, 이 멍청한 놈아!」 농군은 갑자기 갈색 외투에다 떨어진 짚신을 신고 길을 가는 사람을 향해 소리 질렀다.

「옆으로 비켜, 이 멍청아!」

「뭐라고? 이 마부 녀석!」 이렇게 마부 등에 대고 투덜거리면서 길을 가던 사람이 걸음을 멈추었다. 「모스끄바의 개뼈다귀 같으니!」 그는 비난 어린 목소리로 덧붙이고는 머리를 획 흔들더니 발을 절룩거리며 다시 걷기 시작했다.

「어느 쪽으로 가는 거여!」 농군은 가운데 말을 잡아당기며 띄엄띄엄 뇌까렸다. 「아, 요 능청맞은 놈! 정말로 능청맞은 놈이여…….」

마침내 지친 말들은 이럭저럭 역참에 도착했다. 루진은 마차에서 내려서 농군에게 마차 삯을 주고 — 농군은 고개 숙여 인사하지도 않고 오랫동안 손바닥 위에서 돈을 세었다. 술값이 적었던 것이다 — 직접 여행 가방을 들고 역참으로 들어갔다.

한평생 러시아를 두루 여행한 나의 한 지인이 말하길, 만약 역참의 방 벽에 「캅카스의 포로」[45]의 장면이나 러시아 장군들을 그린 그림들이 걸려 있으면 말들을 빨리 구할 수 있지만, 만약 그림들 속에 유명한 노름꾼 조르주 드 제르마니[46]의 생애가 그려져 있으면 여행자는 빨리 떠날 생각을 버려야한다고 했다. 여행자는 이 노름꾼의 젊은 날의 모습과 — 이마 위로 높이 빗어 올린 앞머리, 풀어 헤친 하얀 조끼, 아주 좁고 짧은 바지를 입고 있었다 — 동시에 가파른 지붕의 오

45 1822년에 발표된 뿌쉬낀의 낭만주의적 서사시.
46 1830년대에 러시아에서 유행했던 프랑스 멜로드라마 「30년, 혹은 노름꾼의 생애」(1827)의 주인공.

두막에서 의자를 높이 들고 자기 아들을 쳐 죽이려는 극도로 흥분한 늙은 노름꾼의 모습을 찬찬히 바라볼 수 있다. 루진이 들어간 방에는 「30년, 혹은 노름꾼의 생애」를 그린 그림들이 걸려 있었다. 그의 외침 소리를 듣고 아직 잠이 덜 깬 역참지기가 나타났다 ── 말이 났으니 하는 말인데, 잠에 취하지 않은 역참지기를 그 누가 보았겠는가 ── 그는 루진의 질문은 듣지도 않고 말들이 없다고 맥없는 목소리로 말했다.

「말이 없다니 그게 무슨 말이오?」 루진이 말했다. 「내가 어디로 가는지도 모르지 않소. 나는 이곳 농군의 말을 타고 여기로 왔소.」

「어디로 가든 우리한테는 말이 없습니다.」 역참지기가 말했다. 「그런데 어디로 가십니까?」

「○○○스끄로 가오.」

「어쨌든 말은 없습니다.」 이렇게 되뇌고 역참지기는 나가버렸다.

루진은 불쾌함을 느끼며 창가로 다가가서는 챙 모자를 탁상 위로 내던졌다. 루진은 별로 변하지 않았다. 그러나 최근 2년 동안 안색이 누레졌다. 고수머리는 군데군데 은빛으로 반짝이기 시작했고, 두 눈은 여전히 아름다웠지만 좀 흐릿해진 것 같았다. 괴롭고 불안한 감정의 흔적인 잔주름도 입술 언저리와 뺨 그리고 관자놀이에 잡혀 있었다.

그가 입고 있는 옷은 해지고 낡은 것이었다. 흰색 리넨 셔츠 같은 것은 보이지 않았다. 그의 꽃피는 시기는 지난 것 같았다. 정원사들의 말을 빌면, 꽃이 시들어 한물간 시기로 들어선 것이다.

그는 벽에 붙은 글을 읽기 시작했다……. 따분한 여행자들이 흔히 하는 심심풀이였다……. 갑자기 문이 삐걱거리더니 역참지기가 들어왔다.

「○○○스끄로 가는 말은 없습니다. 오래 기다려야 할 겁니다.」 그는 이어서 말했다. 「그러나 ×××오프로 되돌아가는 말은 있습니다.」

「×××오프라고?」 루진이 말했다. 「아니 무슨 말이오! 그건 전혀 다른 길이오. 나는 뻰자 쪽으로 가는데, ×××오프는 땀보프로 가는 길에 있지 않소?」

「어쩌겠습니까? 그럼 땀보프에서 돌아갈 수도 있고, 그렇지 않으면 ×××오프로 가는 길에 샛길로 빠질 수도 있고요.」

루진은 잠시 생각해 보았다.

「그럼, 그렇게 하지.」 마침내 루진이 말했다. 「말들을 마차에 매라고 이르시오. 어차피 매한가지오. 땀보프로 가겠소.」

곧 말들이 준비되었다. 루진은 가방을 들고 나와서 짐마차에 올라앉아 전처럼 고개를 푹 수그렸다. 그의 구부정한 모습에는 의지할 데 없고 슬프고 유순한 그 뭔가가 어려 있었다……. 삼두마차는 띄엄띄엄 워낭 소리를 울리며 천천히 달리기 시작했다.

에필로그

　몇 년이 더 지났다.

　쌀쌀한 가을날이었다. 도청 소재지 S 시의 일급 호텔 현관 계단에 여행용 마차가 도착했다. 많지 않은 나이의 흔히 듬직하다고들 말하는 뚱뚱한 몸집의 한 신사가 가볍게 기지개를 켜고는 이따금 끙끙대면서 마차에서 내렸다. 그는 계단을 따라 2층으로 올라가서 넓은 복도의 입구에 멈춰 섰다. 자기 앞에 아무도 나타나지 않자 큰 목소리로 방을 달라고 했다. 어디선가 문이 부딪히는 소리가 나더니 낮은 병풍 뒤에서 키가 큰 종업원이 튀어나와 어스름한 복도에서 번들거리는 등과 접어 올린 소매를 어른거리며 재빠른 종종걸음으로 앞장서서 방을 안내했다. 방에 들어서자 신사는 즉시 외투와 목도리를 벗어 던지고 소파에 앉더니 두 주먹으로 무릎을 짚고 마치 잠에 취한 듯이 주위를 둘러보고는 자기가 데려온 하인을 불러 달라고 일렀다. 종업원은 깍듯이 인사를 하고 사라졌다. 그는 레쥐뇨프였다. 징병 문제로 시골에서 S 시로 나온 것이다.

레쥐뇨프의 하인이 방 안으로 들어왔다. 고수머리에 뺨이 붉은 젊은이로 회색 외투에 하늘빛 허리띠를 매고 부드러운 방한화를 신고 있었다.

「그래, 겨우 도착했군!」 레쥐뇨프가 말했다. 「넌 마차 바퀴의 타이어가 벗겨진다고 내내 걱정했지.」

「도착했습니다!」 높이 세운 외투 깃 사이로 미소를 지으려고 애쓰면서 하인이 대답했다. 「어째서 그 타이어가 벗겨지지 않았는지…….」

「여기 아무도 없소?」 이때 복도에서 누군가의 목소리가 울렸다.

레쥐뇨프는 흠칫 몸을 떨고 바싹 귀를 기울였다.

「어이, 거기 누구 없소?」 같은 목소리가 다시 울렸다.

레쥐뇨프는 자리에서 일어나 문가로 다가가서 재빨리 문을 열었다.

그의 눈앞에 거의 머리가 하얗게 세고 등이 구부정한 키 큰 남자가 청동 단추가 달린 비로드 프록코트를 입고 서 있었다. 레쥐뇨프는 그를 즉시 알아보았다.

「루진!」 레쥐뇨프가 흥분하여 외쳤다.

루진이 돌아섰다. 그는 빛을 등지고 서 있는 레쥐뇨프의 얼굴을 알아보지 못하고, 의아스러운 눈으로 바라볼 뿐이었다.

「날 모르겠소?」 레쥐뇨프가 말문을 열었다.

「미하일로 미하일리치!」 루진이 소리치고 한 손을 내밀었으나 곧 당황하며 손을 거두려고 했다.

그러나 레쥐뇨프가 두 손으로 급히 그의 손을 잡았다.

「들어오시오. 이리로 들어오시오!」 이렇게 말하고 그는 루진을 방으로 끌어들였다.

「정말 몰라보게 변했군요!」 레쥐뇨프는 잠시 침묵했다가 저도 모르게 목소리를 낮추고 말했다.

「예, 그렇게들 말합니다!」 방 안을 이리저리 둘러보며 루진이 대답했다. 「나이가 있으니까……. 그런데 당신은 변하지 않았군요. 알렉산드라……, 당신 부인은 안녕하십니까?」

「덕분에 잘 있습니다. 어찌 여기에 왔습니까?」

「얘기하자면 깁니다. 사실, 우연히 오게 되었소. 한 친구를 찾아가는 중입니다. 아무튼 아주 반갑습니다…….」

「어디에서 식사합니까?」

「나요? 글쎄요. 아무 음식점에서나 하지요. 오늘 중으로 여기를 떠나야 합니다.」

「떠나야 한다고요?」

「그렇습니다. 떠나야 해요. 내 시골 영지로 가서 살게 되었지요.」

「같이 식사나 합시다.」

루진은 처음으로 레쥐뇨프를 똑바로 보았다.

「같이 식사하자고 청하는 겁니까?」 루진이 말했다.

「그렇소, 루진. 옛날처럼, 친구처럼, 좋지요? 당신을 만나리라고 생각도 못했어요. 우리가 언제 다시 만날지 아무도 모르는데, 이렇게 그냥 헤어질 수는 없소!」

「좋습니다. 그렇게 합시다.」

레쥐뇨프는 루진의 한 손을 꼭 쥐고는 종업원을 불러서

식사를 주문하고 샴페인 한 병을 얼음에 재어 놓으라고 일 렀다.

…

식사를 하는 동안 레쥐뇨프와 루진은 마치 약속이라도 한 듯이 대학 시절에 대해서만 얘기했다. 둘은 그때에 있었던 많 은 일들과 많은 사람들, 즉 산 사람들과 죽은 사람들을 회상 했다. 처음에 루진은 별로 내키지 않은 듯한 말투였으나 포 도주 몇 잔을 마시더니 피가 끓어오르기 시작했다. 마침내 종업원이 마지막 접시를 내갔다. 레쥐뇨프는 자리에서 일어 나서 문을 잠그고 식탁으로 돌아와 바로 루진의 맞은편에 앉더니 두 손으로 가볍게 턱을 괴었다.

「그럼 이제……」 레쥐뇨프가 말문을 열었다. 「우리가 마지 막으로 본 이후 당신에게 무슨 일이 있었는지 모두 말해 주 시오.」

루진은 레쥐뇨프를 바라보았다.

〈아! 정말 몰라보게 변했어, 불쌍한 사람!〉 레쥐뇨프는 다 시 속으로 생각했다.

루진의 얼굴 모습은 별로 변하지 않았다. 비록 다가오는 노년의 흔적이 이미 얼굴에 나타나 있었지만, 역참에서 이후 로는 거의 변한 데가 없었다. 그러나 얼굴 표정은 달랐다. 시 선도 달라졌다. 그의 몸 전체에서도, 굼뜨고 무질서하며 돌 발적인 그의 동작에서도, 싸늘하고 지친 말투에서도 피로감 과 함께 은근하고 고요한 슬픔이 엿보였다. 그 슬픔은 대체로 고지식한 자부심과 희망에 넘치는 청년들처럼 멋 부리듯 자랑하곤 했던, 반쯤은 가장되었던 슬픔과는 전혀 다른 것이 었다.

「내게 있었던 일을 모두 얘기하란 말이오?」 루진은 말문을 열었다. 「다 얘기할 수는 없고, 그럴 만한 가치도 없습니다……. 나는 숱한 고생을 했지요. 몸으로만 방랑한 것이 아니라 정신적으로도 방랑했습니다. 아! 나는 정말로 많은 일과 사람들에게 환멸을 느꼈지요. 또 많은 사람들과 사귀었지요! 그래요, 정말 많은 사람들과 사귀었습니다!」 레쥐뇨프가 동정 어린 눈길로 자기 얼굴을 바라보는 것을 느끼면서 루진이 되뇌었다. 「내가 하는 말이 스스로 역겨웠던 적이 한두 번이 아닙니다. 내 입에서 나올 때는 말할 것도 없고 나와 의견이 같은 사람들이 그 말을 되풀이해 말할 때도 말입니다! 나는 자주 어린아이처럼 쉽게 흥분하고 조급해졌다가 채찍을 맞아도 꼬리를 흔들지 않는 말처럼 감정이 둔하고 무뎌지곤 했습니다……. 또 수없이 기뻐했다가, 희망을 가졌다가, 적의를 품었다가, 괜히 자신을 비하하기도 했지요! 또 수없이 매처럼 날아올랐다가 껍질이 짓밟힌 달팽이처럼 기어서 돌아왔습니다!…… 내가 가보지 않은 곳이 없고 다니지 않은 길이 거의 없습니다!…… 그 길은 대개 진흙 길이었지요.」 루진은 살짝 얼굴을 옆으로 돌리고 덧붙여 말했다. 「당신이 아시다시피 ─」 그는 말을 이었다.

「잠깐만.」 레쥐뇨프가 그의 말을 끊었다. 「우리는 옛날에 서로 〈너나들이〉하지 않았나……. 그때로 돌아가지 않겠나?

〈너나들이〉를 위해 마시세!」

루진은 흠칫 몸을 떨고 어정쩡하게 일어섰다. 그의 눈에서 말로 표현할 수 없는 뭔가가 번득였다.

「마시게.」 그가 말했다. 「고맙네, 친구, 마시세.」

레쥐뇨프와 루진은 잔을 비웠다.

「자네는 아나.」 〈자네〉라는 말에 힘을 주고 미소를 띠며 루진이 다시 말하기 시작했다. 「내 속에는 어떤 벌레가 들어 앉아서 날 갉아먹으면서 끝내 편안하게 내버려 두지 않아. 그놈은 날 사람들에게 밀어붙이지. 사람들은 처음엔 내 영향을 받다가 다음에는…….」

루진은 한 손을 허공에 내저었다.

「당신하고…… 자네하고 헤어진 후로 나는 많은 것을 경험 하고 맛보았네……. 살기 시작하면서 나는 스무 번쯤 새로운 것을 시도했지만, 이 모양 이 꼴이야!」

「자네에겐 인내심이 없었어.」 마치 혼잣말을 하듯이 레쥐 뇨프가 말했다.

「자네 말처럼 내겐 인내심이 없었네!…… 나는 아무것도 만들어 낼 수가 없었어. 이보게, 발밑에 땅이 없으니 스스로 기반을 구축해야만 했는데, 뭘 만들어 낼 수가 있겠는가! 나 의 모든 편력을, 솔직히 말해 나의 모든 실패를 자네에게 말 하진 않겠네. 두세 가지만 말해 주지……. 내 인생에서 성공 의 신이 미소를 지었던 것처럼 보인 경우, 아니 내가 성공을 기대하기 시작했던 경우 말이야. 이것은 완전히 같은 건 아 니지…….」

루진은 옛날에 검고 숱이 많은 고수머리를 쓸어 넘겼던 것처럼 똑같은 손놀림으로 숱이 적어진 백발을 쓸어 넘겼다.

「그럼, 들어 보게.」 루진은 말하기 시작했다. 「나는 모스끄바에서 아주 이상한 사람과 사귀었네. 그는 굉장한 부자여서 드넓은 영지를 가지고 있었어. 그는 일을 할 필요도 없었지. 그의 주요하고 유일한 열정은 학문, 학문 일반에 대한 사랑이었지. 지금까지도 어떻게 그런 열정이 그에게 생겨났는지 알 수 없네! 그런 열정은 암소에게 말안장을 얹어 놓은 것처럼 그에게 어울리지 않았지. 그 자신은 교양이나 학식에 뒤지지 않으려고 열심히 애를 썼지만, 대체로 말을 할 줄 몰라서 그저 의미심장하게 눈만 굴렸고 의미 있게 고개만 끄덕였지. 친구, 난 그보다 재간이나 재능이 없는 사람을 만난 적이 없네……. 스몰렌스끄 현에 그 사람하고 비교할 만한 장소가 있어. 그곳은 모래밭뿐이고 그 밖에 아무것도 없지. 군데군데 풀이 있지만 어떤 가축도 먹으려고 하지 않지. 그는 무슨 일을 해도 잘되지 않았고, 모든 일이 다 틀어져 버렸어. 그는 쉬운 일을 모두 어렵게 만드는 기인이었네. 만약 그의 지시를 따랐다면 그의 하인들은 정말이지 발뒤꿈치로 밥을 먹어야 했을 거야. 그는 지치지도 않고 일하고, 쓰고, 읽어 댔고, 고집스러운 집요함과 무서운 인내심으로 학문을 추구했지. 그의 자부심은 엄청났고, 강철 같은 성격의 소유자였네. 그는 혼자 살았는데 괴짜로 소문났었지. 나는 그 사람과 사귀었는데…… 그러니까, 내가 그의 마음에 들었지. 솔직히 말해, 나는 곧 그의 사람됨을 알게 되었지만, 그의 열성에는 감동했네. 게다가 그는 막대한 재산을 가지고 있어서 그를 통해 좋은 일을 하고 중요한 이익을 가져올 수가 있었네……. 나는 그의 집에서 살게 되었고, 마침내 그와 함께 그의 영지로 떠났지. 이보게, 나는 방대한 계획이 있었어. 여러 가지 개선이나 혁신을 꿈꾸었지…….」

「라순스까야 부인 집에서처럼 말이지, 기억나나?」 레쥐뇨프가 너그러운 미소를 띠며 말했다.

「천만에! 거기서는 내 말이 아무 결실도 맺지 못하리라는 것을 마음속으로 알고 있었어. 그러나 여기서는…… 여기서는 전혀 다른 활동 무대가 내 앞에 열려 있었네……. 나는 농학 서적을 가지고 갔지……. 끝까지 읽은 책은 한 권도 없지만……, 어쨌든 나는 일에 착수했네. 처음에는 예상한 대로 일이 잘되지 않았지만, 차츰 괜찮아졌어. 나의 새 친구는 항상 말없이 살피기만 했고 방해하지 않았네. 정확히 말해, 어느 정도까지는 날 방해하지 않았지. 그는 내 제안을 받아들이고 실행했지만, 속으로는 완강하고 고집스럽게 믿지 않으면서 언제나 자기 뜻대로 했어. 그는 자기의 모든 생각을 아주 소중히 여겼지. 무당벌레가 풀줄기 위로 기어오르듯이, 그는 간신히 생각 위로 기어올라가 그 위에 앉아서 마치 날개를 펼쳐서 날 준비만 하다가 갑자기 굴러떨어지고 다시 힘겹게 기어오르는 그런 사람이었네……. 이런 비유에 놀라지는 말게. 이건 그 당시부터 내 마음속에 떠올랐던 거니까. 그렇게 나는 2년여 동안 애를 썼지. 바쁘게 열심히 일했지만 일은 잘 진행되지 않았어. 나는 피로를 느끼기 시작했고, 그 친구도 내게 싫증을 냈지. 나는 그에게 독살스럽게 말했고, 그는 깃털 이불을 짓누르듯이 날 짓눌러 댔다. 그의 불신은 은근한 짜증으로 변하여 우리 둘 다 불쾌감에 휩싸이게 되었지. 마침내 우리는 이미 그 무엇에 대해서도 의논할 수가 없었어. 그는 은근히, 그러나 끊임없이 자기가 나의 영향을 받지 않는다는 것을 증명하려고 애썼지. 따라서 나의 지시는 왜곡되거나 완전히 취소되곤 했어……. 마침내 나는, 내가 그 지주의 집에서 그의 지적 훈련을 시키는 식객 노릇을 하고 있다는 것을 깨달았지. 괜히 시간과 힘을 허비하는 것이 서러웠졌고, 또 내 기대감에 속았다고 느끼는 것이 괴로웠네. 거기를 떠나면 내가 뭘 잃을지 나는 아주 잘 알았지. 그러나 나는 더 이상 스스로를 달랠 수가 없었네. 어느 날 그 친구의 가장 큰 약점이 드러나는 너무나 괴롭고 불쾌한 장면을 보고 나서 그와 결정적으로 절교하고 그곳을 떠났지. 독일 당밀시럽이 섞인 초원의 밀가루로 만들어진 그 유식한 지주를 버린 거네…….」

「즉 일용할 빵 조각을 버린 셈이군.」 이렇게 말하고 레쥐뇨프는 루진의 어깨에 두 손을 얹었다.

「그렇지, 다시 솜털처럼 가벼워지고 알몸이 되어 텅 빈 공간에 서게 되었어. 가고 싶은 곳으로 훨훨 날 수 있게 되었단 말이지……. 자, 마시세!」

「자네의 건강을 위해.」 이렇게 말하고 레쥐뇨프는 어정쩡하게 일어나 루진의 이마에 입을 맞추었다. 「자네의 건강을 위해, 그리고 뽀꼬르스끼를 추억하며…… 그도 역시 가난을 즐길 줄 알았지.」

「이것이 나의 편력의 제1막이네.」 잠시 후에 루진이 말문을 열었다. 「계속할까?」

「어서 계속하게.」

「에이! 더 말하고 싶지 않군. 이보게, 말하는 게 지치는군. 하지만 계속해 보겠네. 여러 곳을 더 헤매고 나서…… 말이 났으니 말인데, 내가 어떤 점잖은 고관의 비서가 될 뻔했다가 어떻게 틀어졌는지 자네에게 얘기할 수도 있지만, 그러면 말이 너무 길어질 테니……. 그렇게 여러 곳을 헤매고 나서 마침내 ― 제발 웃지 말게 ― 실무가, 말하자면 사업가가 되기로 결심했지. 그런 기회가 있었어. 어떤 사람과 사귀게 되었는데…… 아마, 자네도 그 사람에 대해 들었을 거야……. 꾸르베예프란 사람인데…… 들어 보지 못했나?」

「아니, 못 들었네. 그러나 루진, 자네같이 똑똑한 사람이, 자네는 ― 말장난해서 미안하네만 ― 실무적인 사람이 될 수 없다는 걸 몰랐단 말인가?」

「그야 알고 있지. 그렇다면 대체 내가 할 일이 무엇이란 말인가?…… 어쨌든 자네가 그 꾸르베예프를 보았더라면! 그를 속이 빈 수다쟁이라고 상상하지는 말게. 나도 한때는 웅변가라는 말을 들었지만, 그 사람 앞에서 나는 아무것도 아니야. 그는 놀랄 만큼 유식하고 박식했으며, 특히 공업과 상업 부문에서 창조적인 두뇌를 가지고 있었어. 그의 머릿속에서는 아주 과감하고 엉뚱한 계획들이 언제나 들끓고 있었지. 우리는 합심해서 공익사업에 우리의 힘을 사용하기로 결심했네…….」

「어떤 사업이었나?」

루진은 눈을 내리떴다.

「자네는 웃을 거야.」

「웃긴 왜 웃어! 아니, 웃지 않겠네.」

「우린 K 현의 한 강을 배가 다닐 수 있는 강으로 바꾸기로 했지.」 루진은 어색하게 미소를 지으며 말했다.

「그래! 그럼, 그 꾸르베예프는 자본가였나?」

「그 사람은 나보다 더 가난했네.」 이렇게 대답하고 루진은 희끗한 머리를 조용히 숙였다.

레쥐뇨프는 껄껄대며 웃기 시작하다가 갑자기 웃음을 그치고 루진의 한 손을 잡았다.

「용서하게, 친구. 미안해.」 레쥐뇨프가 말하기 시작했다. 「전혀 예상치 못했네. 그럼, 자네들의 계획은 그저 종잇장에 만 남았겠구먼?」

「그런 것도 아니야. 시작은 했지. 우리는 일꾼들을 고용했고…… 그러니까, 착수는 했어. 하지만 곧 여러 가지 장애가 생겼어. 첫째, 물방앗간 주인들이 우리를 전혀 이해하려고 하지 않았고, 게다가 우리는 기계 없이는 물을 처리할 수가 없었네. 그런데 기계를 살 돈이 부족했어. 6개월 동안 우리는 토굴집에서 생활했지. 꾸르베예프는 빵만 먹고 살았고, 나도 제대로 먹지 못했지. 그러나 후회하지는 않아. 그곳의 경치는 놀랄 만큼 아름다웠으니까. 우리는 온갖 노력을 다했고, 상인들을 설득하고 편지를 쓰고 회장(回章)을 돌렸네. 결국 내가 마지막 땡전까지 그 사업에 밀어 넣고 나서야 일은 끝나고 말았지.

「그래!」 레쥐뇨프가 말했다. 「내 생각에, 자네라면 마지막 땡전까지 밀어 넣기는 어렵지 않았겠군.」

「정말, 어렵지 않았지.」

루진은 창밖으로 시선을 던졌다.

「그러나 계획은 정말 나쁘지 않았고 큰 이익을 가져다줄 수도 있었어.」

「그 꾸르베예프는 어디로 갔나?」

「그 사람 말인가? 지금 시베리아에 있는데, 금광업자가 되었지. 두고 보게. 그는 큰 재산을 모을 거야. 망할 사람은 아니니까.」

「그럴지도 모르지. 그러나 자네는 아마 재산을 모으지 못할 거야.」

「나 말인가? 어쩌겠나? 하긴 나도 알고 있네. 자네가 보기에 나는 늘 속이 텅 빈 인간이었겠지.」

「자네가? 천만에!…… 한때 자네의 나쁜 면만 본 적도 있었지만, 지금은 나도 자네를 올바로 평가할 수 있게 되었어. 믿어 주게나. 자네는 재산을 모으지 못할 거야……. 그렇기 때문에 내가 자네를 좋아하는 게 아니겠나!」

루진은 슬쩍 쓴웃음을 지었다.

「정말인가?」

「그렇기 때문에 나는 자네를 존경하네!」 레쥐뇨프가 말했다. 「내 말을 알겠나?」

두 사람은 잠시 말이 없었다.

「그럼, 제3막으로 넘어가 볼까?」루진이 물었다.

「말해 주게나.」

「좋아, 3막이 마지막이야. 최근에야 이 3막에서 벗어났지. 그런데 얘기가 지루하진 않나?」

「어서, 얘기해.」

「그런데 말이야.」루진은 말문을 열었다. 「한번은 한가한 때에 생각해 보았네……. 언제나 한가했지만 말이야. 이런 생각을 해보았어. 나는 지식도 꽤나 있고 선한 일을 하고자 하는 열망도 있다……. 자네도 내게 선의가 있다는 것을 부인하지는 않겠지?」

「물론이지!」

「다른 모든 일에서 실패를 했지만…… 왜 내가 교육자, 아니 평범하게 말해 교사가 될 수 없는가……. 이렇게 헛되이 사는 것보다는…….」

루진은 말을 멈추고 한숨을 쉬었다.

「헛되이 사는 것보다 다른 사람들에게 내가 아는 것을 전하려고 애쓰는 것이 낫지 않을까. 아마도 그들은 나의 지식에서 최소한 어떤 이익이라도 얻을 것이다. 어쨌든 나의 능력이 평범치는 않고 말재간도 어느 정도 있으니까……. 그래서 나는 이 새로운 일에 헌신하기로 결심했지. 그러나 자리를 얻기가 어렵더군. 개인 교습은 하고 싶지 않았고, 초등학교에서는 내가 할 일이 없었네. 마침내 나는 이곳 중학교에서 교사 자리를 얻었지.」

「교사라니, 무슨 교사?」레쥐뇨프가 물었다.

「러시아 문학 교사였지. 자네에게 하는 말인데, 나는 여태 껏 이 일만큼 열심히 한 일이 없었네. 청년들에게 영향을 줄 수 있다는 생각으로 나는 고무되었지. 첫 강의안을 작성하는 데만 3주가 걸렸네.」

「그 강의안을 가지고 있나?」레쥐뇨프가 그의 말을 끊으며 물었다.

「아니, 어딘가에서 없어졌어. 그 강의안은 괜찮아서, 학생들 도 좋아했지. 지금도 내 강의를 들었던 학생들의 얼굴이 눈에 선해. 솔직한 관심과 동정, 심지어 놀라움이 깃든 착하고 젊 은 얼굴들이었네. 나는 교단에 올라가서 열렬하게 강의했지. 나는 그 강의가 한 시간 남짓 걸리리라 생각했는데, 20분 만 에 끝나 버렸네. 장학사도 그 자리에 앉아 있었지. 은테 안경 에 짧은 가발을 쓴 노인이었는데, 이따금 날 향해 머리를 끄 덕이곤 했어. 내가 강의를 끝내고 교단에서 내려왔을 때, 그 장학사가 내게 이렇게 말했지. 〈좋습니다. 단 수준이 좀 높고 약간 애매하며, 과목 자체에 대한 언급이 적었습니다.〉 그런 데 학생들은 존경 어린 눈으로 날 배웅해 주었어……. 정말이 야. 바로 이래서 젊은이들이 소중한 거야! 나는 두 번째 강의 안도 써 가지고 갔고, 세 번째 강의안도 써 가지고 갔어……. 그다음부터는 강의안 없이 즉석 강의를 하기 시작했지.」

「그래서 성과가 좋았나?」레쥐뇨프가 물었다.

「성과가 대단했지. 학생들이 내 강의를 들으려고 무리 지 어 몰려왔으니까. 나는 그들에게 내 영혼 속에 있는 모든 것을 전달했네. 그들 중에는 정말 뛰어난 소년이 서너 명 있었고, 나머지는 내 말을 잘 이해하지 못했어. 그러나 솔직히 말해서, 내 말을 이해했던 학생들도 이따금 엉뚱한 질문을 해서 날 당황케 했지만, 나는 낙담하지 않았네. 모두가 날 좋아했으니까. 나는 시험 때에 모두에게 만점을 주었지. 그런데 이때 나를 반대하는 음모가 시작되었네! 아니야! 음모는 없었어……. 그저 내가 남의 영역에 들어섰던 거지. 나는 다른 사람들을 압박했고, 나도 압박을 느꼈지. 대학생들에게도 늘 하기 힘든 강의를 중학생들에게 했으니까, 학생들도 내 강의에서 별로 얻는 것이 없었어. 나 자신도 강의 내용의 구체적 사실들을 잘 몰랐으니까. 게다가 나는 나에게 지정된 행동 반경에 만족하지 못했어……. 자네도 알지만, 이게 나의 약점이지. 나는 근본적인 개혁을 원했는데, 솔직히 말해서 그 개혁은 적절하고 쉬운 것이었네. 나는 선량하고 정직한 교장을 통해서 개혁을 하려고 했어. 처음에 나는 교장에게 영향력을 가지고 있었으니까. 그의 아내가 날 도와주었지. 나는 일생 동안 그런 여자를 별로 만나 본 적이 없네. 나이가 마흔 살쯤 되었는데 열다섯 살 소녀처럼 선을 믿고 온갖 아름다운 것을 사랑하고, 어느 누구 앞에서나 두려움 없이 자신의 신념을 솔직히 말했어. 그녀의 고상한 환희와 순결한 마음을 결코 잊을 수 없을 거야. 그녀의 권고에 따라 나는 계획안을 쓰려고 했지……. 그런데 이때 사람들이 날 함정에 빠뜨리고 그녀 앞에서 날 중상했어. 특히 날 해코지한 것은 작은 체구에 날카롭고 신경질적인 수학 선생이었는데, 삐가소프처럼 아무것도 믿지 않는 사람이었어. 그래도 뻬가소프보다는 훨씬 요령 있는 사람이었지. 그런데, 뻬가소프는 아직 살아 있나?」

「살아 있지. 소시민 여자와 결혼했는데, 마누라한테 얻어맞곤 한다더군.」

「자업자득이야! 참, 나딸리야 알렉세예브나는 잘 있나?」

「잘 있어.」

「행복한가?」

「행복하지.」

루진은 잠시 침묵했다.

「내가 무슨 얘기를 했지……. 그래! 수학 선생에 대해 얘기하고 있었지. 그는 날 증오했고 내 강의를 꽃불에 비교했으며, 그리 명확하지 않은 표현이 있을 때마다 즉시 말꼬리를 잡고 늘어졌어. 한번은 16세기의 어떤 기념비에 대한 언급에서 날 당혹스럽게까지 했지……. 그러나 중요한 것은 그가 나의 의도를 의심하기 시작했다는 거야. 그래서 나의 마지막 비눗방울은 바늘에 부딪히듯이 그자에 부딪혀 터지고 말았지. 그리고 처음부터 나와 사이가 틀어졌던 장학사는 교장을 부추겨 나를 반대하도록 했고, 마침내 소동이 벌어지고 말았네. 나도 양보하고 싶지 않아서 흥분했고, 사건은 상부에 보고되었지. 그래서 사직하지 않을 수 없었어. 나는 그렇게 끝낼 수가 없었고, 날 그런 식으로 대해서는 안 된다는 것을 보여 주려고 했네……. 그러나 결국 그들은 원하는 대로 날 다룰 수 있었어……. 이제 나는 여기서 떠나가야만 하네.」

침묵이 흘렀다. 두 친구는 머리를 숙이고 앉아 있었다.

루진이 먼저 말문을 열었다.

「그래, 친구. 이제 나는 꼴쪼프의 시구를 빌려 말할 수 있게 됐네. 〈나의 청춘아, 너는 날 휘몰아치더니 여기까지 데려왔구나, 이제 한 걸음도 내디딜 곳이 없다······〉[47] 그런데 정말로 나는 어디에도 쓸모가 없는가? 정말로 이 땅에서는 내가 할 일이 없는 걸까? 종종 스스로에게 이런 질문을 하고, 아무리 자기 자신을 자신의 눈앞에서 비하하려고 애를 써도 내 속에 누구에게나 다 주어지지 않는 힘이 있다는 것을 느끼지 않을 수 없었어! 왜 이 힘이 열매를 맺지 못하는 걸까? 그리고 또 한 가지, 기억하나? 우리가 같이 외국에 가 있을 때, 나는 자만심이 강했고 옳지 못했어······. 정말로 그때 나는 내가 무엇을 원하는지 분명히 의식하지 못한 채 그저 말에 도취되었고, 환상을 믿었지. 그러나 이제는, 자네에게 맹세하는데, 나는 모든 사람들 앞에서 내가 원하는 모든 것을 큰소리로 말할 수 있네. 조금도 감출 것이 없어. 나는 말 그대로 선의를 가진 인간이야. 순종하고 싶고, 환경에 순응하고 싶고, 작은 것을 바라고, 가까운 목표에 도달하고 싶고, 비록 보잘것없는 이익이라도 가져다주고 싶네. 그러나 안 돼! 잘 안 된단 말이야! 이건 무엇을 의미할까? 무엇이 내가 다른 사람들처럼 평범하게 행동하며 살지 못하게 하는 걸까?······ 지금 나는 그저 그 생각에만 사로잡혀 있다네. 그러나 내가 일정한 상태로 들어서 어떤 지점에 멈춰 서자마자 운명은 곧바로 거기서 날 잡아

---

47 러시아의 민중 시인 알렉세이 바실리예비치 꼴쪼프Aleksei Vasilievich Koltsov(1809~1842)의 시 「십자로」에서 인용했다.

당기는 거야……. 나는 운명이, 내 운명이 무서워졌네……. 왜 모든 것이 이럴까? 이 수수께끼를 풀어 주게!」

「수수께끼!」 레쥐뇨프가 되뇌었다. 「그래, 그건 사실이야. 자네는 내게도 항상 수수께끼였어. 심지어 젊었을 때도 자네는 사소하고 엉뚱한 짓을 하고 갑자기 말문을 열어 심장이 뛰게 하곤 했지. 그리고 다시 엉뚱한 짓을 하기 시작하고…… 자넨 알지, 내가 무슨 말을 하고 싶어 하는지……. 그때도 나는 자네를 이해하지 못했어. 그 때문에 나는 자네를 좋아하지 않게 되었지……. 자네의 내부에는 엄청난 힘이 있고, 이상을 향한 갈망은 전혀 변함이 없어…….」

「말, 모든 게 말뿐이었어! 실천이 하나도 없었어…….」 루진이 그의 말을 끊었다.

「실천이 없었다고! 어떤 실천…….」

「어떤 실천이냐고? 눈먼 할머니와 할머니의 가족 모두를 자기 노동으로 먹여 살린…… 기억하나, 쁘랴쥔쩨프가 한 것처럼 말이네……. 이게 바로 실천이지.」

「그래. 그러나 좋은 말도 역시 실천이야.」

루진은 말없이 레쥐뇨프를 바라보고 조용히 머리를 흔들었다.

레쥐뇨프는 무슨 말을 하려다가 한 손으로 얼굴을 쓸어내렸다.

「그래, 자네는 시골로 가는가?」 마침내 레쥐뇨프가 물었다.

「시골로 가네.」

「아직도 시골에 영지가 남아 있나?」

「거기에 영지 비슷한 게 남아 있어. 서너 명의 농노도 있고. 죽어서 묻힐 땅 구석은 있네. 아마 자네는 이 순간에 〈이런 상황에서도 잘도 말을 갖다 붙이는군!〉하고 생각하겠지. 정말로 미사여구가 날 망쳤지, 그것이 날 물어뜯었어. 나는 끝까지 미사여구에서 벗어날 수 없었네. 그러나 지금 내가 한 말은 미사여구가 아니야. 친구, 이 흰 머리칼, 이 주름살은 미사여구가 아니야. 이 해진 팔꿈치는 미사여구가 아니라고. 자네는 항상 내게 엄격했지. 자네가 옳았어. 그러나 모든 것이 끝난 지금 엄격성이 무슨 소용이 있겠나. 램프에 기름이 없고 램프 자체가 깨져서, 이제 곧 심지마저 다 타버릴 텐데……. 친구! 죽음은 마침내 평온을 가져다주겠지.」

레쥐뇨프가 벌떡 일어섰다.

「루진!」레쥐뇨프가 소리쳤다. 「왜 내게 그런 말을 하나? 어째서 내가 자네한테서 그런 말을 들어야 하지? 내가 무슨 판관이라도 되나? 자네의 움푹 팬 뺨과 주름살을 보고 미사여구라는 말을 머리에 떠올렸다면 내가 무슨 사람이겠는가? 내가 자네에 대해 어떻게 생각하는지 알고 싶나? 좋아, 말하지! 나는 이렇게 생각하고 있네. 여기 한 사람이 있다……. 이 사람은 능력이 있어서 자신이 원하기만 했다면 뭐든지 이룰 수 있었고, 지금쯤 지상의 온갖 이익을 누리고 있을 것이다!…… 그런데 나는 이 사람이 굶주리고 정처 없이 떠도는 모습을 보고 있다…….」

「내가 연민을 불러일으키고 있군.」루진이 공허한 목소리로 말했다.

「아니, 자네는 잘못 생각하고 있어. 자네는 존경을 불러일으키고 있네, 정말이야. 자네가 친구인 그 지주의 집에서 몇 년이고 살아가는 걸 누가 방해했겠는가? 확신하건대, 만약 자네가 그 친구의 비위를 맞추려고만 했다면, 그 친구는 자네의 생활을 보장해 주지 않았겠나? 왜 자네는 중학교에 눌러앉을 수 없었나? 왜 자네는 ─ 정말 이상한 사람이야! ─ 뭘 하든지 간에 항상 자기 자신의 이익을 희생시키고야 마는가? 왜 자네는 아무리 기름진 땅이라도, 조금이라도 거슬리면 뿌리를 내리지 않았는가?」

「나는 떠돌뱅이 풀로 태어났어.」 쓴웃음을 지으며 루진이 말을 이었다. 「그래서 한곳에 머무를 수가 없네.」

「그건 옳은 말이야. 그러나 한곳에 머무를 수 없는 것은 자네가 처음에 말한 것처럼 자네 속에 벌레가 살고 있기 때문이 아니야……. 자네 속에 살고 있는 것은 벌레도 아니고 나태하고 불안한 정신도 아니야. 진리를 향한 사랑의 불이 자네 안에서 타고 있어. 자네가 겪은 온갖 고난에도 불구하고 그 불은, 스스로가 이기주의자인 것도 모르고 오히려 자네를 음모가라고 부르는 다른 많은 사람들보다 더 강하게 타고 있네. 그래, 내가 자네 입장이었다면 나는 맨 먼저 내 안에 있는 벌레의 입을 틀어막고 모든 것과 화해했을 거야. 그런데 자네는 신경질도 내지 않았어. 자네는 오늘이라도, 지금 당장에라도 마치 청년처럼 새 일에 착수할 준비가 되어 있다고 나는 확신하네.」

「아니야, 친구, 지금 나는 지쳤네.」 루진이 말했다. 「이만하면 됐어.」

「지쳤다고! 다른 사람 같으면 오래전에 죽었을 거야. 자네
는 죽음이 평온을 가져다준다고 말하지만, 삶이 평화를 가
져다준다고 생각하지는 않나? 살아오면서 다른 사람에게 관
대할 수 없는 사람은 다른 사람한테서 관대한 대우를 받을
자격이 없지. 그런데 관대함이 필요 없다고 누가 말할 수 있
겠나? 자네는 할 수 있는 일을 다 했고, 싸울 수 있는 한 싸웠
어……. 더 뭐가 필요한가? 우리는 다른 길을 걸어왔어 ―」

「친구, 자넨 나와는 전혀 다른 사람이야.」 한숨을 내쉬며
루진이 그의 말을 끊었다.

「우리는 다른 길을 걸어왔어.」 레쥐뇨프는 말을 이었다.
「나의 형편, 냉정한 피 그리고 다른 행복한 환경 덕분에 나는
아무런 방해도 받지 않고 편안히 앉아서 팔짱을 끼고 구경꾼
으로 남을 수 있었어. 그러나 자네는 들에 나가 팔소매를 걷
고 계속 일을 해야만 했지. 그래서 우리의 길은 갈라졌어…….
그러나 우리가 서로 얼마나 비슷한지 보게나. 우리는 거의
같은 말을 하고 있고, 암시만으로도 서로를 이해할 수 있지
않은가. 우리는 같은 감정을 가지고 성장했어. 이보게, 우리
같은 사람들은 이미 얼마 남지 않았어. 그러니까 자네와 나
는 마지막 남은 모히칸족[48]이야! 아직 살날이 많이 남았던
옛날에는 우리가 갈라설 수도 있고 심지어 적대시할 수도 있
었지. 하지만 우리 주변에 사람들이 적어지고 신세대가 우리
와는 다른 목표를 향해 우리 옆을 지나가고 있는 오늘날, 우

48 허드슨 강 상류에 살았던 북미 인디언 원주민.

리는 서로를 꼭 붙잡아야만 해. 자, 친구, 잔을 부딪치고 옛날처럼 〈다 같이 즐기자Gaudeamus igitur!〉[49]를 부르세!」

두 친구는 잔을 부딪치고, 러시아인 특유의 가슴 벅찬 감정과 떨리는 음정으로 옛날 대학생들의 노래를 불렀다.

「지금 자네는 시골로 가지만」 레쥐뇨프가 다시 말하기 시작했다. 「시골에 오래 있으리라고는 생각지 않네. 그리고 자네가 어디서 무엇으로 어떻게 생을 끝마칠지 나로서는 알 수 없네. 그러나 기억하게. 무슨 일이 생겨도 자네에게는 언제나 몸을 피할 수 있는 둥지가 있다는 것을. 바로 내 집 말일세……. 알겠나, 친구? 사상에도 상병자가 있고, 그들에게도 안식처가 있어야만 해.」

루진이 일어섰다.

「고맙네, 친구.」 그는 말을 이었다. 「고마워! 자네의 호의를 잊지 않겠네. 그러나 나는 안식처를 얻을 자격이 없어. 나는 자신의 인생을 망쳐 버렸고, 사상에도 올바로 복무하지 못했네…….」

「그런 말 말게!」 레쥐뇨프가 말을 이었다. 「누구나 타고난 대로 살아가는 법이야. 그에게 더 많은 것을 요구할 수는 없어! 자네는 스스로를 영원한 유대인이라고 불렀지……. 아마 자네는 그렇게 영원히 방랑해야만 하고, 아마 그렇게 함으로써 자네 자신도 모르는 최고의 사명을 수행하고 있는지도 모르지. 속담에 우리 모두는 하늘 아래에서 무사히 살아간다는 말이 있는데, 괜한 말이겠나. 자네는 가려나?」 루진이

49 당시 대학생들이 즐겨 불렀던 청춘의 찬가이다.

모자를 집어 드는 것을 보고 레쥐뇨프가 말을 이었다. 「남아서 자고 가지 않겠나?」

「가겠어! 잘 있게. 고마워……. 나는 곱게 죽지 못할 거야.」

「그거야 하느님이 알겠지……. 꼭 가야 하나?」

「가겠네. 잘 있게. 날 나쁘게 생각하지 말게.」

「그럼, 자네도 날 나쁘게 생각하지 말게……. 그리고 내가 말한 것을 잊지 말고. 잘 가게…….」

두 친구는 서로를 껴안았다. 루진은 재빨리 걸어 나갔다.

레쥐뇨프는 오랫동안 방 안을 왔다 갔다 하다가 창문 앞에 멈춰 서서 잠시 생각하고 나서 나직한 목소리로 〈가엾은 사람!〉 하고 말했다. 그러고는 책상에 앉아서 자기 아내에게 편지를 쓰기 시작했다.

마당에서 이는 바람은 쟁쟁거리는 유리창을 무겁고 사납게 두드리며 짐승의 울음소리처럼 무시무시하게 울부짖기 시작했다. 긴 가을밤이 찾아왔다. 이런 밤에 집 안에 앉아 있을 수 있는 사람, 따뜻한 구석이 있는 사람은 행복하다……. 신이여, 집 없이 헤매는 모든 방랑자들을 도와주소서!

....

1848년 6월 26일 무더운 한낮, 파리에서 〈전국 직공회〉의 봉기가 거의 진압되었을 때, 성안토니 교외의 어느 비좁은 골목에서 정규군의 한 대대가 바리케이드를 공격하고 있었다. 몇 발의 포탄이 이미 바리케이드를 부숴 버렸다. 바리케이드를 지키고 있던 사람들 중 살아남은 자들은 바리케이드를 버리고 떠나면서 자기 목숨을 건질 생각만 하고 있었다. 이때 갑자기 바리케이드의 맨 꼭대기에, 뒤집어진 마차의 찌부러진 차체 위에 낡은 프록코트를 입고 붉은 목도리로 허리를 동여맨, 헝클어진 백발에 밀짚모자를 쓴 키 큰 사람이 나타났다. 그는 한 손에 붉은 깃발을 들고, 다른 한 손에는 휘고 무딘 사브르를 들고 있었다. 그는 위로 기어오르면서 깃발과 사브르를 휘두르며 긴장되고 날카로운 목소리로 뭐라고 외치고 있었다. 뱅센[50]의 사격수가 그를 겨누어 총을 쏘았다……. 키 큰 사람은 깃발을 떨어뜨리더니 마치 누구에게 정중히 절이라도 하듯이 얼굴을 박고 자루가 쓰러지듯 고꾸라졌다……. 총알이 그의 심장을 관통했던 것이다.

「*Tiens*(저 봐라)!」 도망치던 폭도들 중의 한 사람이 다른 사람에게 말했다. 「*On vient de tuer le Polonais*(폴란드인이 총에 맞았다).」

「*Bigre*(제기랄)!」 상대방이 대답했다. 두 사람은 덧문이 다 닫히고 벽에 총탄과 포탄의 흔적이 얼룩덜룩한 집의 지하실로 내달렸다.

이 〈폴란드인〉이 바로 드미뜨리 루진이었다.

50 Vincennes. 프랑스의 한 도시.

한 자유주의적 이상주의자의 삶과 죽음

1. 뚜르게녜프의 삶과 문학

19세기 러시아의 위대한 사실주의 작가 이반 세르게예비치 뚜르게녜프Ivan Sergeevich Turgenev(1818~1883)는 섬세한 서정적 문체로 인간 내면의 미묘한 움직임을 포착하는 시인의 마음과 동시대의 사회·정치적 현실을 지진계처럼 기록하는 사냥꾼의 눈을 겸비한 탁월한 작가였다. 러시아 문학이 서구를 향해 말을 걸기 시작하고 세계 문학의 중심에 우뚝 서게 된 것은 똘스또이나 도스또예프스끼가 아닌 바로 뚜르게녜프의 펜 끝을 통해서였다.

1818년 10월 28일에 중부 러시아의 아룔에서 부유한 귀족의 아들로 태어난 뚜르게녜프는 광활한 초원과 아름다운 자작나무 숲과는 전혀 어울리지 않는 가혹한 농노 제도의 환경에서 어린 시절을 보냈다. 미래의 위대한 작가는 농노들을 비인간적으로 가혹하게 대했던 어머니를 통해 농노 제도의 참상을 직접 목격할 수 있었다. 아룔의 둥지를 향한 사랑과 농노 제도에 대한 증오는 뚜르게녜프 창작의 시원이 되었고, 이 모순된 감정은 『사냥꾼의 수기*Zapiski Okhotnika*』(1852)와 「무무Mumu」(1854)에 잘 반영되어 있다. 이후 뚜르게녜프는 모스끄바 대학을 거쳐 뻬쩨르부르그 대학을 졸업하고 베를린 대학에 유학하면서 서구주의자가 되었고, 당시 러시아 지성계를 대표하는 게르쩬A. I. Gertsen(1812~1870), 바꾸닌M. A. Bakunin(1814~1876), 벨린스끼V. G. Belinskii (1811~1848), 스탄께비치N. V. Stankevich(1813~1840) 등과 사귀면서 계몽과 문명의 가치를 중시하는 서구주의자로서의 확고한 신념을 갖게 되었다.

뚜르게녜프의 삶과 문학에서 또 하나의 중요한 사건은 스페인 혈통의 프랑스 오페라 가수 폴랭 비아르도Pauline Viardot와의 운명적인 만남과 사랑이다. 뚜르게녜프는 비아르도와 만난 날(1843년 11월 1일)을 〈성스러운 날〉이라고 불렀고 이미 결혼한 그녀의 주변을 맴돌면서 평생 그녀와 이상한 우정과 사랑을 나누었다. 그녀를 향한 뚜르게녜프의 사랑은 아름다움, 즉 예술에 대한 신앙과 같았다. 뚜르게녜프의 개인적인 연애 경험은 그의 예술혼을 자극하여 주옥같은 작품(「첫사랑Pervaya Lyubov'」, 「아샤Asya」, 「끌라라 밀리치Klara Milich」)을 낳게 했다. 그래서일까. 연인들의 모순된 심리와 사랑의 비극성과 찰나성의 묘사에서 사랑의 기수인 그를 따를 자가 없다.

1860년 이후, 가혹한 검열이 판을 치고 이념적 줄서기를 강요하는 러시아의 지적 풍토에 환멸을 느낀 뚜르게녜프는 폴랭 비아르도를 따라 프랑스로 건너간 뒤 여생을 거의 유럽에서 보내게 된다. 유럽에서 뚜르게녜프는 〈러시아 인뗄리겐찌야의 대사〉로 불리면서 유럽의 많은 작가들(플로베르, 에밀 졸라, 모파상, 빅토르 위고, 콩쿠르 형제, 조르주 상드, 헨리 제임스)과 교류하였고, 뿌쉬낀과 고골을 비롯해 많은 러시아 작가들의 작품을 번역하여 유럽에 소개하기도 했다. 뚜르게녜프는 아룔의 둥지에 대한 그리움을 가슴에 안고, 폴랭 비아르도가 지켜보는 가운데 파리의 세느 강변에 위치한 작은 마을 부지발에서 영면했다.

　대학 시절부터 시를 쓴 뚜르게녜프는 1838년에 쁠레뜨뇨프P. A. Pletnev(1792~1866) 교수의 추천으로 「저녁Vecher」과 「메디치의 비너스 상에 부쳐K Venere Meditseiskoi」를 발표한 이후, 작은 서사시(포에마), 중·단편, 희곡, 장편 등 모든 장르에 손을 댔다. 뚜르게녜프는 시와 중·단편에서 주로 개인적인 인상과 경험을 담아냈다면, 이른바 6대 장편(『루진Rudin』, 『귀족의 보금자리Dvoryanskoye Gnezdo』, 『전날 밤Nakanune』, 『아버지와 아들Ottsy i Deti』, 『연기Dym』, 『처녀지Nov'』)에서는 당대의 민감한 사회, 역사적 문제를 다루고 있다. 러시아 교양 계층의 유형 속에 〈시대의 형상과 중압〉을 성실하고 객관적으로 묘사한 그의 장편은 1840~1870년대 러시아의 핵심적인 문제들(잉여 인간 논쟁, 서구파와 슬라브파의 논쟁, 니힐리즘, 인민주의 운동 등)을 예술적으로 형상화한 사회·정치적 연대기로 평가된다. 이런 의미에서 그의 장편소설들은 시대의 동향을 예민하게 감지하는 풍향계나 지진

계와 같다. 뚜르게녜프는 『루진』에서도 1830~1840년대 러시아 사회의 중심 세력이었던 자유주의적 이상주의자들의 열정과 좌절을 잉여 인간 유형인 루진과 모스끄바의 스딴께비치 서클(소설 속의 뽀꼬르스끼 서클)을 통해 보여 주고 있다.

2. 『루진』: 1830~1840년대 러시아 사회·정치적 연대기

뚜르게녜프가 첫 번째 장편소설 『루진』을 탈고한 것은 1855년 여름이다. 19세기 러시아 역사의 전환점인 그해의 2월에 니꼴라이 1세가 사망했고, 8월에는 세바스또뽈이 함락되어 끄림 전쟁에서 러시아의 패배가 결정된다. 유럽의 경찰이자 전제주의의 요새였던 러시아의 역할은 이제 끝이 난다. 이러한 상황에서 러시아 사회에 전반적인 개혁의 요구가 팽배해졌고, 새로 즉위한 알렉산드르 2세는 모종의 개혁 조치를 취하지 않을 수 없었다. 동시에 러시아에서는 사회·정치 분야에서 주도권 다툼이 일어난다. 이때까지 러시아의 유일한 지식인 계층이었던 귀족 계급은 급진적이고 혁명적인 경향을 띤보다 젊은 세대의 도전을 받게 된다. 다시 말해 뚜르게녜프와 구세대가 속했던 자유주의적 귀족 인멜리겐찌야는 잡계급(雜階級) 출신의 급진적 인멜리겐찌야의 도전을 받고, 그들 사이에 대립과 갈등이 격화된다. 급진적 인멜리겐찌야들은 귀족 인멜리겐찌야들의 자유주의적 태도와 예술에 대한 이상주의적 관념을 비난하고 나섰다. 누구보다도 시대의 사상(事象)과

변화에 민감했던 뚜르게녜프는 당시 사회·정치적 기류를 예민하게 포착할 수 있었다. 뚜르게녜프는 『루진』의 주인공 드미뜨리 루진를 통해 1830~1840년대 자유주의적 인뗄리겐찌야들의 역할을 명확하게 규명하고, 러시아의 사회 발전에 그들이 기여한 적극적인 측면과 현실 앞에서 무력할 수밖에 없었던 이유를 규명하고자 했다. 『루진』에서 제기된 러시아 역사 발전의 문제, 자유주의적 인뗄리겐찌야에 대한 평가의 문제, 러시아의 주도적인 사회 세력에 관한 문제는 농노 제도 폐지(1861) 전야에 뜨거운 논쟁을 불러일으켰다.

『루진』이 발표된 잡지는 그 당시 가장 진보적 성향을 띠었던 『동시대인 *Sovremennik*』(1856, 1, 2월호)이었고, 처음엔 대체로 좋은 반응을 얻었다. 이 잡지(1856년 3월호)에 실린 네끄라소프 N. A. Nekrasov(1821~1877)의 짧은 비평은 『루진』에 대한 초기 반응의 대표적인 실례가 된다.

  뚜르게녜프의 과제는 최근까지 우리 나라의 지적 생활을 선도했던 사람들의 유형을 그리는 것이었다. 루진과 루진 같은 사람들은 큰 의의를 지니고 있었다. 커다란 발자취를 남긴 그들은 우스운 면이나 약점도 많이 갖고 있었지만 그들을 존경하지 않을 수 없다. 그들은 자기 이념을 실현하는 데는 무력했지만, 그것은 이념의 실현을 위한 기반이 아직 준비되어 있지 않았기 때문이고, 현실 생활보다는 추상적 사고를 통해 발달해 왔고, 무엇보다도 머리로 생활해 왔기 때문이다.

이후 『루진』에 대한 평가는 농노 해방 전야의 사회 개혁 방안에 대한 온건 세력과 급진 세력의 대립과 맞물리면서 변하게 된다. 위로부터의 점진적 개혁을 주장한 귀족 인뗄리겐찌야 및 자유주의자들(1840년대인들)과 아래로부터의 급진적 혁명을 주장한 잡계급 출신의 혁명적 민주주의자들(1860년대인들)은 『루진』을 자신들의 이념과 정치 프로그램을 선전하는 대상으로 삼았다. 이것이 유명한 〈잉여 인간〉 논쟁이다. 『동시대인』의 비평가였던 체르니셰프스끼N. G. Chernyshevskii(1828~1889)와 도브롤류보프N. A. Dobrolyubov(1836~1861), 『종Kolokol』의 편집인이었던 게르쩬 사이의 이른바 잉여 인간 논쟁은 1840년대의 자유주의자들과 1860년대의 혁명적 민주주의자들 사이의 현실 인식의 차이를 분명히 보여 준다. 이 논쟁은 1858년에 체르니셰프스끼가 뚜르게녜프의 중편 「아샤」에 대한 비평 「밀회 중인 러시아인Russkii chelovek na rendezvous」을 발표하면서 시작되었다. 발표 당시 『루진』을 긍정적으로 평가했던 체르니셰프스끼는 이 논문에서 〈러시아의 귀족 인뗄리겐찌야, 즉 지금껏 러시아의 가장 훌륭한 사람들이라고 불린 자유주의자들의 소심함과 무력함〉을 비판하면서, 〈이러한 사람들이 아름다운 이야기를 많이 하지만 결정적으로 책임 있는 행동이 요구되면 완전히 무기력한 존재로 탈바꿈하여 온갖 발뺌을 하고 상대를 비난하는 일도 서슴지 않는다〉고 지적했다.

체르니셰프스끼의 뒤를 이어 도브롤류보프도 1840년대인들을 〈옛날과 같이 추상적인 원칙에 얽매여 현실 생활을 모르기 때문에 오늘날 무익한 변론가들로 영락해 버렸다〉고 비난했다. 귀족 출신 자유주의자들에 대한 이러한 비판에 대해 게르젠은 논문 「매우 위험하다Very dangerous!」(1859), 「잉여 인간의 불똥이Iskra Lishnevo Cheloveka」(1860)에서 잉여 인간 세대의 역사적 의의를 강조하고, 〈무위와 절망에 빠질 수밖에 없는 청년들의 모습 속에서 바이런의 영향이나 현실과 괴리된 환영을 보는 것은 잘못이다. 이것은 니꼴라이 황제 치하의 러시아 현실의 반영이며, 이 현실에 적응할 수 없어 다른 생활과 이상을 목표로 한 청년들의 고뇌와 항의의 반영이다. 과거의 잉여 인간들은 그 나름의 소극적 항의와 짜리즘으로부터 일탈을 통해 다음 세대의 투쟁의 길을 준비한 것이다〉라고 주장하면서 러시아 사회 발전에서 1840년대 인들의 역할과 의미를 긍정적으로 평가했다. 물론 게르젠이 1830~1840년대인들을 모두 동일하게 이해하고 있었던 것은 아니다. 게르젠은 세대 간의 단절보다는 역사적 유산, 전통의 계승과 발전을 강조하고자 했다. 그는 체르니셰프스끼와 도브롤류보프가 선배들의 혁명적 유산을 부정하는 것으로 판단했던 것이다.

당시 양 진영과 우호적인 관계를 유지하고 있던 뚜르게녜프는 뜨거운 감자 같은 이 논쟁을 피해 갈 수 없었다. 뚜르게녜프는 『루진』의 주인공 루진을 통해 1840년대 귀족 출신의 자유주의적 이상주의자들에 대한 입장을 보다 분명하게 표명하지 않을 수 없었다. 1860년에 네 권짜리 작품 선집을 발간하면서 뚜르게녜프는 『루진』에 제2의 에필로그를 추가한다. 프랑스 혁명의 바리케이드 위에서 죽어 가는 루진의 모습을 그린 이 에필로그는 1840년대인과 1860년대인의 잉여 인간 논쟁에 대한 뚜르게녜프의 답변이자 대응이라고 할 수 있다.

3. 루진은 누구인가?

뚜르게녜프는 보통 구체적인 인물에 근거하여 소설 속의 인물(문학적 형상)을 창조한다. 인물을 창조하기 전에 뚜르게녜프에겐 살아 있는 구체적 인간과의 만남과 실제 현실에 대한 직접적인 관찰이 언제나 필요했다. 이 말은 그가 사진사처럼 실재 인물과 현실을 그대로 찍거나 복사했다는 의미는 아니다. 다만 그는 형상 창조의 출발점으로 살아 있는 인간을 선택했다. 『루진』의 루진도 예외도 아니다. 그럼 루진은 누구인가? 대체로 루진의 형상에 대한 두 개의 신화가 있다. 하나는, 뚜르게녜프가 19세기 러시아의 무정부주의자 바꾸닌을 루진의 원형으로 삼았다고 주장하면서 『루진』을 한 개인의 전기 소설로 보려는 시도이다. 그들은 루진이 예술적 형상임을 간과하고 루진과 바꾸닌을 직접 비교하면서 루진 형상의 장단점을 판단하려고 한다. 다른 하나는, 루진의 대학 친구인 레쥐뇨프가 루진에 대해 부정적으로 언급한 내용 (제6장)을 별다른 의문을 제기하지 않고 그대로 받아들이려는 태도이다. 루진이 누구인지 규명하려면 이 두 개의 신화에 대한 비판적 검토가 필요하다. 독자의 이해를 돕기 위해 우선『루진』의 구성과 내용을 간단히 정리하는 것이 좋겠다.

『루진』의 구성(1~12장과 제1, 2 에필로그)은 단순하다. 실제로 사건은 약간의 세월의 간격을 두고 연결된 각 8일 동안에 일어난다. 사건의 배경은 귀족의 시골 영지로 한정된 세계이며, 등장인물들도 시골에 사는 몇몇 사람들로 제한되어 있다. 루진의 삶도 생애의 일정한 시기, 일정한 상황 속에서 묘사된다. 제1, 2장에서 주인공 드미뜨리 루진과 관계를 맺게 되는 모든 인물들이 순차적으로 등장하고, 그들 상호 간의 관계가 드러난다. 부유한 여지주이자 미망인인 다리야 미하일로브나 라순스까야의 시골 별장에 모인 시골 지주들의 대화 속에서 그들의 정서적 빈곤이 드러난다. 그들은 새로운 손님(무펠 남작)의 도착을 기다리지만, 그 손님은 급한 용무로 올 수 없게 되고 그 대신에 그의 친구인 루진이 도착한다. 제3장은 라순스까야의 살롱에 나타난 루진의 묘사로 시작된다. 루진은 〈서른다섯 살 가량의 키가 훤칠하고 등이 약간 구부정하며, 곱슬머리에 단정하지는 않지만 표정이 풍부하고 현명해 보이며 거무스름한 얼굴을 한 남자〉이다. 처음엔 대화가 시들하지만, 살롱에서 가장 인기 있는 시골 지주인 삐가소프와 루진 사이에 논쟁이 시작되면서 루진은 높은 교양과 뛰어난 변론의 재능을 발휘하게 되고 그 자리에 있던 사람들의 주목을 받는다. 특히 다리야 미하일로브나의 딸 나딸리야와 젊은 가정 교사 바시스또프가 루진의 웅변에 감동한다. 제4장에서 다리야 미하일로브나의 집에 머무르게 된 루진과 그녀와의 대화를 통해 한때 사교계의 꽃이었던 그녀의 과거와 현재의 생활이 전해진다. 이 장의 말미에서 루진과 대학교 시절 친구였던 레쮜뇨프와의 서먹한 첫 대면이 이루어진다. 제5장의 전반부에서는 루진과 나딸리야의 대화를 통해 루진의 언행 불일치와 불안정한 심리가 제시된다. 이 장의 후반부에서는 레쮜뇨프가 젊은 미망인 알렉산드라 빠블로브나에게 루진의 과거를 간단히 이야기한다. 제6장은 사건의 발단으로부터 약 2개월이 경과한 후의 일이다. 루진은 계속 다리야 미하일로브나의 집에 머무르면서 집안일에 대해 조언하고 나딸라야와 대화하면서 독일 낭만주의 문학과 철학의 세계로 그녀를 인도한다. 나딸리야는 루진을 높은 이상을 가진 자기 인생의 안내자라고 믿게 된다. 이 장의 후반부에서는 레쮜뇨프가 알렉산드라 빠블로브나에게 루진의 대학 시절과 자신과 루진이 함께 참여했던 뽀꼬르스끼 서클과 둘 사이의 우정의 결렬에 대해 이야기한다. 제7장에서는 라일락 정자에서 루진과 나딸리야가 서로 사랑을 고백하는 장면이 묘사된다. 제8장에서 루진은 나딸리야를 사랑하는 젊은 지주 볼린쩨프를 방문하여 자신과 나딸리야와의 관계를 밝히지만, 자신의 행동이 어리석었음을 느끼고 참담한 기분으로 귀가한다. 다리야 미하일로브나는 자신의 비서 역할을 하는 빠달례프스끼로부터 딸과 루진의 관계를 전해 듣고 분노한다. 제9장은 나딸리야와 루진과의 마지막 만남을 그리고 있다. 나딸리야는 집과 가족을 버리고 루진을 따를 각오가 되어 있다. 〈이제 어쩌면 좋은가요?〉라는 그녀의 물음에 루진은 망설인다. 이 결정적인 순간에 적극적이고 단호한 나딸리야와는 대조적으로 루진은 완전히 무기력한 존재로 나타난다. 어머니의 말을 따르고 운명에 복종하라는 루진의 말을 듣고 나딸리야는 그의 말과 행동의 불일치를 지적한다. 제10, 11장에서는 루진이 쫓기듯 라순스까야의 집을 떠나는 모습이 그려진다. 그후 나딸리야와 볼린쩨프에게로 루진의 편지가 전달된다. 이 편지에서 루진은 나딸리야에 대한 자신의 무책임한 행위를 사과하고 자신의 무력함을 고백한다. 제12장은 2년 정도 경과한 후, 레쥐뇨프와 알렉산드라 빠블로브나의 행복한 가정생활을 보여 준다. 어느 날 루진의 숭배자인 바시스또프가 레쥐뇨프에게 나딸리야와 볼린쩨프와의 약혼 통지를 갖고 도착한다. 루진에 대한 적의가 여전한 삐가소프도 동석해 있다. 레쥐뇨프는 아내와 손님들 앞에서 루진에 대한 자신의 비난(제6장)을 취소하고, 루진의 정열과 말이 젊은이들의 마음에 씨를 뿌렸음을 강조한다. 에필로그는 이로부터 수년 후의 가을이다. 어느 지방 도시에서 레쥐뇨프는 우연히 루진을 만난다. 레쥐뇨프는 지방의 명사가 되어 있고, 루진은 그동안 여러 가지 일에 착수했지만 실패하고 유랑하는 처지에 있다. 레쥐뇨프는 루진의 이야기를 듣고 옛 친구에게 동정과 존경의 마음을 느낀다. 루진이 스스로 실천이 없는 말뿐의 인간이었다고 말하자 레쥐뇨프는 그가 청년 시절에 이상을 지켜 최선을 다했음을 지적하고, 그의 말도 하나의 행동(실천)이었다고 격려한다. 1860년판에는 여기에 제2의 에필로그, 즉 1848년 6월 파리 폭동의 바리케이드 위에서 죽어

가는 루진의 마지막 모습이 묘사되어 있다.

『루진』의 구성은 마치 한 편의 연극과도 같다. 『루진』에 등장하는 인물들의 언행과 묘사되는 사건은 모두 루진과 관련되어 있다. 시종일관 대화를 통해 대화에 참여하는 사람들의 성격, 생각, 관점이 자연스럽게 드러난다. 대부분의 러시아 작가들의 경우처럼 뚜르게녜프에게 성격은 플롯보다 더 중요한 의미를 지닌다. 루진은 19세기 러시아 소설의 성격 묘사의 걸작 중 최초의 인물에 속한다. 뚜르게녜프는 똘스또이와 도스또예프스끼처럼 인물들을 분석하거나 분해하지 않고 그들의 넋을 내보이지도 않는다. 다만 주인공이 다른 사람들에게 어떻게 나타나는가를 보여 주고, 암시적인 부속물과 섬세하고 엷게 짜인 분위기를 통해 주인공의 주변 상황만을 전달할 뿐이다. 『루진』에서도 이러한 솜씨는 유감없이 발휘되고 있다. 뚜르게녜프는 루진에 대해 직접적으로 한마디도 안 하고 그의 넋을 들추어내지도 않는다. 루진의 성격은 주변 인물들의 시선과 말을 통해, 루진과 그들과의 대화를 통해 자연스럽게 드러난다. 어떤 의미에서 『루진』은 루진의 성격 연구 보고서라고 말할 수 있다. 『루진』의 구성, 문체, 성격 묘사 등에 대한 자세한 언급은 차치하고, 다시 〈루진은 도대체 누구인가〉의 문제로 되돌아가자.

루진의 원형이 바꾸닌이라는 사실은 『루진』의 초고를 고쳐 쓴 후에 뚜르게녜프 자신도 인정하고 있다. 뚜르게녜프는 한 편지에서 〈나는 루진 속에 바꾸닌의 초상을 상당히 정확하게 묘사했다〉고 쓰고 있다. 실제로 루진에게서 전기 작가들이

전하는 바꾸닌의 외모, 성격, 행동, 철학, 사상이 많이 발견된다. 브로드스끼N. L. Brodskii 같은 비평가는 바꾸닌의 긍정적인 면들이 루진 속에 올바로 반영되지 않은 것이 이 소설의 결함이라고 지적했다. 그러나 『루진』에서 뚜르게네프의 과제는 1840년대 러시아 인멜리겐찌야의 전형적인 특성을 그리는 것이었지 결점이 없는 이상적인 인간, 혹은 특정한 한 개인을 묘사하는 것이 아니었다. 뚜르게네프가 루진의 원형으로 바꾸닌을 선택한 것은 그가 청년 시절의 바꾸닌을 개인적으로 잘 알고 있었을 뿐만 아니라 바꾸닌의 개성에서 강한 인상을 받았고, 그에게서 〈1840년대인들〉의 일반적인 특징을 발견했기 때문이다. 예술적 형상으로서의 루진은 바꾸닌의 실제 초상보다 훨씬 크다. 달리 말해 루진은 바꾸닌이 될 수 있지만, 바꾸닌은 루진이 될 수 없다. 게르젠은 브로트스끼와는 달리 루진을 제2의 뚜르게네프로 생각하고 있다. 오프샤니꼬-꿀리꼬프스끼D. N. Ovsyaniko-Kulikovskii도 루진을 바꾸닌의 복사로 보는 견해에 반대하고 루진 형상의 보편성을 지적하고 있다. 실제로 루진 속에는 바꾸닌뿐만 아니라 뚜르게네프 자신이나 오가료프N. P. Ogaryov(1813~1877), 그 밖의 다른 여러 사람들의 개성과 생활상이 적지 않게 반영되고 있다. 루진 형상의 보편성은 루진이 대학 시절에 뽀꼬르스끼 서클에 가담하여 적극적인 역할을 했다고 지적하는 레쥐뇨프에 의해서도 암시되고 있다. 이 말은 루진이 1830~1840년대 러시아의 지적 문화를 주도했던 철학과 사상의 흐름 속에서 성장했고, 그러한 의식을 대변하고 있음을 의미한다. 뽀꼬르스끼의 원형이 스딴께비치임은 뚜르게녜프 자신도 말하고 있다.(〈나는 뽀꼬르스끼를 그리면서 스딴께비치의 모습을 떠올렸다. 그러나 이것은 모두 퇴색한 윤곽에 지나지 않는다.〉) 스딴께비치 서클(1831~1840)의 성격을 간단히 규정하기는 힘들지만, 회원들은 헤르더, 피히테, 셸링의 이상주의 철학에서 헤겔 철학까지를 폭넓게 수용하고 있었다. 그러나 그들은 독일 이상주의 철학을 현실도피를 위한 형이상학으로 무비판적으로 수용하지는 않았고, 러시아 사회의 개혁과 향후 진로에 대한 실천적 과제의 해결 수단으로서 받아들였다. 『루진』에서 뽀꼬르스끼 형상 역시 스딴께비치의 복사는 아니며 벨린스끼와 그라노프스끼T. N. Granovskii (1813~1855) 등 이 서클에 참여했던 여러 회원들의 성격을 반영하고 있다. 여기에서 중요한 것은 루진과 뽀꼬르스끼의 유사성이 아니라 당시 회원들에게 스딴께비치가 진리 탐구자의 모범이었고, 뽀꼬르스끼의 형상이 이러한 분위기를 정확하게 전달하고 있다는 점이다. 레쥐뇨프의 말을 통해 우리는 루진이 이 서클의 중심에 서 있었고, 이 서클에서 중요한 역할을 했다는 것을 알 수 있다. 이 점은 1830~1840년대 자유주의적 인멜리겐찌야의 보편적인 초상으로서의 루진의 전형성을 높여 준다.

『루진』에서 루진의 성격을 규정하는 데 또 하나의 근거가 되는 것은 루진에 대한 레쥐뇨프의 비난 투의 말이다. 제6장에서 레쥐뇨프가 지적하는 루진 성격의 부정적인 측면(남의 돈으로 살기를 좋아한다, 보편적 원리와 이념을 내세워 사람을 복종시키려 한다, 처음 만난 사람에게도 웅변을 늘어놓는다, 정열적인 사람으로 가장하고 있으나 마음속은 얼음처럼차다, 머리는 좋지만 사실은 공허한 사람이다, 폭군이자 게으름뱅이이고 그다지 학식도 없다, 실력 이상의 여러 가지 역할을 한다, 정직하지 못하다, 말뿐이고 실천하지 않는다, 젊은사람의 마음을 흔들어 놓고 망쳐 놓는다, 광대이며 망나니이다)은 루진의 언행에서 확인되지 않을 뿐만 아니라 다분히감정적인 인신공격이라고 할 수 있다. 또한 제12장에서 레쥐뇨프 자신이 루진에 대한 비난을 철회하고 있다. 그러므로루진의 성격을 판단하는 데 제6장에서의 레쥐뇨프의 말을그대로 받아들일 수는 없다. 레쥐뇨프를 뚜르게네프의 대변자로 보는 사람들도 있는데, 제12장의 일부와 제1의 에필로그를 제외한 다른 부분, 특히 제6장에서 레쥐뇨프는 오히려작가에 의해 비판적으로 그려지고 있다. 우리는 레쥐뇨프가루진에 대해 객관적으로 말하고 있는 제12장과 제1의 에필로그를 통해 루진의 성격을 이렇게 요약할 수 있다.

루진에게는 정열이 있다. 이것은 오늘날 가장 소중한 특질이다. 그는 광대도 사기꾼도 허풍선이도 아니다. 그는어린아이 같은 마음을 지니고 있다. 그의 말도 젊은이들의마음에 좋은 씨를 뿌렸다. 그는 삶에 대한 열정과 진리에대한 사랑을 갖고 있다. 루진의 불행은 러시아를 모른다는 데 있고, 이것이 그의 가장 큰 불행이다. 그러나 이것은루진의 죄가 아니라 그의 쓰라린 운명이다.

레쥐뇨프는 〈왜 루진 같은 인물이 러시아에 출현하게 되었는가?〉라고 질문을 던지고, 루진들의 출현과 비극적 운명이 러시아 농노 제도와 전제주의의 소산임을 암시하고 있다. 루진에 대한 레쥐뇨프의 평가는 1830~1840년대 귀족 인뗄리겐찌야에 대한 뚜르게녜프 자신의 견해라고 볼 수 있다.

루진과 나딸리야의 연애도 루진의 성격의 일단을 보여 준다. 뚜르게녜프의 소설에서 인물들의 성격을 묘사하는 데 죽음과 연애는 주요한 모티브가 된다. 『전날 밤』, 『아버지와 아들』, 『귀족의 보금자리』의 남녀 주인공들의 사랑에서 그들의 성격, 사상, 생활 태도가 분명하게 나타난다. 루진과 나딸리야의 연애는 당시 자유주의적 이상주의자들의 정신 구조를 보여 준다. 그들은 사랑을 높은 생활 이념의 수준으로까지 끌어올리려고 했고, 사랑의 감정보다는 사랑을 추상화하고 관념화했다. 그들에게 연애는 진실, 정의, 고상한 정신의 표현으로 세계사적 의의를 지니는 것이었다. 루진과 나딸리야의 연애를 이러한 맥락에서 볼 때, 그들의 연애는 그 출발 자체부터 비현실적이고 비극적인 요소를 내포하고 있다. 〈어떻게 해야 하나요?〉라는 나딸리야의 말에 주저하고 무기력할 수밖에 없는 루진의 성격은 그의 개인적 에고이즘이나 이중성 때문이 아니다. 이 선량한 햄릿의 행동 양식은 1830~1840년대 러시아 사회의 상황에서 무기력한 인뗄리겐찌야들의 모습인 것이다. 다시 말해 루진은 바꾸닌을 비롯한 동시대 인뗄리겐찌야들의 개성과 특징을 반영하고 있고, 뽀꼬르스끼 서클에서 루진의 모습은 당시의 사회·정치적 분위기를 잘 전달해 준다. 루진과 나딸리야의 연애도 루진 형상의 진실성을 높여 주고 있다. 여기에서 우리는 뚜르게녜프가 전형적인 성격 창조의 거장임을 다시금 확인하게 된다.

4. 자유주의적 이상주의자의 죽음

그렇다면 뚜르게녜프는 루진으로 형상화되고 있는 1830~1840년대 잉여 인간 세대, 즉 자유주의적 이상주의자들에 대해 어떻게 생각하고 있는가? 〈루진의 정열과 말이 젊은이들의 마음에 씨를 뿌렸다. 말 역시 일종의 행동이다〉라는 레쥐뇨프의 말을 통해 자유주의적 이상주의자들의 역사적 의미에 대해 긍정적으로 평가했던 뚜르게녜프는, 1860년에 추가된 제2의 에필로그에서 그들에 대한 작가의 입장을 보다 분명하게 표명하고 있다. 제2의 에필로그에서 루진은 1848년 6월, 파리의 봉기에서 〈한 손에는 붉은 깃발을 들고 다른 한 손에는 휘고 무딘 사브르를 들고〉 바리케이드 위로 기어오르다가 총을 맞고 쓰러진다. 바리케이드 위에서 죽어 가는 루진의 마지막 모습은 라순스까야의 집을 떠난 뒤, 많은 시행착오를 겪고 쓸쓸하게 고향으로 돌아가는 루진의 모습과는 사뭇 다르다.

뻬뜨로프S. M. Petrov, 말라호프A. Malakhov 같은 현대의 뚜르게녜프 연구자들은 바리케이드 위에서 죽어 가는 루진을 〈혁명 사업을 위한 투쟁〉의 결과로 보면서, 뚜르게녜프가 루진 같은 자유주의적 이상주의자들과 1860년대 해방 운동 세력과의 연대를 강조하고 있다고 해석했다. 이와는 달리 그랑자르N. Granjard는 루진의 죽음을 새로운 환멸 속에서 왜 죽는지도 모르고 죽어 가는 햄릿의 돈키호테적인 죽음으로 폄훼했다. 미르스끼D. P. Mirskii(1890~1939)도 루진의 죽음을 〈자신의 결점을 메우려는 쓸데없는 짓거리〉로 혹평했다. 실제로 한 손에는 붉은 깃발을 들고, 다른 한 손에는 〈휘고 무딘〉 사브르를 들고 죽어 가는 루진의 모습을 혁명적이고 영웅적이라고 보기는 어렵다. 이미 패배한 혁명의 바리케이드 위에서 죽어 가는 루진의 죽음은 혁명가의 장렬한 죽음이라기보다는 자살과도 같다. 이런 의미에서 그랑자르와 미르스끼는 루진의 죽음을 역사적인 상황과 문맥이 아닌 주인공의 성격적인 차원에서 좁게 접근하고 있다고 말할 수 있다. 그러나 여기에서 중요한 것은 루진의 죽음이 혁명적(영웅적)이냐 아니냐의 문제가 아니라 그 죽음의 상징적인 의미일 것이다.

　제2의 에필로그에 삽입된 루진의 죽음은 소설 전체에 걸쳐 형성된 루진에 대한 독자의 인상과 모순된다. 루진에 대한 독자의 일관된 인상을 어느 정도 해치면서까지 작가가 제2의 에필로그를 삽입한 이유는 무엇일까? 제2의 에필로그는 잉여 인간 논쟁과 관련해서 생각할 때만, 그 의미를 올바로 파악할 수가 있다. 가벨M. Gabel과 바쮸꼬프I. Batyukov(나우까 판 뚜르게네프 전집 제6권의 주해)의 견해를 참조하자.

뚜르게녜프에게 이 결말은 1859~1861년의 혁명적 상황에서 귀족 출신의 자유주의적 활동가들(잉여 인간들)의 정치적 투쟁의 중요한 계기가 되었다. 한편으로는 체르니셰프스끼와 도브롤류보프, 다른 한편으로는 게르쩬의 진영에 속해 있었던 뚜르게녜프에게 두 진영 사이에 전개된 논쟁은 중요하고 원칙적인 의의를 지니는 것이었다. 1860년의 모든 조건 아래에서 『루진』의 결말은 이 소설에 대한 혁명적 민주주의자들 ― 체르니셰프스끼와 민주주의자들 ― 의 부정적 평가에 대한 작가 나름의 대답이었다.

당시에 뚜르게녜프는 잉여 인간 세대인 귀족 출신의 인뗄리겐찌야들인 게르쩬이나 오가료프를 포함한 진보적 인뗄리겐찌야들의 견해에 공감하면서도 그들과는 다른 독자적인 견해를 가지고 있었다. 뚜르게녜프는 1830~1840년대 귀족 출신의 자유주의적 인뗄리겐찌야들이 러시아 사회·문화의 중심이었던 시대는 끝나고, 이제 체르니셰프스끼를 비롯한 잡계급 출신 인뗄리겐찌야들이 새로운 사회의 지도자로 등장하고 있음을 본능적으로 느꼈다. 잡계급 출신 인뗄리겐찌야의 최초의 대표자라고 할 수 있는 벨린스끼에 대해 애정과 존경심을 갖고 있던 뚜르게녜프의 태도는 『루진』에서 나딸리야의 가정 교사인 바시스또프를 묘사하는 데서 잘 나타나 있다. 뚜르게녜프는 체르니셰프스끼 진영에 속하는 사람들의 정치적 및 철학적인 견해와 그들의 활동에는 동의하지 않았지만 그들의 재능과 정열, 뛰어난 실천력과 자기희생 정신을 충분히 이해하고 있었다. 『루진』을 뒤이은 소설 『귀족의 보금자리』(1859)의 주인공 라브레쯔끼는 자기 세대의 역할은 끝났다고 생각하고, 새로운 인뗄리겐찌야의 젊은 힘을 기대하고 있다. 『아버지와 아들』(1862)의 주인공인 바자로프는 귀족들보다 더 높은 지적·정신적 역량을 보여 주고 있다. 제2의 에필로그의 루진의 죽음에 대한 묘사에는 1840년대 자유주의적 이상주의자들에 대한 뚜르게네프의 양가감정적인 태도가 반영되어 있다. 루진은 실의와 좌절 속에서 마지막 삶을 끝내야 했지만, 제2의 에필로그에서는 새로운 행동이 한창일 때 죽는다. 이 때문에 독자는 루진의 삶의 의미뿐만 아니라 그의 죽음에 대해 새로운 관심을 갖게 된다. 그런데 왜 뚜르게네프는 아무런 결과도 없이 행동의 과정에서 루진을 죽게 만들었을까? 뚜르게네프는 『루진』의 초판에서 루진의 언행의 불일치와 육체적·정신적인 쇠퇴 과정을 묘사하여 러시아 사회·문화의 지도적인 자리에서 물러날 수밖에 없는 루진 세대의 역사적 운명을 암시했다면, 제2의 에필로그에서는 실패한 혁명의 바리케이드 위에서 죽어 가는 루진의 모습을 통해 변혁(혁명)의 씨앗을 뿌리는 것은 루진 세대의 몫이고 새로운 터전에서 열매를 거두는 것은 다음 세대의 몫임을 암시하고 있다.

알다시피, 뚜르게네프는 귀족 출신의 서구주의적 인뗄리겐찌야이자 자유주의자였고 점진적 개혁주의자였으며 이른바 1840년대 잉여 인간 세대의 대표적인 인물이었다. 소설 전체에 흐르는 루진에 대한 따스한 관심과 애정에도 불구하고, 뚜르게녜프는 행동의 과정에서 루진을 죽게 함으로써 자신의 계급적 이해를 뛰어넘어 당대 현실의 사회·역사적 동향을 정확하고 객관적으로 묘사했다. 이것은 뚜르게녜프 리얼리즘의 위대한 승리이다.

번역 대본으로는 〈예술문학〉 출판사에서 나온 뚜르게녜프 작품 선집(12권, 모스끄바, 1978) 중 제2권 『루진』을 사용했음을 밝혀 둔다. 한 자유주의적 이상주의자의 꿈과 이상, 좌절과 죽음을 그린 이 소설이 꿈과 이상이 실종된 이 시대를 사는 독자들에게 지난 시절의 꿈과 열정을 다시 불러일으켰으면 좋겠다.

이항재

이반 세르게예비치 뚜르게녜프 연보

1818년 출생 10월 28일 러시아 중부 아룔 현 스빠스꼬예 마을에서 기병 장교 출신인 아버지 세르게이 니꼴라예비치Sergey Nikolaevich Turgenev와 부유한 여지주인 어머니 바르바라 뻬뜨로브나Varvara Petrovna Lyutovinova 사이의 둘째 아들로 태어남.

1827년 9세 모스끄바로 이사. 바이덴하메르 기숙 학교 입학.

1829년 11세 형 니꼴라이Nikolai와 함께 아르메니아 기숙 학교 입학.

1833년 15세 모스끄바 대학 철학부 어문학과 입학.

1834년 16세 뻬쩨르부르그 대학 문과부 철학과로 전학. 뻬쩨르부르그에서 아버지 사망. 바이런 작품 「맨프레드Manfred」를 모방한 극시 「스테노Steno」 집필.

1835년 17세 역사가이자 사회 활동가인 그라노프스끼T. N. Granovskii와 만남.

1836년 18세 뻬쩨르부르그 대학 문과부 철학과 졸업.

1837년 19세 셰익스피어의 「오셀로Othello」와 「리어 왕King Lear」, 바이런의 「맨프레드」를 러시아어로 번역. 1월 뿌쉬낀과 첫 만남. 2월 뿌쉬낀의 장례식에 참석함.

1838년 20세 4월 초『동시대인*Sovremennik*』1호에 시 「저녁Vecher」 발표. 독일 베를린 대학으로 유학. 헤겔 철학과 역사를 공부함. 독일의 사회상과 계몽주의 사상에 깊은 인상을 받음.

1839년 21세 5월 스빠스꼬예 고향 집의 화재 소식을 들음. 작가 레르 몬또프M. Yu. Lermontov와 만남.

1840년 22세 이탈리아 여행.

1841년 23세 베를린에서 유학을 마치고 귀국. 10월 바꾸닌의 영지를 방문.

1842년 24세 어머니의 농노인 아브도찌야Avdotzia와의 사이에서 딸 뽈리네뜨Polinette 출생.

1843년 25세 1월 비평가 벨린스끼V. G. Belinskii와 만남. 4월 낭만 적 서사시 「빠라샤Parasha」를 발표하여 벨린스끼의 호평을 받음. 7월 내무성 근무 시작. 11월 로시니G. A. Rossini의 오페라 「세비야의 이발 사Il Barbiere di Siviglia」의 공연을 위해 뻬쩨르부르그에 온 스페인 태 생 프랑스 오페라 가수 폴랭 비아르도Pauline Viardot에게 첫눈에 반 해 평생의 사랑을 시작함.

1845년 27세 4월 내무성 근무를 그만두고 집필에 전념. 도스또예프 스끼Fedor Dostoevskii를 만남.

1846년 28세 네끄라소프N. A. Nekrasov가 편집한『뻬쩨르부르그 문집*Peterbursky sbornik*』에 중편소설 「세 초상화Tri Portreta」와 서사 시 「지주Pomeshchik」, 번역시 몇 편을 발표.

1847년 29세 『동시대인』1호에『사냥꾼의 수기*Zapiski Okhotnika*』 연작 중 첫 번째 작품인 「호리와 깔리니치Khor i Kalinych」 발표. 독일 과 오스트리아에서 체류함.

1848년 30세 프랑스 파리에서 혁명을 목격함. 게르젠A. I. Gertsen과 친해짐. 뻬쩨르부르그에서 벨린스끼 사망.

1849년 31세 모스끄바 지식인 사회를 풍자한 단편 「시치그로프 마을의 햄릿Hamlet Shchigrovskogo Uezda」 발표. 뻬쩨르부르그 관리들을 풍자한 희곡 「홀아비Kholostiak」와 토지 귀족을 풍자한 희곡 「귀족 단장 집의 아침 식사Zavtrak u Predvoditelia」 발표.

1850년 32세 모스끄바에서 어머니 사망.

1852년 34세 『동시대인』 2호에 단편소설 「세 만남Tri Vstrechi」 발표. 고골Nikolai Gogol'의 사망을 애도하는 글을 썼다는 이유로 체포되어 한 달간 구속되었다가 고향 스빠스꼬예에 1년 동안 가택 연금됨. 시골 지주들의 일상을 그린 연작소설 『사냥꾼의 수기』 출판.

1853년 35세 단편 「두 친구Dva Druga」 발표.

1854년 36세 벙어리 농노와 농노가 키우는 개 무무의 이야기인 단편 「무무Mumu」 발표. 먼 친척 올가 뚜르게녜바Olga Turgeneva와 사랑에 빠짐. 『사냥꾼의 수기』 프랑스어 번역판이 출판됨.

1855년 37세 벨린스끼를 모델로 삼은 단편소설 「야꼬프 빠신꼬프Yakov Pasynkov」 발표. 똘스또이Lev Tolstoi와 만남.

1856년 38세 『동시대인』 1, 2호에 뛰어난 지적 능력을 현실에서 발휘하지 못하는 잉여 인간을 그린 장편소설 『루진Rudin』 발표. 뚜르게네프 전집 출간.

1858년 40세 『동시대인』 1호에 단편소설 「아샤Asya」 발표. 로마, 빈, 런던을 여행하고 러시아로 귀국.

1859년 41세 귀족 계급 출신의 진보적 지식인을 그린 장편소설 『귀족의 보금자리Dvoryanskoye Gnezdo』 발표. 문학 기금 회의 창립 회원이 됨.

1960년 42세 『독서 문고Biblioteka chteniya』 3호에 문학 기금 마련을 위한 강연회에서 〈햄릿과 돈키호테〉라는 제목으로 강연함. 『러시아 통보Ruskii Vestnik』 1, 2호에 농노 해방 전야를 배경으로 혁명적인 청년들을 그린 『전날 밤Nakanune』 발표. 곤차로프Ivan Goncharov와 표절

시비(『전날 밤』에 자신의 미발표 소설 「절벽Obryv」의 내용이 일부 표절되었다고 곤차로프가 주장)로 재판. 중편 「첫사랑Pervaia Liubov」 발표, 『아버지와 아들Otzy i Deti』 집필 시작.

1861년 [43세] 파리에서 농노 해방 선언 소식을 접함. 플로베르Gustave Flaubert, 졸라Émile Zola, 모파상Guy de Maupassant과 교우. 딸 뽈리네뜨의 양육에 관한 문제로 똘스또이와 심한 언쟁을 벌임.

1862년 [44세] 『러시아 통보』 2호에 『아버지와 아들』 발표. 사회주의자 게르쩬과 만나 러시아의 미래에 대해 논쟁을 벌임.

1863년 [45세] 망명자들과의 관계를 의심받아 원로원 조사 위원회의 소환을 받았으나 서면 답변으로 대신함.

1864년 [46세] 원로원 조사 위원회의 2차 소환으로 뻬쩨르부르그에서 조사를 받음. 재판에서 무죄 선고.

1865년 [47세] 딸 뽈리네뜨가 프랑스인과 결혼함. 프랑스어로 번역한 레르몬또프의 「므쯔이리Mtsyri」 출판.

1867년 [49세] 『러시아 통보』 3호에 망명 혁명가들을 신랄하게 묘사한 장편소설 『연기Dym』 발표. 신과 러시아에 대해 도스또예프스끼와 논쟁을 벌임. 『연기』가 프랑스어로 번역 출간.

1868년 [50세] 어머니가 남긴 편지를 바탕으로 한 단편소설 「여단장 Brigadir」 발표.

1869년 [51세] 『러시아 통보』 1호에 중단편 「불행한 처녀Neschastlivaya Devushka」 발표. 『유럽 통보Vestnik Evropy』 4호에 스승이자 친구였던 벨린스끼를 추모하는 에세이 「벨린스끼에 대한 회상Vospominania o Belinskom」 발표.

1870년 [52세] 단편소설 「이상한 이야기Strannaja Istoria」, 「초원의 리어 왕Stepnoy Korol'Lir」 발표.

1871년 [53세] 폴랭 비아르도 가족과 함께 프랑스 파리 외곽 부지발로 이주하여 정착함.

1872년 ⁵⁴세 『유럽 통보』 1호에 중편 「봄의 물 Veshnie Vody」 발표. 알퐁스 도데 Alphonse Daudet와 만남.

1873년 ⁵⁵세 마지막 장편소설 『처녀지 Nov'』 구상.

1875년 ⁵⁷세 러시아 망명자 및 학생을 위한 독서실 기금 마련 문학·음악회에 참석.

1876년 ⁵⁸세 『유럽 통보』 1호에 중단편 「시계 Chasy」 발표. 조르주 상드 George Sand의 사망 소식을 듣고 그녀에 대한 글을 씀. 7월 『처녀지』 탈고.

1877년 ⁵⁹세 『유럽 통보』 1, 2호에 농민 운동에 뛰어든 대학생의 비극적 삶을 그린 장편 『처녀지』 발표. 프랑스어 번역판도 거의 동시에 출간. 플로베르의 단편소설 두 편을 러시아어로 번역하여 발표함.

1878년 ⁶⁰세 똘스또이가 보낸 화해의 편지 받고 〈더할 나위 없이 기쁜 마음으로 이전의 우정을 회복할 준비가 되어 있다〉고 답장함. 국제 작가회의에서 부의장으로 선출됨.

1879년 ⁶¹세 형 니꼴라이 사망. 러시아 농노 해방에 기여한 공으로 옥스퍼드 대학 명예 법학 박사 학위를 받음.

1880년 ⁶²세 1월 젊은 인민주의 작가들을 만남. 6월 뿌쉬낀 동상 제막식에서 〈뿌쉬낀에 관하여〉라는 제목으로 연설함. 플로베르 사망.

1881년 ⁶³세 플로베르를 추모하는 단편소설 「승리한 사랑의 노래 Pesn'Torzhestvuyushey Lyubvi」 발표.

1882년 ⁶⁴세 척추암 발병. 『유럽 통보』 1호에 산문시 50편 발표.

1883년 ⁶⁵세 『유럽 통보』 1호에 「끌라라 밀리치 Klara Milich」 발표. 4월 병세 악화로 부지발로 옮김. 단편소설 「종말 Konets」을 폴랭 비아르도에게 구술함. 똘스또이에게 집필 활동을 재개하라는 내용의 편지

발송. 프랑스에서 폴랭 비아르도가 지켜보는 가운데 사망. 벨린스끼의 곁에 묻히겠다는 유언에 따라 뻬쩨르부르그 볼꼬프Volkov 묘지에 안장됨.

열린책들 세계문학 175 루진

옮긴이 이항재 고려대학교 노어노문학과를 졸업하고 같은 대학원에서 「뚜르게네프
의 후기 중단편 연구」로 박사학위를 받았다. 고리끼 세계문학연구소 연구교수와 한국
러시아문학회 회장을 지냈으며, 현재 단국대학교 러시아어과 교수로 재직하고 있다.
지은 책으로 『소설의 정치학: 뚜르게네프 소설 연구』, 『러시아 문학의 이해』(공저) 등
이 있고, 러시아 문학에 관한 많은 논문을 썼다. 옮긴 책으로 미르스끼의 『러시아 문학
사』, 뚜르게네프의 『귀족의 보금자리』, 『아버지와 아들』, 『첫사랑』, 부닌의 『아르세니예
프의 생애』, 『숄로호프 단편선』 등이 있다.

지은이 이반 세르게예비치 뚜르게네프 **옮긴이** 이항재 **발행인** 홍지웅
발행처 주식회사 열린책들 **주소** 경기도 파주시 문발로 253 파주출판도시
전화 031-955-4000 **팩스** 031-955-4004 **홈페이지** www.openbooks.co.kr
Copyright (C) 주식회사 열린책들, 2011, Printed in Korea.
ISBN 978-89-329-1175-5 03890 **발행일** 2011년 6월 5일 세계문학판 1쇄 2014년 5월
30일 세계문학판 2쇄

이 도서의 국립중앙도서관 출판시도서목록(CIP)은 e-CIP 홈페이지(http://www.nl.go.kr/ecip)와 국가자료
공동목록시스템(http://www.nl.go.kr/kolisnet)에서 이용하실 수 있습니다.(CIP제어번호:CIP2011002116)

열린책들 세계문학
Open Books World Literature